物质时代的爱情

三十 著

海天出版社（中国·深圳）

图书在版编目 (CIP) 数据

物质时代的爱情 / 三十著 . — 深圳：海天出版社，2014. 8
ISBN 978-7-5507-1067-2

I. ①物… II. ①三… III. ①长篇小说－中国－当代 IV . ① I247.5
中国版本图书馆 CIP 数据核字（2014）第 082384 号

物质时代的爱情
Wuzhi Shidai De Aiqing

出 品 人：陈新亮
执行策划：桂 林 黄 河
责任编辑：许全军 林凌珠
责任技编：梁立新
特约编辑：余 涛
版式设计：王 芳
封面设计：嫁衣工舍

出版发行：海天出版社
地 　 址：深圳市彩田南路海天综合大厦（518033）
网 　 址：www.htph.com.cn
订购电话：0755-83460137（批发） 83460397（邮购）
印 　 刷：深圳市星嘉艺纸艺有限公司
开 　 本：889mm×1194mm 1/32
印 　 张：11
字 　 数：256 千
版 　 次：2014 年 8 月第 1 版
印 　 次：2014 年 8 月第 1 次印刷
印 　 数：1-5000 册
定 　 价：32.00 元

作者自序

三十
新纯爱小说教父

写一个轻松的故事

这几天看了一部电视剧，标准的人物配置，一个三十几岁成熟世故、有社会经验又貌似玩世不恭的大叔，一个二十岁出头，年轻、正直、满腔热血、信念坚定的少年。

剧情自然围绕着两个人的性格冲突展开，以各种事件为载体，描述着理想和现实的冲撞。这类电视剧应该不少，9 年前我也看过。回想那时的心情，同样二十几岁的我应该更倾向于那个热血少年，鄙视现实中的龌龊，以坚持信念和理想为荣，对大叔已经被社会"污染"而深感痛心。9 年弹指一挥间，已经三十几岁的我不经意就把自己投射到大叔的角色，看着剧中那个热血少年激昂文字，观点黑白分明，心中却只泛起两个字：幼稚。

许许多多这类电视剧往往只会走向一个结局，在大叔看似世故的内心依旧有着坚持，而在大叔的"谆谆教导"之下，少年也开始意识到现实的现实，理解了大叔的做法，逐渐变得和大叔一样以"成熟"面对各种事情，但又始终保持着内心最后一丝真诚和善良。

二十几岁的我看完之后会感叹多么美好的结局，少年变成了大叔，大叔的内心被少年唤醒。三十几岁的我看完之后感叹多么无奈的结局，少年变成了大叔，大叔依旧是大叔。

9年的时光把我也变成了一个大叔，可我不确定自己是否是个称职的大叔。我似乎在少年转变为大叔的进程中死机了，没有大叔冷静、成熟的心态，又没有了少年执著、热血的情怀，变成了一个半成品。

有时候觉得我们生活的这个社会也在由少年变成大叔，抛开五千年的文明，自改革开放中国发生巨大转变开始算，当下的社会也进入了大叔的年纪，开始变得越发"成熟"、"包容"，而黑白也不再分明。

时代也变了。网络时代的来临对生活最大的改变应该是让所有人"被迫"知道了许多原本不知道的事情，海量的信息没有加工处理全部抛给了我们。俗话说，不在其位不谋其政，但貌似发生的事情大多又都和自己的生活息息相关，瞬间觉得社会竟是如此混乱纷杂，让人忧心忡忡。

与朋友一道时，对于目前社会上的各种怪现象，我可以一秒不歇地说上4个小时，一直说到朋友们趁我不注意默默地离开，剩下最后一个倒霉蛋用无辜的眼神看着我，眼神中满满写着"求你放过我"。

可我却极少在网络中发言，虽然每天依旧一睡醒就打开电脑挂在网上，但却只接受信息，不发送、不传递。究其原因也许是想得太多。每每在网上看到一些事件，都会想说些什么，有时候坐在电脑前狂打一段文字，打完却又放弃了。那么短的时间，想法又变了。

微博真的不适合我，我需要至少4个小时来说话，也许还是写书更好吧，写一个可以占用你4个小时去看、去读、去想的故事。

在写《和空姐同居的日子》时只有一个想法，写一个可以轻松看，看完有一乐的故事；可写到《物质时代的爱情》时，我想法多的毛病又犯了。动笔前，我只是想写一点自己对目前社会现象的看法，写一点自己在成为大叔道路上的领悟。事实证明这个想法是可怕的，原本我只是打算写一条140个字的微博，但在脑中激荡了4个小时后，就准备写一个超过14万字的故事了……

还是放弃浓缩和精炼吧，回归最初的状态，写一个可以轻松看，看完有一乐的故事。唯一不同的是，《和空姐同居的日子》是一个少年写的轻松故事，而《物质时代的爱情》是一个半成品大叔写的轻松故事。

对于看到这段文字的朋友，我想说，如果你已值大叔年华，共勉吧；如果你还不是个大叔，请允许我这个大叔说一句所有大叔都会说的话：珍惜当下吧，少年，一不小心你就变成现在的我了。

目　录

第一章　多一个零的诱惑

如果你觉得太复杂，那换一种更简单的方式来说明：去年陈胜的收入近百万，而总经理的收入是千万，一个小小的零就是两者间最大的差别。知足常乐是真理没错，可这年头有几个人信？

　　阳光从窗户照进来，洒在柔软舒适的大床之上，陈胜从香甜的睡梦中醒来，赤裸着还依稀可见四块腹肌的上身。他推开阳台门，展现在眼前的是银色的沙滩和蓝色的大海，些许海风拂过，显得如此惬意。

　　伫立在阳台上，看着眼前如画的美景，陈胜不禁感慨万千。自己十数年的奋斗就是希望能够享受这般只在影视剧中看到过的场景。

　　陈胜目前的生活正在向巅峰状态攀爬。34 岁，良好的教育背景和自身素质，公司副总的职位，年近百万的收入，最后加上依旧单身的身份，俨然一个众人眼中的白银王老五。之所以称为白银而不是黄金，是因为 CPI 的高速膨胀，使得年薪百万不再具备 10 年前的价值。

也许在一小撮人眼里，这算不上富足的生活，甚至还会有人认为这有些寒酸，不过对于陈胜来说知足才是快乐的源泉。

这是陈胜第一次以副总的身份享受公司给予的全额报销的年假奖励，他回头看了一眼那张大床，也许自己缺的只是身边那个人。

结束梦幻般的休假，重回现实。公司每个人都如往常般冲陈胜微笑点头，但是神情中似乎有些异样。内心的不安感瞬间袭来，陈胜知道，在这个"高压"社会中，离开公司休假半个月，足以让人对自己的位置感到担忧。

"出大事了。"林姗姗对陈胜说的第一句话，让陈胜原本紧张的情绪被进一步激化。

"什么事？"

"李总离职了。"林姗姗说道。林姗姗口中的李总，是公司的总经理。

"哦。"陈胜舒了一口气，看来事情和自己的位置没什么关系。

"哦什么？这是你的机会！"林姗姗看着陈胜急切地说道。

不错，总经理的突然离职，让这个极具诱惑力的职位空了出来，由于事发突然，导致集团公司一时间也没有合适的人选，目前所有有资格的人都可能坐上这个位置，包括陈胜。

陈胜当上副总不过一年多的时间，原本他对自己的生活已是相当满意，并没有奢望在短时间内向总经理的位置攀爬，可现在，这个巨大的机会却赤裸裸地摆在了面前。

副总和正总之间到底有多大差距？简单介绍一下。陈胜所在的公司是一个大型集团公司的子公司，集团公司对子公司的运营模式，是总经理个人承包制。也就是说，按照一套分配方案，每年上缴给集团公司一定的利润，其余一切资产都由总经理支配。

如果你觉得太复杂，那换一种更简单的方式来说明：去年陈胜的收入是九十六万七千，而总经理的收入是一千三百六十万，百万和千万间小小的零就是两者最大的差别。

知足常乐是真理没错，可这年头有几个人信？

"想什么呢？"站在陈胜面前盯着陈胜已经 3 分钟的林姗姗问道。

林姗姗，25 岁，陈胜的助理，陈胜担任副总后亲自招聘其进入公司。林姗姗是一个妖娆的女人，她绝不是全公司最漂亮的姑娘，但绝对是最具吸引力的那一个，曾经对她有过"企图"的公司男同事的数量就是最好的证明。可惜所有"企图者"的企图都没有图到实质性的战果，林姗姗至今依旧保持着超然的单身状态，这一点也是她吸引力的来源之一。

"没事。"陈胜从沉思中醒来，随口答道。

"我看好你。"

"看好什么？"

"当总经理啊。"

"别开玩笑了，盯着这个位置的人太多了，还轮不到我。"

"撒谎，你心里认为最合适的人选就是你自己。"

"有这么明显？"

"对别人来说，还不算太明显。"林姗姗笑道。

陈胜无奈地摇摇头，他信任林姗姗，所以在她面前没有掩饰过自己的真实想法。年收入过千万的诱惑，试问能有几人不心动？

　　集团公司还在考虑如何确定总经理人选的方案，陈胜除此之外还有其他事情需要操心，这也是所有大龄未婚男女都不得不面对的事情。原本这事并不在陈胜的紧急日程之上，单身逍遥的日子算是一种享受，可最近被陈若谷逼得必须面对。

　　陈若谷是陈胜的弟弟。今年过年，这小子往家领了个飘飘的姑娘，然后说要结婚。起初，陈胜以为这个脑袋时常犯糊涂的弟弟老毛病又发作了，很快就能恢复，没想到刚过完年陈若谷就把证领了，现在已经开始筹办婚礼。

　　陈胜的弟弟是超出计划生育范围的意外，好在当年父母仍在偏远山区支援边疆建设，所以在罚款的金额上省下一些。这个弟弟比陈胜足足小了9岁，今年虚岁25就把媳妇娶回家了，让陈胜这个大哥情何以堪。

　　最让陈胜郁闷的是，这小子看着也没自己帅，赚的就更不如自己这个百万年薪的高级白领，但怎么就这么一随便，就随便回来一个飘飘的媳妇呢。从此，陈胜每次回家，老爸都会在陈胜面前晃悠一圈，一句话不说，看着陈胜叹口气然后饱含深意地摇摇头飘然离开。

　　从那时候起，陈胜就下决心在一年内抱个老婆回家生孩子玩。

　　"陈总，这是新项目的预算，你看一下。"林姗姗站在陈胜面前，穿着一身职业装，头发简单地在脑后扎了一个马尾，这种打扮应该显得很干练，但在林姗姗身上却透着一种说不出的性感魅力。

林姗姗担任陈胜的助理已经一年多了，至今陈胜还能清晰地记得当日面试她的情景，就在刚刚面试了七八个脑袋有问题的家伙生了一肚子闷气的时候，林姗姗推门而入，一身素雅的连衣裙，让人感觉飘飘的，最引人注意的是她微翘的嘴唇，亮亮的，还反光，脸上也似乎有些许亮晶晶的粉类。后来陈胜才知道林姗姗脸上有微小的斑痕，亮粉是用来遮掩的。陈胜很想告诉她对于男人来说那点小斑不仅不影响她的姿色，反而能增添一份与众不同的妖魅。

　　那天，林姗姗就这么推门进了陈胜的办公室，然后瞪着那双经过美瞳加成后颇为魅惑的大眼睛看了看陈胜，在陈胜还没说话前说了句：不好意思，走错了。林姗姗迅速退出房间，5秒钟之后，又重新推开门问了句："请问，陈总在吗？"陈胜心中不禁骂了句"大爷的"，自己长得就那么不像一个副总经理吗？

　　"好，你放这儿吧。"陈胜随口应了一句。

　　这话结束之后，林姗姗似乎没有离开的意思，两人大眼瞪小眼，林姗姗的嘴角逐渐泛起一丝诡异的笑容，陈胜满头雾水。

　　"你是不是又吃了某种毒素超标的食物，引发了一系列科学界未知的毛病？"陈胜主动问道。

　　"你找得怎么样了？"林姗姗说了句没头没脑的话。

　　"我找什么？"

　　"女人啊。"

　　"女，女人？找女人？我没这种不良嗜好。"

　　"什么不良嗜好啊，我说的是找老婆，想什么呢。"

　　"我，找什么老婆？"

　　"就是那个未来几十年都可能监管你生活的人，别装了，我看你电脑了，你上了三家婚恋网站。"

　　陈胜怒视着林姗姗——表面上不敢，但在心里他可以怒视着林姗姗！纠结这么机密和丢脸的事情居然被林姗姗知晓。

"你查我电脑？"陈胜故意压低声音含蓄地表达不满情绪。

"我不是故意的，上个周末我给你送文件，你不在我就随便看了一下。"

"随便看一下就能知道我上了三家……网站？"

"我又随便看了一下你的浏览记录。"

"林姗姗同学，你知不知道你行为的严重性。"

"知道，我顶头上司的终身大事，当然是非常严重的事情。"

"既然知……等等，那叫非常重要的事情，严重一般指的是错误的行为。"

"你都40了，想找老婆怎么能算错误的事情？"

"我34！虚的！"陈胜差点跳了起来。

"那不是快40啊。"

"你算术怎么学的，知不知道四舍五入？"

"我算术好着呢，以前总考一百分。"

陈胜有时候会反思自己对待林姗姗的态度，上司和下属之间不能太不见外，那绝对是错误的事情，不然就不会造成今天的"悲剧"。希望以陈胜的经历可以让大家记住一句陈氏名言："该见外时必见外。"

"行了，我不和你说了，马上飘回那个属于你的小格子去吧。"陈胜不想再继续纠缠自己上了三家婚恋网站的事，以免让自己更尴尬。自问也是单身汉中的翘楚，怎会沦落到今天这种地步？

"你还没回答我的问题呢。"

"什么问题啊？"

"你找得怎么样了？"

"我找怎么样关你……事。"

"关心你还有错啊？你是我们的上司，你的情绪会影响我们的情绪，你找老婆不顺利，心情肯定不好，你失火就会殃及我们的。"

"那叫城门失火殃及池鱼，讲的是因为城门着火，人们为了救火而取光了池塘的水导致鱼也死了，这个词是用来形容无辜的人遭受了牵连，而我找老婆不顺利把情绪发泄到你们身上，那不属于殃及无辜。"

"说教模式又被激活了，你找老婆不顺利连累我们还不算殃及无辜？"

"当然，你是我的助理，你工作任务中的一项就是成为你上司，也就是我的情绪垃圾桶。"

"哪来的这条规定？"

"90% 以上的上司默认的。"

"你那么与众不同，应该属于那 10%，绝对不会这么对我们。"林姗姗耍赖的精神是强大的。

"我……们？除了你，难道还有别人知道这件事？"

"暂时还没有。"

"不是暂时没有，是永远不会有，否则我就会让知道的人从两个……不对，从三个变成两个。"

"杀人灭口？"

"是。"

"你舍得吗？"林姗姗说着眉毛轻轻地挑动了一下。

"我……"

陈胜还没说完话，林姗姗就飘走了。

她的话是暧昧，彻头彻尾的暧昧，陈胜无奈地摇摇头，现在这些小屁孩就喜欢弄这种暧昧，把人际关系搞得乱七八糟，也把自己弄得有些飘飘然。

"没去吃午饭？"林姗姗再次出现在陈胜面前已是中饭时间。

"没胃口。"

"是不是因为没人回你消息？"

"回什么消息？"

"就是婚恋网站，你给别人发消息，别人没回。不过说真的，你总挑那些有照片的，还长得漂亮的发，你也不想想和你一样想法的男人有多少，那些有漂亮照片的账号一天要收到多少条像你这种人发的求爱信息，她们可能连看都不会看。"

"林小册！你是想把我逼疯对不对，你怎么知道我给谁发消息的！"林小册是陈胜对林姗姗的昵称，独有的昵称，陈胜形容林姗姗就如一本自己的私密小册子一样记录着自己许多隐私和秘密。暧昧，彻头彻尾的暧昧。

"我登录了你的账号，所以就知道了。"

"你……你怎么知道我账号密码？"

"我是你的助理哎，你注册的账号密码和你公司邮件的账号密码一模一样，你银行账户、手机、电脑也都是这个密码，连你家门密码锁的密码都是这个。我和你说，这很不安全的，一旦密码被别人知道你所有东西就都被别人知道了。"

林姗姗提醒得没错，全部都用一个密码绝对是蠢透了，可问题是现在要用密码的地方也太多了，用多个密码可以增加安全性，可最终往往把自己也"安全"了。

"我最不安全的事情就是认识了你，你要是敢把我的密码泄露出去……"

"你就杀人灭口，有新鲜点的词吗？"

"我先……后……我……"陈胜想说什么大家应该知道，可是他不敢说，这年头女人比男人放得开，就前两天陈胜刚在大街上和个悍妇发生点摩擦，被骂急了，忍不住也回骂了句"f**k you"，那女人倒好，回了句"come on"。你三姑奶奶的亲娘舅，陈胜当场狂奔而逃。

"行了，骗你的，说什么都信，我虽然知道你的密码但不会做登录你账号这么卑鄙的事情。"

"那你怎么知道我给别人发消息……"

"因为你给我也发了，还不是一条，所以我就来试探试探你，结果你自己全招了。"

"给你？切，不可能，我发的都是有照片的，我能不认识你？"

"我不好意思用自己的照片，怕被认识的人看见，所以用的是我在国外表妹的照片，反正我长得比我表妹漂亮，就算见面别人也不会失望的。"

囧，糗，陈胜有挖洞的冲动，在婚恋网站上给林姗姗发消息，还能有比这更尴尬的事情吗？陈胜心中无比郁闷：这姑娘，芳龄二五，出落漂亮，闲着无聊你上什么婚恋网站啊！

"你，你怎么知道发信的人是我，我资料上可没照片。"

"你的昵称'天使翅膀下的猪'，我一看就知道了。就是不看你的昵称，光看你的个人资料，我扫一眼就知道是你。一个长得不帅却拥有内涵，一个不会搞笑却懂得幽默，一个经历风雨却内心纯真……"

"停，你不怕把中午饭吐出来。"

"你也知道恶心啊。"

"文字是优美的，你念出来就恶心了。"

"切～"林姗姗不屑地耸动了一下她可爱的鼻子，"哎，你一共发过多少条消息，有给你回的吗？"

"我不告诉你。"

"不说拉倒，我自己上去看。"

"你敢……你还记得我是你上司吗？"

"那我下班看，下班你就不是我上司了。"

就算是上班时间又怎么样，陈胜能拿林姗姗奈何？

"这样吧，算我求你，我上婚恋网站这事你给我保密，年底发红包的时候我可以考虑……你懂的。"

"我在乎那么点钱吗？这样吧，你找出婚恋网站上哪一个人是我，我就替你保密，给你 3 天时间。"

当陈胜还在为成为年薪千万的金领努力时，他的朋友当中已经有一位早就成为了资产过亿的富翁，那个人叫——吴广。两人在同一所大学不同的学院，球场是两人相识的地方，陈胜、吴广这两个颇有渊源的名字让两人一见如故，也因此结为至交。

两人自大学起就对自己的未来有着不同的规划。陈胜的规划是按部就班，一步一个深深的脚印；吴广天马行空，撞完南墙撞北墙。

吴广自大学时期就开始创业，把他有限的生活费和三份兼职赚的钱都贡献给了无底洞似的创业生活，如果不是陈胜给予他最低标准的生活保障，吴广恐怕活不到今天。

经过 N+N 次反复与"南墙"的亲密接触后，吴广终于撞塌了南墙，在互联网刚刚起步时，吴广就义无反顾投入其中，他制作了一个网站，在几个月的时间里就吸引了数十万注册用户。而在当时网民数量刚刚以千万计的年代，数十万已经是个令人瞠目的数字，他配置寄放在电信机房的服务器也因此数度陷入瘫痪。

正是数次因数据流量太大导致服务器瘫痪的事件引起了一些

具有敏锐嗅觉的人的关注，吴广获得了初始投资。继而经过一年的努力，在大学毕业当天，也是互联网第一次泡沫破灭的开始，吴广以近千万的价格将网站售出，刚一只脚踏出校园的吴广已坐拥千万身家。

但他并没有因此满足，开始了各种以盈利为目的的商业行为。10 年后的今天，吴广的身家虽然还没有到多不胜数的地步，但他自己确实不知道自己具体有多少资产，大约也就是在全国以及海外的共 11 处房产，一些参与投资的中小型项目，以千万计的股票基金，家中储备的实物黄金，自己还是一家中型公司的大股东……

简单地说，他是富二代……他爹。他最大的愿望就是希望自己那个富二代儿子不坑爹。当然实现这个愿望首先要从有一个富二代儿子开始，为此还要先有个富二代他娘。

"兄弟，我想去你们公司上班。"吴广认真地看着陈胜说道。

"你开玩笑呢？"

"我的面部肌肉群组没有丝毫表现出开玩笑的状态。"

"给我个理由。"

"我想找个老婆。"吴广目前也是单身，真正的黄金单身汉。

"你电视看多了吧。"

"你知道我怎么想的？"

"你不就觉得别人总惦记你的钱，所以你想掩藏身份假扮穷人，找个喜欢你的人而不是喜欢你钱的女人。"

"果然是兄弟，太了解我了。"

"所以，你还是电视看得太多了。话说回来，为什么选我们公司？"

"我这个年龄，又没有什么正式的工作经历，应聘别的公司很难。再加上你和我又是……"

"说真话。"

"你们公司漂亮姑娘多。"

吴广说得没错，陈胜所在的公司不知因为什么，云集了不少漂亮姑娘。由此更可以了解林姗姗是个多么有魅力的女人，在如此数量的对手面前，依旧可以获得以"外貌"为第一考量条件的男人们的青睐。

"能不能别闹，我在公司的麻烦事已经够多了。"

"我知道，想当总经理吧。"

"你又知道？"

"你们集团公司的张总和我有些交情，要不要我帮你说两句话？"吴广说道。

"你说呢？"

"你这臭脾气什么时候能改改？别人要有个能用得上的朋友，那绝对当蚕宝宝养着，不吐尽最后那点丝绝不让他死得顺畅，可你眼前就站着一个优质蚕宝宝，你却视而不见。"

"蚕……宝宝？"陈胜打了个哆嗦，抑制了一下想吐的冲动继续说道，"你应该知道我……"

"我知道。你想靠自己的实力，不想倚赖别人的帮助，可你说我们在这个世界交朋友为了什么，不就是为了互相利用……帮助，帮助！想当年，要不是你为我提供活下去的精神动力和……方便面，我能有今天？你就让我帮你一次行吗，求你了，就一次。"

陈胜承认，他这辈子都没见过吴广这种求着要帮助别人的人。

"不行，我喜欢你欠我人情。"陈胜笑道。

"行，那我再多欠一点，让我进你们公司当个普通员工。"

面对吴广，陈胜很无奈，只得同意协助吴广实现这个荒唐的想法。不过以吴广的能力，他绝对对得起那几千块一个月的薪水。

"我还是不明白，你为什么那么在意别人喜欢你的钱，你整个人是由你自身条件加上外在所拥有的物质构成，喜欢你的钱进而喜欢你的人和单纯喜欢你的人又有多大区别呢？"陈胜问道。

陈胜很了解吴广，吴广身边从来不缺女人，但他却认定了这些女人不是他最后的归属，他一定要找一个不是因为他的钱而喜欢他的女人。

"幼稚，"吴广撇撇嘴对陈胜说道，"你想问题的方式还停留在一个很低的水平，让我这个思想家帮你提升一下。我们从目的和结果来反推我们的行为，首先我问你，我为什么要结婚？"

"因为……"

"你不用回答，这是个自问自答题，因为我想要结束单身生活，开始家庭生活。而什么样的家庭生活才是我们所向往的？"

陈胜安静地等着吴广的答案。

"问你问题呢。"吴广说道。

"不是自问自答吗？"

"第一题我问的是我为什么要结婚，当然是自问自答，这一题问的是我们向往的家庭生活，注意，我们，当然是问你了。"

陈胜无奈地摇摇头："当然是幸福快乐的家庭生活。"

"错。"

陈胜突然产生了一种以后再也不回答吴广任何问题的冲动。

"幸福快乐这种词汇极不具象，太虚无缥缈，说了等于没说。我们向往的是稳定、丰足，能够相互依靠的家庭生活。"吴广说着。陈胜不想和他争论这个问题，很明显这也是一道自问自答题，于是陈胜点点头："继续说。"

"所以确定了这个目的，再来看我们应该找什么样的老婆。第一条就是不能找因为喜欢钱而喜欢你的老婆，因为钱是最不稳定的元素。在这个经济如此动荡的年代，你的钱随时都可能不是你的，而你所拥有的最稳定的元素，是你的本性。俗话说，江山易改，本性难移，这句话充分说明了本性这东西就像信鸽一样，你把它丢到几千里外，它自己都会飞回来。综上所述，我们一定要找一个喜欢自己本性而不是喜欢自己钱的老婆。你的，明白？"

"不是太明白。"

"我就知道你的智慧水平不够，我准备了一个更简单的方式给你说明。我娶了一个喜欢我钱的老婆，当我没钱时，她就跑了，那么我就变成了一个破了产没钱，离了婚没老婆、没孩子的男人。如果我们有孩子，那就是破了产没钱，离了婚没老婆，还要养活一个孩子的男人。但如果我娶了一个喜欢我本性的老婆，当我有钱时，我们的生活稳定丰足，当我没钱时，我起码还有老婆，还有孩子，我们相互依靠，共渡难关。"

"这我懂，但我的意思是，你几亿身家哪来这么大危机感？"

"这是另外一个话题，有钱人的生活你这辈子都没尝试过，你不会理解的，等我有空再给你上课。"

陈胜再次无奈地摇摇头，不过也只能无奈，自己这辈子是没当过有钱人，也不知道为什么有钱人整天还那么多烦恼。所以陈胜才更想努力，去体会一下有钱人的烦恼。

3 天，林姗姗给陈胜的期限。

陈胜唯一的线索就是自己曾经在婚恋网站上给林姗姗发过消息，可这个线索的价值不大，因为她用的是表妹的照片。陈胜给70 多个不同的女人发过信息，而这 70 多个不同的女人有着相同的条件，按照相同的标准搜索出来的：25 ~ 30 岁（任何年纪的男人都喜欢二十多岁的姑娘），身高 163 ～ 168 厘米（陈胜认为这个区间的中国女性最能体现东方女性的柔美），大专以上学历（需要一些教育背景，为下一代考虑），地区南京。除了这四条，就剩下一个条件——有照片。

陈胜不止一次对这些上婚恋网站的姑娘表示不满，因为他发了一百多条慷慨激昂的文字消息，某些照片特别妖媚的还发了不止一次。但到今天，他只收到过两条回复，一条是"很高兴认识你"，另一条是"呵呵"。没事你呵什么，有什么可呵的啊！

此时，陈胜又想起了陈若谷，都是这小子给害的。

在自己被拆除了厨房的一房一卫、实用面积四十平方米不到的家里，陈胜蹲在椅子上看着电脑屏幕，想着怎么才能辨识出哪一个是林姗姗。

有人说，年薪百万住一居室，不可能。说这话的一定不到 30 岁，小兄弟来听我说，陈胜从毕业到现在，从一个月 800 元薪水到目前年薪百万（仅有去年一年的工资达到此数目）的 12 年时间里，粗略算一下，一共赚了大约三百多万。除去生活开销、应酬交际、被女朋友剥削……到今天还能在城边拥有一套小房子，手里还有点小积蓄，已经是个奇迹了！

你说家里就没支援点？陈胜他爹是这么表示的，大学毕业踏上工作岗位，那养育的责任就此终结，接下来就应该是陈胜兄弟俩尽孝的阶段。用陈胜父亲的原话那就是"想要老子娘的钱，你丢不丢人啊"。

敲门声响起，此时陈胜最"恨"的人陈若谷挤进了这个多一个人就嫌挤的家。

"你又什么事啊？"看着陈若谷一脸坏笑，陈胜就觉得后背发凉，总觉得有什么地方不对。

"哥，你借我点钱吧。"陈若谷很直接，一点弯都不绕。

"为啥？"

"哎，韩露露马上过生日了，看上个包，非要买了当生日礼物。"

"生日不是早过了，阴历阳历过两次了。"

"这次过的是明年的生日。"

"要不要提前把我大侄子，你儿子出生的礼金一并给你。"

"那最好。"

"滚蛋。"

要说陈胜这个弟媳韩露露，除了名字不好（怎么都让人觉得和某个只知道尽可能把身上衣服多脱掉点的女人有关系）之外，其实人不错。长得漂亮，待人也热情，自来熟的性格，第一次见陈胜就像认识了三五年似的，而且她对陈若谷远不像现在女孩动不动就是房啊车啊挂在嘴边，也不嫌累得慌。韩露露说了，没房子租房也嫁，没汽车自行车也嫁，看，多好的姑娘。可就是喜欢买东西这个毛病不太好，还尽喜欢些名牌奢侈品。

说到奢侈品陈胜就郁闷，从小陈胜就被教育奢侈是一种浪费，浪费是一种犯罪，奢侈是一种可耻的行为。陈胜就不明白了，一种可耻的行为为什么会在现如今的社会大行其道，还专门为了奢侈而生产奢侈品呢？钱多了闹得慌，难道就不能捐点给贫苦大众？以前的地主老财还知道做点善事积阴德呢，现在的有钱人怎么就只知道个奢侈？

有钱奢侈也就罢了，还非要宣传什么"奢侈文化"、"奢侈艺术"，弄得好像很高深似的，然后害得一群没有经济实力的小家伙们也在别人屁股后面跟风。多说一句，屁股后面的风那是屁！

"二子，就这事，我要和你好好谈谈，"陈胜语重心长地拍了拍陈若谷的肩膀，"偶尔买一两件自己喜欢的、贵一点的东西没问题，可不能这么没完没了，猫走不走直线取决于耗子，你花多少钱取决于你赚多少钱，哪怕你是个月光族，起码也在自己经济承受范围之内，不能总想着超前消费。”

"哥，道理我都懂，我们俩是在一个教育体系下生产出来的，可是韩露露她……你说她嫁给我一不要房二不要车，在她家那边顶了多大的压力，你也不是不知道她那个妈有多爱钱，现在她就想买点好东西拿回家让她爸妈看看，知道我是真心对她好，这要求不过分吧。"

唉，中国男女比例失调导致今天这种怪现象。要房要车要存款，嫁女儿犹如卖女儿。

"二子，哥是想帮你，可我现在也没钱。"

"哥，这就是你的不对了，你是谁，年薪百万的公司副总，我们家的骄傲，你能没钱？你看你，一出手房子都买了。"

"我就是因为买了房子才没钱的。"

"咱不谈你年底的分红，你一个月基本薪水就两万，那个包也就两万。"

"那你还差多少？"

"两万。"

陈胜一点也不惊讶，早料到了。

"你一个包把我也变月光族了？"

"你不是还有一万块的那什么吗，吃饭、油费但凡能开发票的你都不用钱，你信用卡还有五万的透支额度，饿不死的。"

就为了让爸妈别为自己担心，还多少能有点骄傲感，陈胜这点老底都被这小子知道了。

"不行，那也不行，我身为你哥，本着教育你健康成长的原则，不能助长你这种乱花钱的坏习惯。"

"你说真的？"

"当然，紧锁眉头就代表我很严肃。"

"行，这就是我哥，从小抢我糖豆，骗我零花钱，犯了错就往我身上推，让我以瘦弱的身躯去面对老爸的雷霆之怒，让我幼小的心灵在暴风骤雨中摇曳，我的亲哥！行，我走。"

这小子转身作势就要离去，陈胜很清楚他绝不会走出房门之外，最多就是开了门探出去半个身子意思一下，但陈胜没办法不拦住他，因为陈若谷说的全都是事实。

"行了，回来吧，"陈胜叫住陈若谷，"不过说好了，今年这是最后一次，别过两天又过后年的生日。"

"我保证，今年最后一次，后年和大后年的生日留到明年过。"

陈若谷走了，小房子宽敞了点，但陈胜的心却空了点。说实话，自陈若谷有了独立思考能力之后，他就是陈胜最好的倾诉对象之一，从国家政治到社会现象，从生活娱乐到个人情感，无话不谈。在陈若谷面前的陈胜可以做到完全真实，不需要任何的伪装和掩饰，很轻松自在。可是这一切自陈若谷有了媳妇之后发生了巨大的变化，两兄弟能在一起谈心的时间变得越来越少了。

算了，陈胜放下这般顾影自怜的情绪，继续研究这 70 多个女人中，到底哪一个才是用着表妹照片的林姗姗。

网站里突然提示有人给陈胜回复了消息，真不容易，将回复率一下子提升到了 3.8%！

陈胜打开消息，心里阵阵激动，对方不仅对自己发的消息以及个人资料非常满意，并且还主动询问是否可以留个电话联系，方便见面沟通。哪有什么不行？赶紧的！

顺着链接陈胜进入这姑娘的详细个人资料回顾一下，发了 70 多个人他自己也记不太清楚了。照片上这姑娘长得真不错，基本上还都是淡妆生活照，估计和真实长相的误差在可接受范围之内。对于那些浓妆的，45度角仰拍的，大家都明白那意味着什么。

身高1米66，25岁，媒体公关，本科……行，完全符合陈胜要求，直接回复留个电话号码，约地方见面。

林姗姗今年25岁，其实25岁对于女人来说是风华正茂的时光，可女人们，尤其是女人的母亲们总是居安思危，期望能够快一点，再快一点把自己女儿交给一个男人，从此缠上他。不过这也符合经济学原理，就和股票一样，要在最高点抛售，25岁的女人就处在自己婚嫁价值的最高点。

林姗姗也很清楚自己处在婚嫁价值的最高点，所以她希望尽可能选择一个匹配这个价值的男人，并且对这个男人的后期涨势持有信心。一年前，陈胜就在林姗姗的备选名单中，不错的长相、不错的素质、不错的工作、不错的收入，最重要的是，陈胜这个人不花心，这一点对于挑选丈夫来说非常重要。

让林姗姗无奈的是，陈胜这个人情感敏锐度几乎为零，自己近乎明示地暗示过他多次，可他连一点反应也没有，原本林姗姗想将陈胜从备选名单中剔除，可是总经理位置突然的空缺，使得林姗姗不仅没有剔除陈胜的名字，还进一步提升了陈胜的排名，目前排在第一位，成为首选。

林姗姗清楚自己现在要做的有两件事：一，赢得陈胜；二，帮助陈胜赢得总经理的位置。

于是，现在林姗姗又一动不动地盯着陈胜，也不开口。陈胜心里纳闷，这姑娘怎么有这个爱好，自己要是长得和刘德华似的倒也说得过去，但自己长得这么经不起推敲……

"说话。"陈胜无奈，只能先开口。

"你有事。"

"你有病。"

"你骂人。"

"我救人，你真该去看看医生，现在社会压力太大，大多数人精神都有问题，别讳疾忌医，早看早健康。"

"你才有病呢，我心理不知道有多健康。"

"健康你盯着我不说话？"

"你有事。"

"你有……哎我能有什么事？"

"你看你今天穿的衣服，不穿西装改休闲，不戴手表，还不是有事？"

"我偶尔变化一下风格能有什么事？"

"一个人突然改变自己的习惯就是有事。穿休闲装并且放弃你唯一的奢侈品手表，目的就是为了让自己看上去不那么古板拘谨、老气横秋……"

林姗姗一边说一边围着陈胜转悠，陈胜心里抱怨自己又不是旋转木马："行了，头都晕了，你能不能使用一下瞬移技能，用最快的速度从我眼前消失。"

"哦！我明白了，你要去……"林姗姗突然一嗓子，那声音能传到公司大门口的前台，陈胜本能地以迅雷不及掩耳盗铃儿响叮当的速度捂住了林姗姗的嘴，虽然陈胜从小就被教育男女授受不亲，可是……这时候谁他妈还管这个！

"我知道你知道我要去做什么，可麻烦你不要这么大声，你答应我不喊我就放开手，好不好？"陈胜明确解释自己的举动，以免造成性骚扰的误会。

陈胜说完看着林姗姗等待她的回应，林姗姗这姑娘又盯着陈胜不说话，当然她没法说话。陈胜的手捂着她的嘴，可她既不点头也不摇头。

　　"你到底是同意还是不同意啊？"陈胜又问了一遍，这姑娘还是直勾勾地看着陈胜，既不点头也不摇头。

　　"你怎么了，说话。"陈胜松开手说道。

　　林姗姗这姑娘还是不说话，但脸红了，眼眶里还开始凝聚泪水。陈胜内心一阵慌乱，丫你个人，事情弄大了，就这么一捂怎么捂出这么一个结果，这到底什么意思？该不会是林姗姗一直就暗恋自己，今天终于有了第一次亲密肢体接触，从而引发她内心深处一直压抑却暗流涌动的情感不可收拾地爆发出来，自己和林姗姗该不会就这么一捂定情……想到这儿，陈胜不禁心潮澎湃，说实话林姗姗这姑娘不错，符合自己孩子他娘的标准，来这么一场轰轰烈烈的办公室地下恋情也是不错的选择。可如果被人发现了呢？没关系，大不了自己把林姗姗养着，这也是为人夫的责任嘛……

　　"你那么用力，我嘴唇撞牙齿上了，疼死我了，你看看，破了没。"林姗姗说着把下嘴唇翻开让陈胜帮忙查看。

　　……

　　陈胜很失落，明白这是自己第 N 百次自作多情，还好他有着丰富的自作多情的经验，丝毫没有在林姗姗面前流露出脑袋里的想法。

　　"对，对不起啊，我看看，好像有一点点伤口。"陈胜赶紧帮忙查看林姗姗的伤势。

　　"都出血了。"林姗姗用纸巾擦拭了一下，白色的纸巾留下了红色的印记。

　　"我不是有意的。谁叫你嗓门那么大。"

"那你告诉我，你去和谁相亲。"

"那不能，这是我的秘密。"

"那我就去发微博，说我的上司强硬地把我弄出血了。"

陈胜心中暗骂，你奶奶个熊，都是微博惹的祸，140 个字弄得现代人说话都缩写了，这么一缩发微博上，再配张带血的纸巾，到哪说理去？

"我全部坦白，争取宽大，行不。"陈胜无奈叹气道。

经过 20 分钟的拷问，林姗姗弄清了来龙去脉，然后又一惊一乍地喊道："你不能去。"

"理由？"

"这还不简单，就你这样的，凭什么一个漂亮姑娘第一次网上接触就要求和你见面。"

"我怎么样了我，我怎么就让你这么看不起。"

"你说呢？哎呀，这不是重点，重点是现在网上骗子可多了，你遇到的这个明显就是托，不是饭托就是茶托，把你带到一个什么破饭馆茶座狠狠宰你一刀。"

"凭什么！凭什么我就不能遇到一个真心想和我交流的漂亮姑娘，就一定是个托，我还就不信了。"

"你说你怎么就不听人劝呢，我是真的担心你，你可千万别和我赌气，漂亮姑娘看不上你，也有社会的责任，不全怪你。"林姗姗语重心长地说。

这什么人啊，有这么劝人的吗？这明明就是激人。

"我今天还就去定了，我还要向你证明，你面前站着的是绝种好男人。"陈胜慷慨激昂地说道。

"男人种都绝了还能好？"

虽说不顾林姗姗的劝说执意赴约，可陈胜还是留了个心眼，时刻保持警惕以防上当受骗。他们在离那姑娘工作不远的室外见了面，姑娘果然明艳照人，比照片有过之而无不及。姑娘的态度也很和善，说话轻柔很有礼貌。

"你看，我们接下来去哪好呢？"陈胜抛出一个问题，试探对方的反应。

"我都可以，还是你决定吧。"姑娘将决定权交到陈胜手上。多好的姑娘，这能是托吗？托能让别人指定地点吗？陈胜想着回去怎么在林姗姗面前好好得意一番。

"那，要不我们就在附近找个地方坐坐？"

"好啊，听你的。"姑娘应该是江南水乡出品，那声音温润细软，飘飘的。

陈胜和姑娘约见的地点不算商业闹市区，不过周围倒是有几家茶座咖啡厅饭馆，陈胜挑了家装潢不错的茶馆，心想骗子茶馆下不了这种血本装潢。

错了，全错了，不到 10 分钟陈胜就开始后悔当初没听林姗姗的劝告。这就是个托，还是个强力托，一托儿。这片区域的茶座饭馆咖啡馆几乎都在她的掌控之内，进哪家都是一个结果——被宰，敢情这一片就是个"托托集中营"。这年头，骗子也太狠了，集团化连锁经营，一个片区全是骗子开的茶馆饭馆咖啡厅。陈胜自问智商颇高，见到美女下降了一些，可是也足有正常人的水准，可是就这种骗局，逃得掉吗！

林姗姗这姑娘又一脸得意地盯着陈胜不说话。

"行了，我知道我很丢脸，没听你的被骗了，你满意了吧。"

"你说说，什么时候发现被骗的？"

"进茶馆坐下一开始点单我就发现了，那姑娘一点不客气，捡价格高的东西就是一通猛点，这还看不出来。"

"那你发现了不想办法跑？"

"我想来着，我借故打电话信号不好，想溜到门外拔腿就跑，结果门口站俩男的盯着我看。虽然不是什么肌肉猛男，但一股子悍劲扑面而来。我粗略计算了一下，如果使用武力手段，最好的结果你会去医院探望我。"

"打电话报警啊，然后坐下来继续聊天拖延时间。"

"哎，我怎么没想到呢。"

"你不是没想到，是怕丢脸吧？"

又被林姗姗说中了，警察来了，事情就大了，中国人这么爱看热闹，还这么爱分享，现在还有了这么热闹还能分享的平台——微博。陈胜担心万一谁拍张照传网上，脸就丢大了。全民媒体的时代真可怕。

"宰了你多少钱？"

"五千二。"

"太狠了吧！"

"实际宰了三千五，我让他们给我开张五千二的发票留着以后报销用。"

"我鄙视你。"

陈胜也鄙视自己。

昨天陈胜这家伙跑去相亲，着实让林姗姗紧张了一下，因为林姗姗了解陈胜，陈胜是个极度不上相的人，他的照片和本人有着巨大差距。现实中的陈胜虽然算不上英俊帅气，但是五官端正，偶尔嘴角露出一丝坏笑的模样颇具吸引力，可照片中的陈胜能令闻者伤心，观者落泪。

陈胜还是个不善于在网上沟通的人，准确地说是一个不喜欢在网上沟通的人。现实中的他曾经临时接到一个顶替别人演讲的任务，在毫无准备的情况下，仅仅看了一眼演讲题目，一个人在台上说了一个多小时，台下 37 次响起掌声和笑声。可是当面对电脑时，他半天蹦不出几个字，最擅长用的就是"呵呵"以及古老的"冒号加右括号"的笑脸标记。

网上的陈胜是没有吸引力的陈胜，这也是他为什么发出 70 多条消息却只有可怜的 3 个回复的原因。可如果有人突破了网络这道障碍见到了现实中的陈胜，林姗姗相信有七成以上的姑娘会对陈胜刮目相看。

幸好没几个姑娘有这样的慧眼，可以抛开陈胜在网络上的形象看透他现实生活中的样子，而现实生活中，陈胜社交圈中的女性数量屈指可数。同事中不乏对陈胜有想法的对手，可林姗姗会让她们知难而退。

林姗姗让陈胜去辨认网上的资料哪一个才是自己，并不是想刁难陈胜，而是通过找寻的过程，让陈胜更加了解自己，还可以让他发现一些自己想让他发现的"秘密"。

林姗姗，林姗姗，哪一个会是林姗姗？已经两天了，陈胜一点头绪都没有。陈胜纳闷，做过网上 27 种智商测试题，测试结果智商皆为 140 多的自己怎么会一点办法都没有呢？难道那些测试题都是骗人的？转念一想，如果那些测试题是骗人的，而自己居然被骗得相信自己的智商有 140 多，还做了 27 种不同的试题，那自己真实的智商也太……

终于，陈胜灵光一闪，想出了一个天衣无缝、妙至毫巅的好办法。陈胜给以前所有发过信件的 70 多个女孩都重发了一封信，信的内容是：

> 哈哈，小样，你以为你穿上马甲，我就不认识你了，还是被我发现了吧。

如此这般，当林姗姗再问的时候，就可以很不屑地说："自己去看账号，我已经给你发信了。"

聪明，真他妈太聪明了，陈胜带着得意的笑容睡着了。

第二天。

"你还真找出哪一个是我了。"林姗姗站在陈胜面前，不用问看到回信了。

陈胜露出早上练习过的轻松微笑：so easy。

"你太厉害了，一下子把我两个账号都找到了。"林姗姗继续说道。

"一般一般。嗯，什么？两个账号？"陈胜一噎。

"对啊，你给我两个账号都发了'哈哈，小样'，你是怎么知道我有两个账号的？"

"啊，这个，其实……因为……"

"因为你给所有发过信的女孩子都重新发了一遍，对吧？"林姗姗毫不留情地拆穿了陈胜的把戏。

"呵呵。"陈胜也只能呵一下了。心想，这姑娘脑袋有问题，人家玩游戏有小号，她上个婚恋网站也有小号！

"今天是最后一天，明天还找不出哪一个是我，到时候可别怪我不替你保密啊。"

"哎，你小号用的谁的照片？"

"我有两个表妹。"

"都在国外呢？"

"你想干吗？"

"没事，就问问。"

"你可别想老牛吃嫩草，大的那个才 22。"

22 怎么了，不就大 12 岁。当今社会，12 岁还能算个事儿？女比男大 12 岁都不算个事儿。

陈胜终于开始老老实实地查阅林姗姗一切相关资料，微博、QQ 空间……重新看一遍那 70 多个姑娘的资料进行交叉对比。这是多么浩瀚的一件工作，陈胜痛恨自己当初为什么发了这么多信，反正也没人回，少发两封会死啊！

"折断右翼的天使"是林姗姗平时用的昵称，顺着她的微博到了她的博客，最后一篇文章更新于去年 10 月份，也有大半年的时间了。可就是这么一篇"古老"的文章让陈胜看得气血翻涌。

认识他已经 222 天，可是依旧没能引起他的注意，在他眼中我似乎永远都只是个孩子。222 天前第一眼看到他时，他傻傻的样子就已经深深印在我的心里，可是 222 天之后他依旧那么傻，是他傻得完全感受不到我，还是他一点都不傻地故意忽略我……

陈胜计算着日子，222 天就是 7 个多月，加上大半年没更新，正好是一年半前，自己就是一年半前认识林姗姗的，在自己眼里她就是个孩子，最最最重要的是，傻是自己的本质啊！

陈胜对着电脑发呆，心想着：这说的该不会是我吧，林姗姗该不会从第一天见到我时就爱上我了吧？如果是真的，我他妈也太蠢了，浪费一年半的时间。陈胜开始细细回忆自己和林姗姗相处的每一个细节，越想越觉得那个傻瓜就是自己。他应该立刻对林姗姗有所回应？错，陈胜不会那么做，因为他有过类似的惨痛经历。

陈胜一直觉得南京是个挺特别的城市，南京有一个网站叫"西祠"，是南京人喜欢上的论坛。目前西祠发展成什么样已经不太清楚，早些年陈胜整天在版上游荡，那时上西祠的人大部分都是南京人。西祠里有很多版块，其中很多版块都有聚会活动。陈胜那时候觉得南京可能是整个中国网友聚会最多的城市。陈胜曾混迹西祠 4 年有余，期间参加过不下 20 个版块的 200 多次聚会。

记得那是在一次某非婚恋交友版块的聚会中，陈胜认识了一位颇有个性的漂亮姑娘。她戴着太阳帽、穿着 T 恤小短裤，十足青春活力。在整个聚会中，这姑娘大部分时间都在陈胜身边，双方进行了友好磋商，就爱情婚姻交换了观点意见。

当晚，回到家的陈胜上版查看，看到该姑娘发的一篇帖子，叙述她在今天的聚会中认识了一个令她心动的男人，可她不知道该不该向对方表白，不知道对方会不会也喜欢自己。当时的陈胜对姑娘的帖子进行了详尽的分析研究，最终判断令姑娘心动的人就是自己。

陈胜满心激动地花了不少心思和金钱，策划了一场颇为浪漫的求爱行动，请版主帮忙以版聚的借口再度邀请那位姑娘。接着，在众多版友见证之下，那姑娘来了，陈胜也行动了。只不过，行动到一半时，才发现那姑娘不是一个人来的，同来的还有另一位版友，也就是姑娘在帖中提到的正主。到今天，陈胜都不敢回忆当时的尴尬场面，甚至都记不清当时自己是如何离开那个地方的。自那以后，陈胜便消失于该版块，不久后绝迹于西祠。

所以，陈胜及时控制住了自己对林姗姗的妄想，要是一个人掉进同一个坑里两次那也太蠢了。

"找到哪个是我了吗？两个账号，猜对一个就算你对。"林姗姗问道。

"知道我智商多少吗？ 140！这点小事能难倒我吗？你身高168 厘米，体重 52 公斤左右，根据四季不同有 3 公斤的浮动。本科学历，爱好瑜伽、游泳、旅游、看电影，对美食尤其没有抵抗力，也就是俗称的'吃货'。你对自己性格的描述应该是活泼开朗，人见人爱，车见车载，虽然和事实有些出入，你对自己未来另一半的要求是成熟稳重但不乏幽默风趣，不求他大富大贵，但绝对要有超越常人的才华和能力。你虽然是'外貌协会'的终身荣誉会员，但是在选择另一半时却没有长相要求……"陈胜一口气叙述着一整晚研究资料结合一年半相处对林姗姗的了解，"根据这些资料进行筛选，一共有 11 个人符合条件，而我又阅读了你发布在网上的所有文章，按照你的写作风格和你在婚恋网站上的自白进行对比，将 11 个人成功缩减到 3 个人。3 选 2，怎么都能中一个吧？"

"你真的看了我写的所有文章？"

"当然，尤其是那篇喜欢一个人很久的文章，看了两遍。这一点我就要批评你，像你这样年纪的小孩，那应该是勇敢追求自己所爱的时候，再说你长得这么标致，飘飘的，根本没必要暗恋，只要你表白，以我对男人的了解，除了个别性取向与众不同的其他都会答应你。"陈胜选择了鼓励林姗姗追求自己喜欢的人，如果是自己当然最好，即使不是，也不会出现当年那般尴尬的局面。这个办法十分猥琐，但陈胜也有苦衷。

"真的？你觉得我长得……"

"当然，这份信心你还没有吗？看看公司里的雄……男性，哪个看到你的时候不多看两眼，你需要帮助的时候，哪次不是群情踊跃。"

"可是，他条件真的很好，也许看不上我呢？"

"他能有多好的条件，就你这样的还看不上？"

"他……他是公司高管，才30多岁就年薪百万，有房有车，长得也帅，根本就是黄金单身汉，喜欢他的人一定很多，否则他也不会一直都没注意过我。"

林姗姗的话让陈胜激动中又有些迷茫，公司高管，年薪百万，有房有车，和自己条件相当符合，可是长得帅这件事和自己没太大关系，难不成情人眼里出潘安？

"林小册，听我的没错，我告诉你，像你这样的女孩很少有男人能够拒绝，更重要的是，就算被拒绝也曾经勇敢尝试过，不会留下遗憾。"陈胜继续赤裸裸地鼓励林姗姗向"自己"表白，他内心无比期待，并准备着如果林姗姗说出是自己的时候，务必装出一副惊讶的样子，然后再……嘿嘿。

林姗姗是个冰雪聪明的女孩，短短几句对话之后就开始明白陈胜的真实目的。林姗姗心中有气，自己已经很委屈地给了他那么多暗示和鼓励，到头来，这个男人居然希望自己主动去追求他。

虽然林姗姗将陈胜在候选名单中提升至第一选择，可作为一个人见人爱的漂亮姑娘，心中那份高傲仍然不肯屈就，让自己主动追求对方，绝无可能。

最让林姗姗生气的是，陈胜的做法太没有胆量，如果陈胜对自己完全没有想法，林姗姗不会怪陈胜，可是他目前这种做法令人鄙视。一个男人可以有贼心，但不能只有贼心却没有贼胆，那样的男人太不男人。

林姗姗对陈胜的评价开始减分，加上心中有气决定予以陈胜严厉的回击。

"嗯，你说的有道理，等他出差回来，我就向他表白。"林姗姗说道。

林姗姗的话犹如一记响雷将陈胜原本的一丝期待击得粉碎，自己就坐在林姗姗面前，肯定不是那个出差在外的人。陈胜内心失望之余，又庆幸自己没有冲动行事。

"我能问问那个人是谁吗？"陈胜说道。

如果真有那个人，林姗姗一定不会告诉陈胜，可现在林姗姗必须给陈胜一个刺激。

"他就是……"林姗姗一个长音差点把陈胜憋死，"公司的销售总监南宫小林。"

这个答案真的刺激到陈胜了，整个公司陈胜最讨厌的人就是南宫小林。名牌大学毕业的背景却毫无名牌大学毕业的实力，靠着溜须拍马才坐到了今天的位子，每天摆出一副所有女人都爱他的样子，和所有雌性动物打情骂俏，仅这栋大厦和他有过传闻的女人就不下7个。做业务也只会淫贱三招：拉关系，给回扣，外加安排女人。林姗姗居然会喜欢这样的男人，这个世界怎么了？

人会爱屋及乌，也会恨屋及乌，林姗姗喜欢南宫小林使得陈胜对林姗姗的印象也减分不少，可还没有到失望的地步，只是有些怒其不争，不忍心看着这样一个好姑娘往火坑里跳。

陈胜每次看到网上有女人发帖说"好男人都死光了"的时候，就气不打一处来。好男人的标准到底是什么？这世界上是真没有，还是姑娘们眼睛瞎了根本看不见。

林姗姗了解陈胜，知道陈胜最看不起南宫小林，所以在气头上挑选了这个最让陈胜接受不了的人来刺激陈胜。林姗姗注意观察着陈胜的表情，一脸的愤怒和不屑尽收眼底。

"林小册，你给我说说，南宫小林到底哪里好，让我也学习学习。"陈胜很想了解这些姑娘们到底是怎么想的。

"他温柔体贴。"

"何以得见？"

"公司一起出游的时候，坐海船我晕船，他忙前忙后地照顾，还去船上医务室帮忙拿药，而你就带着一群男员工跑去船头大喊大叫什么'感受乘风破浪的感觉'。"

"我，我那是不知道有人不舒服，要是我知道，我也会照顾的。别说我了，他还有什么？"

"幽默诙谐。"

"他？他是侮辱幽默诙谐吧。他说话就只能把脑残的人和他自己逗乐。"

"是，你说话比他更有趣，可是你是把有趣建立在嘲笑和羞辱别人的基础上，完全不顾别人的感受，而他的话也许不那么有趣，可是能让人心里有甜甜的感觉。"

"我……"陈胜有些语塞，自己确实有时候会把自嘲和嘲人当作一种幽默手段，只是自嘲无所谓，嘲人就要看对方的接受程度，不是每个人都可以接受这种方式。"可，我没有嘲笑过你吧？"

"那是谁说我傻得连稻子麦子都分不清楚，是谁说我笨得一边花钱不停吃好吃的，一边继续花钱不停做减肥运动，谁说我脑残得居然会拿那谁谁当偶像……"

"我那不是在嘲笑你，是很认真地教育你。人说五谷不分四体不勤，所以稻子和麦子是要分清楚的。你一边花钱吃一边花钱减肥那多浪费，你少吃点既能省钱又能减肥，多好。我不是说你喜欢那谁谁就是脑残，我是说一切封娱乐明星为偶像并为之疯狂付出的都是脑残，因为你们喜欢的是镜头前的人，可是却为镜头后那个不知道是什么德行的人提供了巨大的物质利益。说简单一点就是，你喜欢一个人，可是为另外一个人付出了时间金钱，那不是脑残是什么？"陈胜又启动了令人讨厌的"说教"模式。

"所以说南宫小林比你招人喜欢。"林姗姗不忿地说道，"你今天就一点说得对，我喜欢就要努力去争取。"

林姗姗说完气呼呼地走出办公室。

陈胜坐在位置上看着林姗姗消失在自己的视线中，心里想的是：南宫小林，南宫小林，这也算名字吗？还不如叫武宫小二呢！

接下来的日子里，陈胜眼瞧林姗姗总是出现在南宫小林周围，午饭一起吃，帮忙倒咖啡，没事就待在一起小声说大声笑……陈胜心中在问：这算什么意思？林姗姗，你是谁的助理？

陈胜扪心自问：自己喜欢林姗姗吗？绝对有好感，只是一直以来陈胜都觉得如果向女同事下手，总有些"以权谋私"的嫌疑，即使自己站得直走得正，依旧避免不了一些无聊的传言。

这都是因为被一些猥琐下流的高管们带坏了风气，潜规则不只演艺圈有，哪里都一样，只不过演艺圈更多地被关注，所以暴露得多一点而已。陈胜也考虑过同流合污，这种事已经司空见惯，有些还是对方主动，无奈从小受到的教育和自己的良心不允许他做出此等生儿子没屁眼的事情。陈胜经常纳闷为什么这个世界上有那么多不怕自己儿子没屁眼的人。

当林姗姗明确表示对南宫小林有好感之后，陈胜心里特别不是滋味，不仅仅是一种嫉妒，更像是一种羞辱。在林姗姗的选择上，自己居然不如南宫小林这种一直被自己所不齿的人。

陈胜在考虑自己是否应该和南宫小林竞争一下林姗姗，又或者劝说她放弃错误的决定。

吴广进公司是为了找老婆，找一个喜欢自己本性的老婆，所以他告诉自己不使用任何手段，不设计任何桥段，用最最直接的方式。

"哎，晚上一起吃饭。"吴广问自己隔壁座位那位长得略显丰满的姑娘。

"为什么？"

"没为什么，就是请你吃饭。"

"神经病。"姑娘给了吴广一个厌恶的眼神。

"哎，晚上一起吃饭。"吴广又问对面一排坐在第三个位置，整过鼻子之后挺漂亮的姑娘。

"你谁啊？"

"我叫吴广，新来的。"

"为什么吃饭？"

"没为什么，就是请你吃饭。"

"神经病。"又是一个厌恶的眼神。

3 天里吴广就这样问了 6 个姑娘同样的问题，得到的答案几乎如出一辙。3 天下来，不仅 6 个姑娘知道了吴广是神经病，全公司都知道新来了个叫吴广的神经病。

"你神经病啊。"在陈胜的办公室里，陈胜瞪着吴广。

"怎么了？"吴广一脸无辜。

"你来公司找老婆，可有你那么找的吗？谁会搭理你？"

"我也没打算找她们做我老婆。"

"那你请人家吃饭？"

"她们不会去的。"

"那你又为了什么？"

"我就知道我道行太深，普通人没办法理解我的行为，我这是要展露本性。我要找的老婆是喜欢我本性的老婆，可是我首先得让别人知道我的本性是什么，这一公司的人我也不能一个个通知，所以我让他们自己帮我传开来。"

"那你本性是什么？"

"神经病啊。"

"你……我看你真是病得不轻。"

"你又不懂了，我这个人就是有点神经质，时不时做点我自己都不理解的事情，尤其是当我一个人的时候。这可能是我最大的缺点，我必须让我未来老婆一上来就清楚，如果连这样的我她都能喜欢，我就娶了她。"

"行吧，和你白做了十几年朋友，我们之间的差距越来越大了。"

"所以你要多些努力，不然跟不上我了。"

"你有……懒得理你。"陈胜无奈，说一个自己承认自己有病的人有病，那不是有病吗。

陈胜不再搭理吴广，在办公室的椅子上开始进行锻炼腹肌的运动。陈胜认为腹肌是鉴定男人生理年龄最重要的标志。

"你干吗呢？"吴广在一旁看着。

"锻炼身体，长时间坐着最容易堆积腹部的脂肪，我可不想没找到媳妇就大着肚子。"

"那你这样没用。"

"谁说没用，电视里就这么教的。"

"你就信了，傻不傻。我告诉你，你这样只能锻炼你腹部的肌肉，根本消耗不了脂肪，反而因为你的肌肉发达再覆上脂肪，肚子会越来越大。"

"你说真的？"陈胜被吴广说得半信半疑，看着吴广继续问道，"那你有好方法？"

"看着啊，你应该坐在椅子上，然后盯着自己的肚子，嘴里念'瘦下去，瘦下去'，用意念消除腹部脂肪。"

"去你大爷。"

如果单看五官，艾琳可以说是公司最漂亮的姑娘，只是喜欢裸妆、胡乱穿衣的她经常会被淹没在身边的一片艳丽中。加上对隐形眼镜过敏，一副老旧的镜框更是遮掩了她的容貌。

"你好。"艾琳盯着电脑，突然有个声音从脑后方响起，吓了艾琳一跳，回头见吴广站在自己身后。

"你好。"艾琳疑惑地打量着吴广。

"晚上一起吃饭？"吴广问道。

艾琳笑了笑："你就是那个……"

"神经病，对，是我。"

艾琳仔细打量着眼前的吴广，这个男人长相算不上英俊，但有些男人独具的野性，尤其是一对眼睛很好看，看着自己的眼神狡黠里又透着真诚，艾琳莫名地心动了一下。

"你为什么要这样？"艾琳问道。

"我怎么了，我就是想请人吃饭。"

"你是想追女孩子吧？"

"也可以这么说。"

"可哪有你这样的，吓都把人吓死了，谁和你吃饭啊。"艾琳说着脸上露出一丝笑意，左脸颊上出现了一个小小的酒窝，越发洋溢着那种清新俏丽的感觉。

"你好像没被吓着。"吴广看着艾琳微笑的样子，心也莫名动了一下，这个姑娘的性格果然与众不同，她是第一个没有骂自己神经病，还反过来劝说自己的人。

"可我也没打算答应你的邀请。"

"为什么？"

"你自己想想，你都已经问过 6 个人了，我是你的第 7 选择，谁会愿意当第 7 选择？"

"我不是按照我喜欢的程度来排列的，我是按照方便原则，以距离我的远近来进行询问。"

"那更不行了，你都没弄明白自己喜欢谁，就胡乱约别人，谁会答应你。"

"我使用的是逆向操作，我先看看有多少人喜欢我，我再看喜欢我的人当中有没有我喜欢的。"

"都还不了解，谁会莫名其妙就喜欢你。"

"对啊，所以我也不会莫名其妙喜欢别人，所以才需要了解，所以我才请你吃饭。"

"你这人……"

"神经病？"

"真奇怪。"

"那愿意了解一个奇怪的人吗？一起吃饭？"

"谢谢，不去。"

艾琳的拒绝并没有让吴广沮丧，吴广也没有纠缠艾琳，艾琳看着吴广乐呵呵离开的样子，心里有一丝好笑，又有一丝……

第二天吃完中饭，艾琳走进公司就发现不少人看着自己窃笑。有妖气！

"发生什么事了？"艾琳问身边的同事。

"你还不知道？"

"知道就不问了。"

"就是那个吴广，他和他们部门的人说，全公司最漂亮的姑娘就是你，最适合当老婆的姑娘也是你，他说他追定你了，并且警告其他一切对你有企图的人尽早放弃想法，你说他是不是真的神经病。"

艾琳听着同事的叙述，弄不清楚自己心里的感受。最迫切想知道的是，这个奇怪的家伙到底在搞什么。

"你给我过来。"艾琳在洗手间门口遇见吴广，将吴广带至一个偏僻处问道，"你到底想做什么？"

"你到底想问什么？"

"你为什么那么说？"

"说什么？"

"说我是公司最……说你追……哎呀，你知道的。"艾琳不好意思说出那些话。

看着艾琳着急的样子，吴广笑道："我说的都是事实，为什么不能说？”

　　"可是这是在公司啊。”

　　"公司又没规定不能谈恋爱。”

　　"没有明文规定，但是并不赞成，按照惯例两个人要走一个的。”

　　"那我走。”

　　"怎么能让你……你这人……你都把我绕进去了。真烦人，不许打岔。你到底想做什么？”

　　"请你吃饭。”

　　"我要是不答应你，你还会做什么？”

　　"不知道，我对自己也不太了解，唯一可以确定的就是我有点神经病。”说着吴广直视着艾琳。

　　"你威胁我？”

　　"是。”

　　两人就这样互相注视着对方，长时间的沉默。

　　"你想好时间地点通知我。”艾琳说完便转身离开了。

　　吴广做事讲究效率，立刻订好餐厅短信通知艾琳今晚约会的时间地点，然后美滋滋地坐在座位上等着下班时刻的到来。

　　"今晚聚聚？”陈胜走到吴广的座位旁问道。

　　吴广警觉地四周看了看，很不满地看了陈胜一眼：“走开。”

　　"为什么？”

　　吴广无奈地叹了口气站起身大声说道：“陈总，我知道了，一会交到您办公室去。”

　　陈胜的办公室，吴广坐在陈胜的座位上，而陈胜站在一边。

　　"你说说你，怎么那么不懂事。我现在什么身份？我就是一个普通员工，你身为副总不能表现出和我很亲密的关系，那会暴露我的身份。"吴广教训着陈胜。

"那我应该怎么对你？"

"充分表现一个上司对下属应有的行为，甚至可以考虑稍微过分一点。"

"你，给我起来。"陈胜指着吴广说道。

"这就对了！领悟得挺快嘛，不过现在没外人不需要这样。"吴广拍手说。

陈胜死死盯着他，吴广一个激灵，赶紧跳了起来："副总，您请坐。"

"没外人的时候也要保持一致，才能保证有外人的时候不露出破绽。你，站那边去。"陈胜坐回自己的位置继续说道，"今晚陪我去喝点。"

"不行。"

"什么不行，这是上司交代的任务，不是请求。"

"真的不行，我晚上约了人。"

"谁？"

"艾琳。"

"艾琳？你说的是我们公司人力资源部的艾琳？"

"嗯。"

"这才几天啊，你动作真够快的。"

"你来公司是上班，我来公司是找老婆，找老婆就是我的工作。"

"你和艾琳准备去哪？"

吴广报了一家比较高档的餐厅名。

"你不是要装没钱吗？还去那种高大上的地方？"

吴广无奈摇头："和你说话越来越累，你要装没钱，你就更应该去需要花钱的地方，需要花钱的地方才能体现出你没钱。懂不懂？"

"你什么时候变得这么想让人揍你？"

"一直都是，只是以前你打不过我。"

"现在呢？"

"对不起，我错了。"

透过餐厅巨大的落地窗眺望整座南京城，一片不算太璀璨的夜景静谧安宁。这座六朝古都、民国首府现在已经沦为二流城市，璀璨光华的夜景也成了一种奢望。

吴广坐在位置上等待着，艾琳比约定的时间晚了 5 分钟。但吴广这 5 分钟的等待绝对超值，因为艾琳回家换了身休闲装束，还上了一点淡妆，脸上那副旧式的粗框眼镜也换成了淡紫色的无框，连在美女丛中打滚的吴广看了都不自觉地张大了嘴。

"我来了。"艾琳在吴广对面坐下，看着发呆的吴广，用手在吴广面前挥了挥，"你怎么了？"

"你真漂亮。"吴广由衷地赞叹。

"我知道。"艾琳毫不客气地接受了吴广的赞美。

"你在公司为什么不打扮？"

"我怕男同事不能专心工作，女同事嫉妒我。"艾琳笑着说。换成旁人，这也许是一种令人讨厌的自大，但从艾琳嘴里说出来一点都不让人反感。

"你知不知道，权威机构调研结果表明，容貌出色的人在职场上更容易获得成功。"

"我又没那么强的事业心，我的理想是嫁个好老公，然后在家相夫教子。"艾琳捋了捋头发，眼珠滴溜一转，可爱极了。

"展露你的美貌才能吸引更多的追求者。"

"我不喜欢别人只喜欢我的长相，我希望我老公喜欢的是我的本性，因为喜欢我而喜欢我，不是因为我漂亮而喜欢我。"

艾琳的话让吴广觉得很耳熟，艾琳的想法其实和吴广一样，只不过一个是色，一个是钱。

"那你今天为什么打扮得这么漂亮？"

"因为我没有让你做我老公的打算。"

"为什么？"

"因为你在公司说我是全公司最漂亮的，说明你已经看穿了我的伪装，你是因为喜欢我的长相而喜欢我，所以你不会成为我的老公。"

"我那是胡说的。"

"什么意思？"

"我那么说只是为了引起你的注意，我不知道你打扮起来原来这么漂亮，我是喜欢你的个性才想追求你。"

"骗人，你根本就不认识我，更谈不上了解，凭什么喜欢我的个性？"

"我是个老男人。很坦诚地告诉你，我身边有过很多女人，我可以从简单的几句话就了解一个女人的个性，我和你说的话超过了 10 句，对你已经有了足够的了解。"

"是吗，那你说说，我是什么个性？"

"如果我说对了，你要做我的女朋友。"

"当然不行。"

"可我总不能白说。"

"嗯……"艾琳思考着，"最多给你追求我的机会。"

"合理，那好，就我对你的了解你应该……"

"等一下，你还没说要是你说错了，该怎么办呢？"艾琳说完又立刻补充道，"不许说你做我男朋友这种最无聊的玩笑。"

"如果我说错了，我保证以后都不纠缠你，并且立刻从公司辞职，从此在你眼前消失。"

"这么有信心，好，你说吧。"艾琳饶有兴致地等待着吴广的答案。

吴广忍不住笑了笑说道："整个公司的人都说我是神经病，可你并没有这么认为，反而好心劝说我，说明你是个心地善良的姑娘。我以威胁的手段强迫你接受我的邀请，你不仅没有生气还盛装赴约，说明你性格温柔且很有礼貌。你拥有美丽的外表却希望找到喜欢你本质的男人，说明你是个很有自信的姑娘。我说的都没错吧？"

"你耍赖，你夸我善良温柔自信，我怎么好反驳，我总不能说自己是个邪恶粗暴自卑的人吧。"

"可你没说不准夸你啊。"

"不行，这不算数，你要说我性格里的缺点，就一个，说对了就算你赢。"

"缺点……"吴广想了想又露出那个看似不怀好意的笑容，"你自我保护意识太强，不容易相信别人。"

"才没有呢，你说错了，所以你输了。"

"你的意思是你容易相信别人？"

"嗯。"

"那你就应该相信我不是因为你漂亮才喜欢你，而是因为喜欢你而喜欢你，你就不能剥夺我竞争成为你老公的权利。"

"我不信。"

"那你就是不容易相信别人，自我保护意识强，我说对了，你输了，你就必须给我竞争成为你老公的权利。"

"你这人……又耍赖。"

"是，那到底是我赢了，还是你输了？"

"我饿了。"

陈胜承认林姗姗这段时间总和南宫小林腻在一起的行为引起了自己强烈的嫉妒，无论出于任何理由，他都无法眼睁睁看着这么一个姑娘沦陷于南宫小林之手。

"林姗姗，明天我去苏州出差，你和我一起去。"陈胜对林姗姗说道。

"明天是周末哎。"林姗姗脸上泛起一丝不情愿。陈胜当然知道是周末，特意安排的就是周末，不然谁知道这姑娘是不是又偷偷约会南宫小林。以南宫小林一贯兔子就爱窝边草的行为，陈胜想想都替林姗姗担心。

"周末怎么了，周末也得去。"

陈胜开着自己从朋友老王手里友情价3万3买来的二手日系小破车等在约定地点。当年因为老王要买日系车陈胜还和他大吵了一架，抵制日货那是陈胜一贯的原则。陈胜始终认为日本这个国家的地理位置导致他们不得不具有侵略性，日本人为了自己的生存就必须向外扩张，中国在日本人眼里永远是一块不可抗拒的"肥肉"，所以中国人稍有懈怠就会重蹈覆辙。可惜才短短几十年，现在的国人已经没有了这种危机意识。

陈胜之所以接手了老王这辆日系车，原因是老王换车不再购买日系车辆。

远远地，陈胜看见一个漂亮姑娘一身性感装束向自己飘了过来，所到之处雄性生物纷纷行"注目礼"，景象颇为"壮观"。

　　"你怎么穿成这样？"陈胜看着吸引所有男性目光的林姗姗飘到自己面前。虽然陈胜也见过林姗姗穿一些小性感的装束，但如今天这般火辣却是第一次。这姑娘想干什么？

　　"怎么样，好看吗？"林姗姗得意地转了一圈，然后用期待夸奖的眼神看着陈胜。

　　林姗姗今天是特意如此打扮的，作为陈胜的助理，她很清楚此行并没有公事，是陈胜"另有企图"，而自己需要把握这个机会。以往在公司总是需要保持职业装束，今天她火力全开，预备向陈胜展示自己的女性魅力。

　　"这和好不好看没有关系，我们是去出差，是去工作，你应该穿得职业一点，你这露得也太多了一点。"陈胜上下打量着林姗姗的装束眉头微皱，不过说实话，有谁不喜欢看穿成这样的姑娘了，陈胜又不是什么圣人。

　　陈胜开着车，林姗姗裸露在外的白皙大腿就在陈胜眼睛斜下45度的地方晃悠，明显干扰了陈胜的注意力，影响开车的视线，极易引发交通事故。

　　"你冷不冷啊，后座上有件外衣，你披着点。"陈胜实在忍不住说道。

　　"哦。"林姗姗很听话，从后座上拿了外衣就披在了身上。

　　陈胜心中暗骂，你大爷的，我叫你披在腿上，你披身上顶个什么用！

　　骂归骂，可是陈胜也很无奈，只能在心中默念"谨慎驾驶，注意前方"。

　　好不容易熬到苏州，陈胜先假装开车到客户公司，结果当然是客户不在，然后打电话显示对方已关机。林姗姗早就料到这个结果，不过她没有揭穿陈胜而是静静地看着陈胜在自己面前"表演"。陈胜的演技着实很烂，但他傻傻的样子还是让林姗姗心中涌起一股暖意，因为陈胜做这些，是为了自己。

"怎么办，我们回去吧？"林姗姗故意说道，然后等待陈胜的回答。

"嗯，让我想想，既然……都来了，要不……就在苏州逛逛吧，就当作你工作努力的奖励。"陈胜尽力把话说得很平静，还给自己找个貌似合理的借口，那"结巴"的样子有些可笑。

"好啊，那我们先去吃东西，再逛逛街，晚上住个喜来登什么的。"林姗姗开心地说道。

陈胜之所以带林姗姗来外地，是想脱离惯性生活，在一个相对陌生的环境里，让林姗姗更好地沉淀自己的思绪，然后劝说林姗姗放弃南宫小林。至于在苏州怎么玩，陈胜并没有做计划，可是林姗姗计划好了，她原本就是来玩的……

一整天的折腾让陈胜苦不堪言，他不得不承认有些时日没谈恋爱了。遥想当年，压马路围着南京绕了大半圈，历时 9 个小时，愣是一点事没有，现在还开着车……人类的科技发明就是在不断地摧毁自己的身体机能，让本来在动物界就处于下九流的运动能力变得更加可悲。看新闻说现在的小孩军训站军姿 1 个小时，晕倒了三分之一，这都什么体质。

"我们还去哪玩？"这是两人入住酒店后，陈胜洗完澡准备好好休息一下的时候，林姗姗敲开他房门说的第一句话。

"还玩，都玩一整天了。"

"可是夜生活才刚开始啊。"

"你行行好吧，我没力气再折腾了，我现在的体力最多只能够保持陪你聊天不睡着的状态。"陈胜实在经不起再折腾，也不想再折腾了。曾经也流连忘返于各大夜场的陈胜早就金盆洗手，解甲归田。

"那好吧，就聊天吧。"林姗姗进了陈胜的房间，坐在陈胜床上，显得那么自然。

林姗姗刚洗完澡，身上散发着淡淡的沐浴露与自然体香混合的香气，配合散落的头发、裸露在外的肌肤，眼前的一切对陈胜形成了巨大的诱惑。

陈胜对化妆这门学问了解有限，所以不知道现在的林姗姗到底有没有化妆，她与平时不太一样，另有一番韵味，清新自然。

林姗姗侧卧在床上，浴袍下浑圆白皙的大腿若隐若现，让陈胜有些局促，只能皱眉说道："聊天就好好聊，下来坐椅子上聊。"

"为什么啊，聊天就是要找最舒服的方式，当然是躺在床上最舒服。"

"那……你躺床上，我坐着？"

"要不你也躺床上。"林姗姗是故意的，故意要为难陈胜，想看看陈胜在这种情况下到底会是何种表现。

陈胜略微皱眉，平静地说道："林小册，我想和你说点正经事。"

"你干吗那么严肃。"

"说正经事当然应该用严肃的态度。"

"那好吧，想说什么？"

"我想说的就是关于你喜欢南宫小林的事，我还是想认真和你聊聊。"

"我不想听，为什么非要说这件事。"

"我这是为你好。"

"你凭什么为我好，你是我什么人？"

"我……我是你领导。"

"领导就有权管别人的私事吗？"

"那我起码也是你的朋友吧？"

"朋友，我们俩算朋友吗？"林姗姗突然起身站到陈胜面前，以陈胜的坐姿，眼睛正好在她的胸部下方，这个位置实在太别扭，陈胜无奈也站起身。

"你，往后点。"陈胜背后是窗台，站起身后反而和林姗姗贴得更近了。

"你还没说，我们俩算朋友吗？"

"当然，怎么说也认识这么久了，多少也有点革命感情吧。"

"那我算你什么样的朋友，普通朋友，好朋友，红颜知己？"

陈胜心中无奈，现在的孩子怎么这么大胆，穿成这样还一步步逼近自己，简直就是挑衅，现在已经退无可退。

"那，林姗姗，你别再往前了，有什么后果自己承担。"陈胜出言警告，恪守自己灵台最后一点清醒。

"有什么后果？"林姗姗不退反进，身体就差一线和陈胜靠在一起，眼神中闪烁着故意刁难陈胜的笑意。林姗姗心里想着把陈胜逼到了这个地步，这个傻瓜不知道会有什么样的举动，自己能做的极限就是如此了。如果这样陈胜都没有任何回应，那只能说明在陈胜心中自己只是同事、朋友。

这样的夜晚，异地的酒店，两个人近距离面对面互相望着。林姗姗的心跳开始加速，第一次不确定陈胜会有什么样的反应，两人的关系原本一直都在林姗姗的掌控中，而此刻她把决定权交给了陈胜。

陈胜是个迟钝的人，但不是一个蠢人，陈胜看着林姗姗的眼睛，从林姗姗的眼睛里陈胜明白了一切。林姗姗一直喜欢的人应该不是什么南宫小林，而是自己，所有的一切不过是眼前这个刁蛮的姑娘故意戏弄自己的行为。

这个在其他男人眼里十分高傲的姑娘，为了自己放下矜持已经向自己走了九十九步，如果连这剩下的最后一步也要她主动，陈胜自问就太不男人了。

陈胜伸手搂住林姗姗的腰，一个转身将她压在墙上，看着林姗姗的眼睛说道："呐，我警告过你，有什么后果，你自己承担的。"

"你想干什么？"林姗姗慌张地看着陈胜，这种惊慌不是来自恐惧，而是来自兴奋、紧张等复杂的情绪。

陈胜逼近林姗姗，越来越近，林姗姗可以清楚地感受到陈胜的呼吸，林姗姗不由自主地闭上眼睛，等待着……

回南京的路上，两个人都一言不发，没有任何交流。

陈胜吻了林姗姗，也只吻了林姗姗。虽然在这个美妙的异地夜晚还可以发生更多事，但是陈胜还是抑制住了自己已经蠢蠢欲动的原始本能。

陈胜不是一个保守的人，但是对于婚恋他是一个慎重的人。

林姗姗很满意苏州之行的结果，虽然她做好了把自己全部交给陈胜的准备，但是一个吻也许才是恰到好处的。林姗姗和许多女人有一样的理论，让男人太容易得手，他们会不懂得珍惜。

第二章　不想当土豪的男人不是好老公

"物质是一切的基础，感情也不例外。人会生老病死，感情也可能走到终点，但物质却是实实在在的。我知道这听起来很俗，但它已经被生活无数次证明，却总有你这样的人虚伪地不想承认这个事实。"

　　集团公司公布了确定总经理的方案，包括陈胜、南宫小林在内的 5 人成为候选人。公开竞聘总经理的职位，第一步就是准备一份经营计划书，在集团公司成立的竞选小组面前进行演示。

　　陈胜对此很有信心，自信没有人比自己更了解公司，也没有人比自己更有能力经营公司。陈胜在林姗姗的帮助下完成了一份出色的经营计划书，陈胜对这份计划书非常满意，其中包含了陈胜十数年浸淫在这个行业的经验和心得积累。

　　林姗姗也同样对陈胜抱有信心，担任陈胜助理一年多的时间，林姗姗可以说是最了解陈胜能力的人，她对陈胜的信心甚至超过陈胜自己。

上交并公开演示这份计划书，取得竞争中的优势，起一个好头，陈胜将向着总经理的位置、过千万的年薪迈出坚实的一步。

　　"接到电话没？"吴广悄悄溜进陈胜的办公室。

　　"刚挂，你什么打算？"陈胜说道。

　　"去。"

　　"去？你不知道每一次段宁都拿奚落你作为最大的乐趣，还去？"

　　"我不介意被他奚落。"

　　"我看你真是有受虐倾向。你为什么不让那些同学知道你很有钱？"

　　"因为我不想有麻烦。"

　　陈胜和吴广说的是大学同学聚会。不知道其他人的大学同学聚会是什么情况，陈胜和吴广的大学同学聚会基本上只有两个主题：一是沟通联系，找寻是否有可以相互利用的机会；二是炫耀一下自己的成就，嘲笑一下那些依然挣扎在社会底层的同学。

　　吴广虽然已经身家过亿，可从来不在同学会上透露自己的实际情况，在众人的眼里他就是一个一直依靠着陈胜才没饿死的家伙。就连毕业那会儿他出售网站的事情，除了陈胜也无其他人知晓。

　　陈胜清楚吴广的意思，如果同学知道吴广是一个身家过亿的有钱人，他的生活中就会突然出现很多"热情"的老同学。

　　"那晚上是一起去，还是各自去？"陈胜问道。

　　"我下午还有点事，各自去，到那儿会合吧。"吴广说完又偷偷溜出了陈胜的办公室。

　　陈胜在某些方面是一个停留在"远古"时代的人，他吻了林姗姗，在他的心中就已经认了林姗姗作自己的女朋友。听上去有些可笑，在这个上床后连对方名字都不知道的时代，还有人因为一个吻就会为对方负责。

"今晚我们大学同学聚会，你愿意来吗？"陈胜询问林姗姗。

"你的同学聚会，我为什么要去？"

"我想你可能愿意见见我的朋友。"

"以什么身份？"林姗姗笑道。

"女朋友。"

"女朋友？我什么时候变成你的女朋友了？"

"难道不是吗？"

"你该不会是因为在苏州的时候……我们……我就是你女朋友了？"

"下班回家换件衣服，打扮漂亮一点，我去接你。"

"喂，还没说清楚呢。"

"你可以选择不去，我就清楚了。"陈胜说完离开了。

林姗姗看着陈胜的背影，她一直认为陈胜是个木讷的男人，没想到还有这么霸道的时候。但这霸道却不会让人产生丝毫的反感。

陈胜等在林姗姗家楼下，已经超过约定时间 15 分钟，依旧没有见到林姗姗的身影。陈胜拿出手机发了一条短信：5 分钟内看不到你，我就走了。

5 分钟很快就过去了，陈胜看了一眼楼上的窗户，灯依旧亮着，陈胜转身打开车门准备离开。

"等等，"林姗姗的声音从身后传来，陈胜看见一脸不情愿的林姗姗从大门走出来，走到陈胜的面前说道，"你还真走啊。"

"你不下来我只好走了。"

"你不知道女孩子化妆需要时间吗？"

"知道，我已经给你预留了时间，下午4点半就让你提前下班，现在已经6点50了。"

"第一次约会，迟到半个小时是最基本的礼仪。"

"迟到还算礼仪？"

"当然了，表示你对我的尊重。"

"那你以什么表示你对我的尊重？"

"我自己。"林姗姗一昂头说道。

"你……"

陈胜这才留心到林姗姗的打扮，和苏州之行又是完全不同，一袭长裙显得端庄贤淑。陈胜不得不赞叹林姗姗在打扮自己方面可以如此多变，让人每一次都有惊喜。

"行，我明白了。"陈胜笑道。

"那快走吧。"

"你应该迟到半小时，现在才23分钟，我再等你7分钟。"陈胜看了一眼时间，悠闲地靠在车门上。

"好了啦，走了。"林姗姗将陈胜推上了车。

出现在陈胜的同学聚会上，林姗姗做好了吸引一切雄性动物目光的准备。男人都是死要面子的动物，而林姗姗相信自己可以带给陈胜足够的羡慕眼光。

走进包间的一刹那，一切都如林姗姗的预料，所有人的目光都集中在陈胜和林姗姗的身上。林姗姗露出一个适度的微笑，准备迎接众人对陈胜带有嫉妒性的调侃。可是，事情并没有按照林姗姗的剧本进行，随着另外两个人进入包间当中，所有人的目光都从林姗姗和陈胜的身上转移了。

吴广和艾琳就站在林姗姗的身旁，艾琳将原本属于林姗姗的目光全部吸引到了自己身上。

林姗姗和艾琳的眼神交会，两人皱起眉头，同时说道："你怎么在这儿？"

陈胜和吴广也互看了一眼，又看了看对方身边的女人。

人就是这么肤浅的动物，和年纪无关。以往每次都被奚落的吴广，因为身边的艾琳立刻变成了众人羡慕嫉妒恨的对象。在这个物欲横流的年代，男人眼里只有两样东西，女人和钱；而女人眼里也只有两样东西，钱和有钱的男人。

"你和艾琳之间似乎……"聚会结束，陈胜在回家的路上问林姗姗。

"她和吴广目前到底是什么关系？"林姗姗反问道。

"吴广能把她带来同学聚会，说明吴广是认真的，至于艾琳怎么想，我不太了解。"

"吴广是你的好朋友，对吗？"林姗姗问道。原本不想让外人知道的关系，在同学会上已经没有保密的可能。

"最好的朋友。"

"有些事情我应该告诉你，可是又觉得这样在背后说人坏话不太好。"

"和艾琳有关？"

"嗯。"林姗姗点点头。

"如果会影响到吴广，我希望你还是能告诉我。"

林姗姗犹豫了片刻，然后说道："我不能说太多，只是你应该提醒一下吴广，真正的艾琳和他看见的也许完全不一样。"

"能不能说具体一点。"

林姗姗摇摇头。

　　兄弟这个词的词义已经发生了变化，私利当头的年代，连亲兄弟都能反目，又有多少人能与没有血缘关系的人结成真正意义上的兄弟。这个年代只有朋友，无兄弟。

　　第二天是周末，一大早，吴广就出现在了陈胜的小公寓中。

　　"有事找你。"吴广自己开门进屋说道。

　　"说。"陈胜还在半梦半醒间。

　　"可我不知道应该怎么说。"

　　"那你再想想，我再睡会儿。"

　　"你和林姗姗到底什么关系？"

　　"恋爱关系。"

　　"什么时候开始的？"

　　"上周。"

　　"你速度也太快了点吧，这么大的事一点不严谨。"

　　"你有什么资格说我，你和艾琳呢？"

　　"我不一样，我拥有一见钟情的能力，你没有。"

　　"我不需要，我和林姗姗认识一年多了，她是我这一年多时间里接触最多的女性，我们之间已经非常了解。"

　　"未必，时间长短和是否了解并不成正比，我觉得你应该换个角度认真了解一下林姗姗。"

　　"你到底想说什么？"

　　"我想说的是，你看到的林姗姗和真实的林姗姗也许完全不一样。"

"这话怎么这么耳熟，艾琳说的？"

"你怎么知道？"

"因为林姗姗说，你眼中的艾琳和真实的艾琳也许完全不一样，她希望我能提醒你。"

"林姗姗这么说？"

"对。"

"胡说，艾琳怎么可能？"

"为什么不可能？"

"你根本不了解艾琳，艾琳绝对是一个温柔善良的姑娘，绝不会轻易诽谤别人，昨天要不是我追问，她根本就不愿意提关于林姗姗的事情。"

"你也不了解林姗姗，她也是在我的追问下，才很不情愿地说了一句，她根本就没有诽谤过艾琳，她只是提醒你多注意一些。"

"你知道什么？你看到昨晚艾琳是多么惊艳全场了吧，但是在公司她却从来不张扬，她和我一样，想要找一个真正喜欢自己的人，而不是喜欢她漂亮的人，就冲这一点林姗姗能比吗？整天打扮得花枝招展的，恨不得勾引全公司的男人。"

"我警告你，别这么说林姗姗，打扮漂亮一点有什么问题，这是一种礼貌，谁说就是勾引别人了。林姗姗到公司来的一年多时间，从来就没有过乱七八糟的事情，追她的人大把，就没有过什么不好的传闻。倒是艾琳，明明长得挺漂亮，却故意隐藏，为了什么，指不定有什么见不得光的事情呢。"

"你怎么说话呢，艾琳好心让我提醒你，你居然这么说她，皮痒了是吧？"

"废什么话，林姗姗好心让我提醒你，你怎么说她的？谁皮痒？"

"想打架，忘了你从来都没赢过。"

"那是因为自从你打不过我以后，就再也不敢和我动手，你想清楚今天准备破了你那个完美的全胜纪录？"

"那不打了，不过我告诉你，看女人，我比你在行。"

"你拉倒吧，你要是在行，就不会被刘萌萌……"

"你跟我提刘萌萌，逼我翻脸是吧？"

"是你先诋毁林姗姗的。"

"我他妈那是关心你，你真是属狗的。"

"那也不能诋毁我女朋友。"

"随你便，哭的时候千万别找我。"

"你也一样。"

恋爱中的人容易看不清对方这是一个事实，可是恋爱中的人却不肯承认这个事实。陈胜吴广都没想到对方的女朋友针对自己的女朋友说了相同的话。可到底谁说的是真的，又或者都是真的？

"你和陈胜说了？"艾琳看着吴广问道。

"说了，那小子不听，他还说……"

"还说什么？"

"说林姗姗告诉他，让他告诉我，当心你。"

"当心我，为什么？"

"担心你骗我。"

"我骗你？我和你什么关系都没有，骗你什么？"

"不能说什么关系都没有，你以女朋友的身份出席了我朋友圈的聚会，那就是一种身份的认可。"

"才不是呢，是你威胁我一定要参加的。"

"可是你总是屈服于我的威胁，我可以继续威胁你答应做我女朋友。"

"你这人……现在不说这个，你难道不担心陈胜吗？"

"担心没用，我必须想办法证明你的话是对的。"

"你就那么相信我？也许林姗姗说的话才是真的呢？"

"你说的也对哦。"吴广很认真地点点头。

"你真的怀疑我？"艾琳瞪着大眼睛看着吴广。

"你让我怀疑的。"吴广笑道。

吴广嘴上这么说，心中反而一点疑虑都没有，因为以自己目前呈现给艾琳的状态以及和艾琳目前的关系，根本没什么值得艾琳骗的。

"你这人……真讨厌。"艾琳无奈地嘟起嘴。

"你和吴广说了吗？"林姗姗也问了和艾琳一样的问题。

"说了，那小子不信，他还说……"

"还说什么？"

"说艾琳告诉他，让他告诉我，当心你。"

"我就知道她会这么说。"林姗姗露出不高兴的神色。

"你和艾琳之间是不是发生过什么事情？"

"我不想说，我只想问你，你相信我还是她？"

"我当然相信你。"

"真的？"

"和你认识也那么久了，这点信心总是有的。"陈胜笑道。

陈胜嘴上这么说，心中也这么想，因为他不愿相信有人会拿感情当筹码去赢得什么。

"谢谢你。"林姗姗感激地说道。

　　陈胜完成了经营计划书,这份计划书是陈胜在这行奋斗了 12 年的最好体现。而对于南宫小林来说,经营计划书是他最弱的环节,如果不能上交一份有分量的计划书,也许第一轮就会被淘汰。南宫小林明白自己必须想办法渡过这一难关,而能够帮助自己的人只有一个。

　　"姗姗。"南宫小林在公司大厦外叫住了下班回家的林姗姗。

　　"什么事?"

　　"找个地方聊聊行吗?"南宫小林恳求道。

　　林姗姗犹豫了一下,她看了看周围的人群,随时都会有认识的同事经过,片刻之后林姗姗选择走进了南宫小林的车。

　　"和陈胜进展得顺利吗?"南宫小林问道。

　　"挺好。"

　　"那恭喜你。"

　　"你不只是想恭喜我吧,有什么直说吧。"

　　"好,你也知道目前集团公司需要所有候选人上交一份经营计划书,虽然我在公司也好几年了,可主要负责的是销售方面的工作,其他部分……"

　　"说重点好吗?"

　　"把陈胜的计划书拿给我参考一下。"

　　"你疯了,那怎么可能?"林姗姗瞪着南宫小林说道,"停车。"

　　"姗姗,你听我说完好吗,一分钟,再给我一分钟的时间。"南宫小林焦急地劝解林姗姗。

　　"停车。"林姗姗坚持道。

南宫小林无奈将车停到路边，然后用无奈的眼神看着林姗姗。打开车门准备下车的林姗姗再次犹豫了一下，最终又关上了车门，回头对南宫小林说："一分钟，快点说。"

　　"姗姗，我知道陈胜是你的第一选择，你希望他赢得这次总经理的竞聘。可你也知道我一直都喜欢你，甚至不介意做你的备胎。你好好想一下，现在不仅仅是我和陈胜之间的竞争，另外还有3个对手，如果我在第一轮就被淘汰，你手中就只剩下一个筹码；而你帮了我，就是在帮你自己，对吗？如果只剩下我和陈胜之间竞争，我绝对不会再要求你这么做，到那时你可以全力帮陈胜。"南宫小林尽力劝说着林姗姗。

　　南宫小林确实是林姗姗拿来刺激陈胜的，可是南宫小林的意义并不仅仅如此。因为南宫小林也在林姗姗的备选名单中，甚至排位一度高过陈胜。若非南宫小林传出太多绯闻，他的排名也许会一直高于陈胜。

　　并不是因为南宫小林的各项条件优于陈胜，而是林姗姗认为南宫小林在现今社会更适于生存。南宫小林可以不择手段地去赢取利益，而陈胜则有太多的坚持和原则，阻碍了他向上爬升的通道。

　　南宫小林的话显然打动了林姗姗，林姗姗陷入了沉思。她是个目的性极强的女人，并且为此做了充分的准备，她不仅要成为有钱人的妻子，还要成为自己丈夫离不开的妻子。为此林姗姗做了10年的准备，她的感情史简单，只有过一个正式的男朋友；她聪明能干，可以给对方的事业很好的助力；她擅长家务、精于理财，可以为丈夫营造一个温馨的家庭环境……

　　林姗姗不屑那些甘心成为小三的女人，甚至不愿意嫁给一个已经功成名就的男人，她要成为陪伴、帮助这个男人走向成功的那个女人。

陈胜是林姗姗的第一选择，但不是唯一的选择。林姗姗对于掌控南宫小林其实更有信心，早在一进公司，南宫小林就向林姗姗表达了好感，虽然遭到拒绝，但是从来没有放弃。在别人眼中南宫小林绝对是一个花心的男人，只有林姗姗知道，当自己需要帮助的时候，只要一个电话，无论当时南宫小林身边站着什么样的女人，南宫小林都会选择将其抛下来帮助林姗姗。

　　"我晚上把陈胜的计划书发给你，你可以参考，但绝不能抄袭。"林姗姗终于动摇了，因为她不想放弃另外一个筹码。

　　"你放心，我不会蠢到和陈胜交一样的计划书。"南宫小林大喜。

　　"那就这样。"林姗姗说完便开门下车了。

　　在集团公司关于经营计划书的演示会上，南宫小林的表现让陈胜很惊讶。没想到一直被自己认为是不学无术的南宫小林可以准备出如此出色的经营计划书，虽然某些方面和自己的构想类似，但却有不少创新的概念蕴含其中，尤其是在南宫小林负责的销售方面更是表现出色。

　　原本想在这个阶段确立优势地位的陈胜没想到被南宫小林拔得头筹。陈胜对南宫小林算不上非常了解，但是对于他的能力有很深的认知，陈胜不相信南宫小林以一己之力能够完成这种水平的计划书。唯一的理由就是……他请了外援高手帮忙。

　　陈胜从来没有考虑过林姗姗会背叛自己，透露自己的计划书给南宫小林参考，倒是林姗姗得知南宫小林在计划书环节的表现后，内心非常不安。

　　"演示会的结果怎么样?"林姗姗主动向陈胜问起此事，想打探陈胜的反应。

"南宫小林应该会拿到第一，确实出乎我的预料，看来我还是轻敌了。"

"听说南宫小林的计划书里有一些想法和你类似。"林姗姗进一步试探陈胜的想法。

"对，不过这也正常，按照我们公司目前的状况以及发展趋势来看，这些想法是最实际的。"

"你觉得是南宫小林有这样的能力吗？"

"他没有，但他身边人一定有。我猜他应该是找了外援帮忙，看来接下来我得更慎重对待。"

林姗姗从陈胜的话中可以清楚地感受到陈胜对自己没有丝毫怀疑，这和一个人的品质有关，自己不会背叛别人的人很容易忽略别人会背叛自己的事实。

林姗姗有些后悔，她将陈胜的计划书透露给南宫小林，只想让南宫小林保持竞争力，却没有想到南宫小林居然可以进一步完善陈胜的计划书，做得比陈胜更为出色。

林姗姗迫切地想要做一些事情帮助陈胜挽回劣势。林姗姗清楚最后决定成败的并不只是那份经营计划书的优劣，拥有决定权的，是人。

吴胖子是集团公司的副总裁，负责这次总经理竞聘的工作，所以他是成败的关键人物。以林姗姗和吴胖子的级别差距，两人原本没有什么交集，可是林姗姗的美色可以跨越级别间的障碍。

在去年公司的年终活动上，林姗姗就引起了吴胖子的注意。林姗姗参与内部表演 T 台走秀，一席晚装惊艳全场。

"陈胜，我想和你说几句话。"林姗姗说道。

"你说。"

"你应该知道，要想成功竞聘总经理的位置，光靠计划书是不行的。"

"我明白你要说什么，你觉得应该和集团公司的领导层多沟通是吧？"陈胜清楚自己的短板所在。

"对。"

"但我和他们确实不熟。"

"就是因为你不熟才更需要沟通，不仅是为了和他们搞好关系，更重要的是让他们了解你，清楚你的能力，相信你可以更好地经营公司。"林姗姗对陈胜的劝说很有针对性，因为只是单纯地搞关系，陈胜一定会拒绝，而用这样的方式说出来却让陈胜不得不低头。

"嗯……"

"我可以帮你约吴胖子，这次总经理竞选的各种事务都由他负责。"

陈胜同意了林姗姗的建议，虽然陈胜不喜欢这种方式，但也清楚这种方式的必要性。

这是一个再俗套不过的场合。一个有求于人的陈胜，一个想帮助陈胜的美女林姗姗，一个对美女有企图的高管吴胖子。

这样的场合不需要用过多的文字去描述，很容易就能想象期间会发生的事情。整个过程中，陈胜都在忍耐，忍耐吴胖子对林姗姗做出的一些举动。

陈胜非常清楚，想要赢得总经理的位置，吴胖子是不能得罪的人。吴胖子也清楚这一点，所以在陈胜面前显得肆无忌惮，对林姗姗的举动也越来越轻薄。

虽然陈胜一再告诫自己要忍耐，但当看见吴胖子的手不断伸向林姗姗时，终于按捺不住。陈胜心中不仅仅是怒火，更多的是屈辱，鄙视自己沦落到为了得到某些利益不惜牺牲色相的地步，尤其是牺牲的还不是自己的色相。

"吴总，这里是公众场合，每个人都应该注意自己的行为。"陈胜盯着吴胖子说道。

"你什么意思？"吴胖子即将得手却被陈胜打断，还被如此质问，心中颇为不满。

"没事，没事，他的意思是……"林姗姗想要化解即将发生的尴尬局面。

"不用你说，让他说。"陈胜鄙视的目光让吴胖子怒火中烧，他不相信这个在关键时期有求于己的陈胜居然敢用这种态度面对自己。

"我说得很清楚，人要注意自己的行为举止，不要让别人看不起。"

"你的意思是你看不起我？"吴胖子不屑地说道。

"是你自己的行为让别人看不起。"陈胜毫不退让。

"陈胜，你知道自己在说什么吗？我看你是连你那个副总都不想当了。"吴胖子赤裸裸地威胁着陈胜。

"如果你真有能力让我连现在这个副总都当不了，这样的公司我也不愿意再待。另外，做你的下属，对于我本来就是一种侮辱。"陈胜怒起，言语间和吴胖子针锋相对。

"陈胜！"林姗姗焦急地阻止陈胜继续说下去，然后试图安抚吴胖子的情绪。

吴胖子此时已经非常愤怒，但是让人更鄙视的是，在这种时候他居然还不忘进一步占林姗姗的便宜。当林姗姗主动靠近他想要劝说时，他再度用手搂住林姗姗的腰，并将自己的身体贴向林姗姗。

吴胖子的举动让林姗姗很不舒服，但是林姗姗选择忍耐，此时陈胜已经激怒了吴胖子，如果自己不让吴胖子"有所得"，他一定会报复陈胜。为了陈胜，为了自己和陈胜的将来，林姗姗只能忍耐，甚至主动迎合吴胖子。

　　"林小册，你别让我连你也看不起。"陈胜明白林姗姗的意图，冷冷地说道。

　　陈胜的话冷冷地刺入林姗姗的耳朵，刺入林姗姗的心中。林姗姗本能地将吴胖子推开，用力很大，吴胖子没料到林姗姗会突然有这种举动，被推得差点仰面摔倒，形象极为狼狈。

　　"你……"吴胖子看着林姗姗。

　　"吴总，我……"林姗姗想要解释。

　　"林小册。"陈胜也看着林姗姗。

　　"你到底想怎么样？"林姗姗左右环顾陈胜和吴胖子，内心焦急却不知如何是好，无奈地看着陈胜说道。

　　"我希望做人要有尊严，我们走。"陈胜说道。

　　"可是……"林姗姗还想说什么。

　　"走。"陈胜毫不留情地打断。

　　林姗姗无奈地看了一眼吴胖子，走向陈胜。

　　"陈胜，我告诉你，你今天要是敢这么走出去，你就别想当上这个总经理。我会让你明白，在我面前，你就是一条狗，你休想有尊严……"吴胖子恼羞成怒地叫嚣着。

　　陈胜只管拉着林姗姗快步离开了包间。

　　这是一个莫名的年代，一个几乎任何东西都可以用于交易的年代。钱在人的脑海里、心里疯狂地舞动着，为了能够得到它，人们不惜放弃许多原本应该被珍惜的东西。

"你放手。"走出很远，林姗姗终于忍不住甩开陈胜的手，"你到底想怎么样？"

"我不想怎么样。"

"你知不知道得罪吴胖子的后果是什么？"

"我知道。"

"知道你还那么对他？"

"如果仅仅为了得到总经理的位置，就去做那些连尊严都放弃的事情，我做不到。"

"你应该清楚总经理的位置意味着什么，那会让你的生活发生翻天覆地的变化，会让你过上许多人一辈子都过不上的优越生活。你为了面子要放弃那么多吗？"

"你搞错了。尊严和面子是完全不一样的东西，面子可以不要，尊严绝不能放弃。"

"我不想和你争这些，我也知道你现在很生气，所以不强迫你现在去向吴胖子道歉。我去安抚一下他，然后过段时间找机会你再和他见个面。这样总行了吧？"

"你是去安抚他，还是去献身。"

"陈胜，你太过分了！"

"是我说得过分，还是你做得过分，你真的觉得只靠言语就能够让吴胖子回心转意？"

"我……"林姗姗明白陈胜说得没错，自己去找吴胖子，如果不付出一些代价就不可能让吴胖子改变对陈胜的态度，而这个代价林姗姗自己也没把握到底有多大。可是林姗姗做所有的一切都是为了陈胜，别人可以质问自己甚至鄙视自己，可是陈胜不可以，陈胜冷冰冰的话让林姗姗内心很屈辱，咬着嘴唇看着陈胜说道：

"我做这些是为了什么，为了谁？你告诉我，我为了谁？"

"如果是为了我的话，那请你尊重自己，我不需要这种帮助。"

"陈胜，你王八蛋。"林姗姗终于受不了陈胜冰冷的语气，哭着离开了。

陈胜伫立在原地看着林姗姗远去，心中有一丝不忍。陈胜痛恨吴胖子这种行为，利用职权肆无忌惮地表现自己肮脏的欲望，更恨林姗姗为达目的不惜牺牲自己去迎合吴胖子肮脏的欲望。就算这一切都是为了自己，自己能接受吗？绝不。

诚然，这个社会有太多吴胖子这种无耻之徒，可是这种无耻之徒之所以能够这样横行，难道就没有一点其他人的责任？如果不是一些人选择忍让、选择纵容，甚至选择迎合，这些垃圾会在这个社会上如此横行吗？就因为那一点点利益的驱使，就让人放弃自己的尊严，牺牲自己的身体？

虽然陈胜不赞同林姗姗的做法，但是清楚林姗姗这么做的原因。在心情逐渐平复后，陈胜也感到自己对林姗姗的责备过于严厉了。

在林姗姗的住所，陈胜看着哭肿了双眼，嘟着嘴一脸委屈的林姗姗，忍不住笑了。

"你还笑？"林姗姗不满又撒娇地说道。

"我现在才确定你不化妆的样子是什么样的。"

"不准看。"林姗姗一只手挡住陈胜的视线，一只手遮住自己的脸。林姗姗习惯了化妆，无论浓妆淡妆，走出门的林姗姗脸上一定有妆，没有化妆甚至比没穿衣服更让林姗姗缺乏安全感。

"都已经看到了。"

"那就不许再看，快点忘记。"

"你不化妆的样子更漂亮，怎么忘？"

"骗人，还说自己不会花言巧语。"

"过来，"陈胜牵起林姗姗的手走到屋内的镜子前，指着镜子里的林姗姗说，"你自己看看这个林姗姗。"

镜中哭肿了眼的林姗姗虽然没有了平日的艳丽，却平添了一分清纯，两只哭红的眼睛不仅没有影响她的容貌，反而多了一分我见犹怜的动人。林姗姗太习惯化妆了，自己都忽视了不化妆的自己。

"你来干什么？"这时林姗姗才想起早就应该问的问题。

"我来道歉。"

"道吧。"

"对不起，我昨天不应该那么说你，你所做的一切都是为了我。"

"别臭美了，我才不是为了你呢，我是为了我自己。"

"为你自己？"

"当然了，你是我男朋友，你当不上总经理，我就没了总经理男朋友。"

"你承认我是你男朋友？"

"我想不承认行吗？你都开始行使男朋友的权利了。"

"男朋友的权利？"

"对啊，我要只是你助理，你凭什么那么教训我，凭什么和我吵架，凭什么又来哄我。"

"教训是男朋友的权利，吵架是男朋友的资格，哄你应该是男朋友的责任吧。"

"你行使了权利，拥有了资格，当然要承担责任了。"

"傻丫头。"

"我才不傻呢，傻的是你。"

　　看似完全不相关的事情，有时候会莫名地被联系起来，又或者本来事情之间就有隔不断的联系，只是我们没有发现。

　　"你怎么在这儿？"陈胜回到住处打开房门就看见陈若谷四仰八叉地躺在自己床上。

　　"找你啊。"

　　"我话可说清楚，要钱没有，要命……命也没有。"

　　"不要钱，更不要命。"

　　"那你要什么？"

　　"要在你这住几天。"

　　"原因。"

　　"没什么大事，就是和韩露露吵了几句。"

　　"那你现在应该做的事情就是回去哄哄她，而不是找我借宿。"

　　"暂时回不去。"

　　"为什么？"

　　"因为吵了几句之后，又砸了点东西，她把我赶出来了。"

　　"那更应该回去。"

　　"说了回不去，砸的东西多了点。"

　　"什么东西。"

　　"就是杯子、盘子、椅子……"

　　"然后？"

　　"电视机、电脑、她的手机、我的手机……"

　　"你有病啊，什么都砸，不会挑便宜点的。"

　　"一开始是便宜的，可是她越砸越贵，我只能被迫回击，这属于自卫反击战。"

想象一下那个画面，小两口吵架，然后不断升级，你砸一个杯子，我砸一个盘子，你砸椅子，我砸茶几，你砸电视，我砸电脑，你砸我的手机，我也砸你的手机……这还是小事？

"你个兔崽子起来，这日子还过不过，你跟我说清楚，到底怎么回事？"陈胜把陈若谷从床上拎起来。

"没什么大事，就是她怀疑我有别的女人。"

"那到底有，还是没有？"

"肯定确定以及非常肯定……没有。"

"那她为什么怀疑你？"

"不就是女人麻烦嘛，查我手机，看到我手机里有和其他女孩的短信，然后就……疯了。"

"短信内容是什么？"

"就是问问有没有吃饭，睡得怎么样这些再家常不过的事。"

"家常是和家里人常聊的事，其他人没事关心你吃没吃饭，睡没睡觉干什么？"

"是，我承认，是有点暧昧的关系，可是这年头，谁没有三五七八个暧昧对象。"

"暧昧对象？还三五七八个？"

"我没那么多，就两个。"

陈胜很头疼，他守着传统的道德观和这个不断堕落的世界对抗了很久，以自己的微薄之力根本无法阻挡道德标准急速陨落的趋势。原本陈胜希望自己可以坚守，可实际上也已经跟着滑落。只是滑落得比别人稍微慢点，就俨然是个被社会抛弃的人了。有一个老婆外加两个暧昧对象真的不算什么事吗？

"那你现在准备怎么办？"陈胜问道。

"睡你这儿。"

"我不是问你今天睡哪儿，是问你怎么解决你和韩露露之间的问题。"

"等她道歉。"

"等……等她道歉？"

"对啊，是她先查我的手机，侵犯我的隐私；是她无理取闹，质疑我的人格；是她先砸东西，率先挑起战争。你说，不是她先道歉，难道是我？"

"可是你犯错了，你有两个关系暧昧不清的女人。"

"她也有，她手机里也有好几个男人给她发消息，还亲爱的、宝贝什么的都有，我起码没这个称呼。"

陈胜头更疼，这还不是一边倒问题，眼前这小子不省心，韩露露那姑娘也很费事。

"你没胡说？"

"当然，我骗谁也不骗你啊，你是我哥。"

陈胜有点绝望，因为他实在不善于处理这种事，现在已经想不出办法解决这两个家伙的问题了，最后能做的就只有——爱谁谁，关自己屁事！

说是关自己屁事，可实际上屁事也得管，因为陈若谷还赖着不走。陈胜是很喜欢和这个弟弟聊天，但是整天和一个男人挤在一张床上实在不是他的菜，何况这只是张比较宽的单人床。

"哎，你小子什么时候回自己家？"陈胜不得不提出自己的想法。

"等韩露露来道歉。"陈若谷依旧坚持，都冷战 3 天了，他还是泰然自若。

"你就不怕韩露露一气之下和你离婚？"

"离就离，有什么大不了的。"

"我说你小子……算了，我去帮你和韩露露沟通一下，不过你要答应我，别再和其他女人搞什么暧昧了。"

"为什么？"

"为什么，这还需要问为什么？"

"哎呀，哥，你不懂的，你们70后的人落伍了，不能理解我们80后的想法。"

"什么狗屁70后80后90后，那都是一些吃饱了饭没事的人故意弄出来的狗屁理论。生活在这片土地，一对爸妈，吃一家饭，穿一条裤子，长成你我这样的，只是在不同的年龄段，因为外界大环境的变化，呈现出一些表象上的不同，从本质上来说根本没有什么区别。你以为在男女那点事上整出花样就是先进生产力的代表？你拉倒吧！有个词叫'风流才子'知道吗？几千年前的人就把男女之间那点事弄得比你们现在精彩多了，人家暧昧还能暧昧出诗词歌赋，千古流传，你暧昧能暧昧出个屁啊，还自以为走在时代尖端，醒醒吧。"

陈胜一番慷慨激昂的鸿篇大论说得陈若谷张大嘴巴看着，陈胜心中得意：一看就是被自己深邃的思想，剖析问题的独到见解给震慑住了。

陈胜继续说道："别再70后、80后、90后了，等再过30年，你再看20后、30后，你就明白今天的你是多么的幼稚。就这么说定了，你以后不准再搞什么暧昧，我去找韩露露沟通沟通。"

"露露……"

陈胜只说了这两个字，接下来就全部是韩露露在说。说她是多么不图荣华富贵，视众多有钱的追求者不见，力排众议选择了陈若谷，她是多么委曲求全，承受着巨大的压力嫁给陈若谷。婚后她是多么尽职尽责地扮演一个好老婆的角色，把陈若谷的生活起居照顾得无微不至，陈若谷是多么没良心，居然背着她和其他女人搞暧昧……

　　韩露露足足说了近一个小时，陈胜一直处在默默的倾听状态，心想她一定是憋久了不吐不快。可是随着时间的推移，她对陈若谷的控诉越来越过分，开始进入了无原则的诋毁和谩骂，这让陈胜有些不能忍受，毕竟陈胜和陈若谷是一奶同胞的亲兄弟。

　　"露露，"陈胜只能打断韩露露说道，"我知道我弟有很多不对，可是两个人发生矛盾，两个人都应该有责任，一味责怪对方而不自我反省，这样不利于解决问题。"

　　"我凭什么自我反省，陈若谷他有自我反省吗？"韩露露对陈胜的话不满意。

　　"当然有，我这几天一直教育他，并且让他保证以后绝不再和其他女人有暧昧关系。"

　　"他的话能信？"韩露露冷笑一声，依旧不依不饶，"哥，你也太幼稚了。你叫他给我白纸黑字写保证书，他签字，你作保。"

　　"还要写保证书？"

　　"当然，还要道歉，否则，就让他继续睡你那儿吧。"韩露露的口气很生硬。

　　其实韩露露为人并不坏，只是独生子女从小被宠大，说话习惯了这么直白，听在陈胜耳朵里就显得很无礼。

　　佛也有三分脾气，韩露露的态度激怒了陈胜，陈胜有些失控地说道："我听我弟说，你也和几个男人有一些不太合适的关系，短信里还互相使用特别亲密的称呼，你怎么解释呢？”

"那都是追求我的人，我已经明确拒绝，可是他们还是纠缠不休，这能怪我吗？"韩露露说得理直气壮。

"真的只是他们纠缠你？"

"当然，我根本就没回那些短信，只是他们一直发来，我也没办法。"

韩露露的话让陈胜的火气立刻消了许多。如果真是这样，那么韩露露没什么错，错就全在陈若谷身上。

"是这样啊，那陈若谷是应该好好反省，我现在就回去教训他，让他来给你道歉认错。"

陈胜对自己刚才的冲动表现也有些尴尬，所以想立刻离开，把一肚子火向自己那个不成器的弟弟好好发泄一下。

陈胜走向门口，韩露露起身送行，打开门正好一个男人站在门口举着手准备敲门，男人看见韩露露开门，立刻亲热地握住了韩露露的双手，颇为温柔地说道："宝贝，你受委屈了，我就说你嫁的是什么人，还不如离婚呢。"

韩露露想将手从那个男人手里抽出来，却被那个男人握得很紧，她只得很尴尬地回头看了看陈胜。

那个男人也看见了就站在韩露露身边不到两米的陈胜，没有丝毫的惊讶，皱着眉头很不耐烦地问道："你是谁，在这做什么？"

"我是这个女人老公的哥哥。"说完陈胜大步走出门外，不理会韩露露在身后叫着自己。

"你们那点破事，我要是再管，我是你弟！"这是回到住处，陈胜对陈若谷说的唯一一句话。

陈胜能够懂现在小年轻在搞些什么，但是搞不懂为什么要搞这些，所以陈胜不想再去管他们搞什么和为什么搞。

集团公司在对候选人上报的计划书做了详细的评议之后，刷掉了一名候选者，进入第二阶段的竞聘工作，让剩下的四名候选人针对经营计划书上报一份关于利润分配的方案，说白了就是每年给集团公司多少钱以及怎么给。

　　这并不是一个多么复杂的方案，却是无比的关键，因为钱的多少起到决定性的作用。

　　陈胜在为自己的事业奋斗，吴广则在为自己的幸福努力。

　　"前面那位美女站住。"大街上，吴广冲着前面的艾琳喊道。就算在人满为患的大街，他也能厚着脸皮喊出这种话来。

　　"什么事？"艾琳回头瞪着吴广。

　　"请问去德基广场怎么走？"

　　"前面路口左转就到了。"

　　"方便带我过去吗？"

　　"带你过去之后呢？"

　　"顺便一起吃顿饭。"

　　"你都这么大人了，怎么就这么不正经？"

　　"因为我喜欢不正经。"

　　"那你喜不喜欢不正经的女人？"

　　"我喜欢你，如果你不正经，我也喜欢。"

　　"你这人……去吃饭啦。"艾琳无奈地瞪了吴广一眼，嘴角忍不住露出一丝微笑。

　　吴广看着艾琳略带怨尤又微笑着的样子，心里说不出的舒坦。他自己也不明白为什么都 35 岁了突然间变得这么孩子气，就是喜欢逗艾琳，喜欢听艾琳微蹙眉头轻声细语地说"你这人……"

　　"竞聘总经理进入第二阶段了，陈胜准备得怎么样？"在餐厅，艾琳问道。

"我不知道。"

"他不是你最好的朋友吗？你怎么一点都不关心。"

"我相信他的能力。你为什么那么关心陈胜？该不会……"

"不许胡说，竞聘总经理是件大事，公司的人都很关心。"

"你希望谁赢？"

"当然是陈胜。"

"为什么？因为我？"

"臭美，"艾琳笑着瞥了吴广一眼，"我是觉得陈胜成为总经理，公司才能运作得更好，我的收入才会有保障。"

"因为钱？你就那么在乎钱？"

"当然在乎了。没钱怎么养活自己，怎么买漂亮衣服，怎么吃好吃的东西？"

"那我要是很有钱，你是不是会更喜欢我？"

"当然不会，我赚钱凭我自己的本事，又不依靠你。"

"那就是说不管我有没有钱，你都喜欢我。"

"嗯，"艾琳顺口答道，而后才意识到又上了吴广的当，咬着嘴唇瞪着吴广，"你又耍赖。你总是这样骗我上当有意思吗？人家也不是真心说的那些话。"

"真心的你不肯说，我只能先骗你。"

"谁说我不肯说，你有问过吗？"

"那好，我问你，你喜欢我吗？"

"不喜欢，我特别讨厌你。"说完，艾琳露出得意的微笑。

吴广无奈地摇摇头，上当了，上这个小丫头的当了。

在现在的社会中，那种为了成功不择手段的人数量庞大，南宫小林便是其中一员，如果这群人算是一个组织，南宫小林的地位绝对不低。为了确保优势地位，南宫小林再一次找到了林姗姗。

"你找我干什么？我明确告诉你，这一次我绝对不会泄露陈胜的方案给你。"林姗姗看着南宫小林说道。

"我知道，我不是来向你要陈胜的方案的。其实这个方案并不复杂，只是牵涉蛋糕怎么分而已，如果上缴给集团公司多了，自己留下的就少了。"南宫小林平静地说道。

南宫小林的语气虽然平静，可是却让林姗姗的心开始不平静。她理解南宫小林话中的含义，南宫小林暗示如果林姗姗不向自己透露陈胜的方案，那么南宫小林只能选择尽量提高上缴集团公司利润比例以确保自己在竞争中的优势。

这样一来，如果最终南宫小林赢得总经理的位置，而林姗姗选择了南宫小林，等于林姗姗自己拱手将很大一部分利润让给了集团公司。目前公司前景很好，哪怕是几个百分点的利润都意味上百万的差别。

"你不只是在和陈胜竞争，你另外还有两个对手。"林姗姗这么说，但显然已经动心。

"不错，可是陈胜最了解公司的盈利状况和发展前景，他给出的数字也最有说服力。我拿陈胜的方案绝对只是参考，我可以向你保证这一次我绝不报出高于陈胜分配给集团公司的利润数字。"南宫小林继续劝说着林姗姗。

林姗姗再一次陷入艰难的抉择中，皱着眉头沉默不语。

"哦，对了，昨天我见过吴胖子，他似乎对陈胜很有意见。"南宫小林看了林姗姗一眼，假装不经意地提起吴胖子。

南宫小林是个善于处理各种人际关系的人，更是一个拍马屁的高手，所以南宫小林的职位虽然略低于陈胜，可是和集团高层的关系远比陈胜亲密许多。

"他说什么了？"

"他表示全力支持我竞聘总经理，并且询问我有没有什么打击陈胜的办法。"

林姗姗知道南宫小林的话不是危言耸听，吴胖子是个睚眦必报的小人，那天陈胜让他如此难堪，他一定会选择报复。

吴胖子会成为陈胜竞聘总经理路上的巨大障碍，使得陈胜赢下最终胜利的几率小了很多，这个时候保住另外一个筹码南宫小林就显得更加重要。

南宫小林看着陷入纠结的林姗姗，他相信自己又一次说动了她。南宫小林对林姗姗的了解远超过陈胜对林姗姗的了解，因为南宫小林知道林姗姗最想要的是什么。南宫小林甚至不在乎自己是否是林姗姗的首选，他相信自己可以通过林姗姗赢得总经理的职位，再通过总经理的职位赢回林姗姗。

"不，你不用再说了，我不会再把陈胜的方案透露给你。"林姗姗给了一个出乎南宫小林意外的答案。

"为什么？"

"因为，我喜欢的人是他。"林姗姗坚定地说道。

陈胜家楼下，一群人正围着一个人推推搡搡，互相争吵着。陈胜喜欢看热闹，也喜欢管闲事，在这个老太太摔倒在地都无人理会，小孩子濒临死亡都无人救助的年代，这算得上是个优点。

陈胜快步走上前才发现被围在中间的人竟是陈若谷。

"你小子到底想怎么样？"一个长得粗壮的年轻男子推了一下陈若谷。

"什么我想怎么样，你去问韩露露想怎么样，再说我们俩的事关你屁事，你是哪根葱？"陈若谷毫不示弱地回推了那粗壮男子一下。陈胜心想这小子也不看看局势，这周围一群人应该都是对方带来的，还这么逞强。

"你个呆……"那粗壮男子明显有了怒气，一连串的脏话脱口而出，南京人的脏话全国有名。陈若谷显然被对方的脏话激起了怒气，陈胜清楚自己和陈若谷从小受到的教育使得他们在脏话这一特定语言能力上缺乏训练，陈若谷没有还嘴的能力就一定会使用武力。

"等等，等等，怎么回事？"陈胜强行挤进人群当中，拦在粗壮男子和陈若谷之间。

"你哪边冒出来的？"那粗壮男子指着陈胜的鼻子问道。说实话，要不是看这男子身边这么多人，陈胜一定和陈若谷一起动手揍他，太没礼貌了。

"我是他哥，我叫陈胜。"

"你是他哥？"

"对。"

"那正好，你说这事怎么搞？"

"你说的应该是他和韩露露的事情吧，这是他们夫妻之间的事情，我们都是外人，不应该过多插手。"陈胜耐心地解释。

"什么外人，他个呆Ｘ欺负我们家露露就不行。"粗壮男子继续着他嚣张的态度，使用了呆Ｘ这个词。北京人喜欢骂傻Ｘ，而南京人喜欢骂呆Ｘ。

"你骂谁呢，你才是个呆Ｘ。"陈若谷一点也不示弱。

陈胜对于粗壮男子的态度也非常不满，说道："都别骂人行吗，有什么事慢慢说。"

"跟你们这种呆 X 没得话说，皮痒就应该好好收拾。"粗壮男子指着陈胜的鼻子继续骂道，似乎一点没说清楚问题的打算，一副挑衅的架势。

"你他妈骂我哥，我看是你皮痒！"陈若谷说着就冲向那男子。小时候打架都是陈胜护着陈若谷，哪怕自己被打得很惨也一定要护着弟弟。随着陈若谷慢慢长大，长得比陈胜更高更壮之后，陈若谷就表示要是再打架一定护着陈胜，只是后来一直没有这种机会出现。

局面一下就失去了控制，双方动起手来。对方一起来的有十几个人，男性也有七八个。虽然陈胜已经有些年月没打过架，可是不能眼睁睁看着他们围殴陈若谷，想要阻拦更是白费力气，无奈陈胜只能加入战团一通乱打。

陈胜的父亲是个读书人，对陈胜兄弟的教育非常严格，但唯独在打架这件事上很另类。小时候陈胜兄弟要是在外面被人欺负了回家诉苦，陈胜父亲从来不管，只会说一句：你要是个男孩，谁打了你，你去打回来。因此，陈胜兄弟从小就有出色的打架能力。

陈胜曾经因为在学校和吴广交手大败，而对自己从小练就的打架水平非常失望，继而奋发图强去学习了散打，使得原本就不弱的战斗力进一步加强。

"你怎么样？"陈若谷看着陈胜问道。那群人在保安的干涉下已经离开。陈胜和陈若谷两个人坐在楼前台阶上检查着自己的伤势。两个对七八个男人外加四五个下黑手的女人，战绩还算不错，虽然吃了不少亏，但是没有到需要去医院就诊的地步。

"你说你那么大脾气干吗，也不看看人家多少人。"陈胜说道。

"谁叫他骂你，骂我都忍了。"

陈胜看了陈若谷一眼，心里明白这小子是为了自己。

"你倒说说，到底怎么回事？"

"还不是因为韩露露。昨天她到我公司找我，非要让我给她道歉，我没理她，她说离婚，我说离就离，结果他们家亲戚就找来了。"

"就因为这个？"陈胜不相信就因为这个原因，别人就打上门来了。

"还有争吵了几句，互相骂了几句，她被我骂哭了……你别这么看着我，她骂我的话更难听，只不过我没哭而已。你不知道韩露露这个人，回家一定添油加醋地和她爸妈不知道说了什么，他们家在南京的亲戚又多，结果就这样了。"

陈胜相信陈若谷的话，因为他对韩露露的亲戚还是有一些了解的。在陈若谷和韩露露筹备婚礼的过程中，韩露露家的亲戚就指手画脚，提出了很多"不合理"的要求，在一次双方家人朋友沟通时，韩露露家的亲戚差一点就和陈若谷的朋友发生肢体冲突。

韩露露家在南京的亲戚数量众多，之间的走动也很频密，保持良好的家族关系原本是件好事，可是韩露露家人有时候表现得过于霸道。

"你说你，怎么就把事情弄成这样了。那胖子……带头那个，是他们家什么亲戚？"

"你说骂你那个？不是他们家亲戚，是她表哥的朋友，叫王旭，以前追过韩露露，韩露露没选他选了我，他就一直记恨我。"

"难怪就属那小子下手狠，这事你可千万别和爸妈说啊，免得他们跟着担心。"

"我有那么傻吗？"

"什么事不和我们说？"随着声音，陈胜父母出现在两兄弟面前。

陈胜父母听说陈若谷最近一直住在陈胜住处，打算过来看看兄弟俩到底怎么回事，却没想到看见两个儿子鼻青脸肿。

陈胜和陈若谷原本想找个理由搪塞，可惜瞒不过父母的精明。陈胜父母在得知事情全部经过后，看着两个儿子满脸伤痕，决定全家一起出动去韩露露家，就敌我矛盾展开双边会谈。

打人一方，按道理心中应该有些愧疚，可是在韩露露的父母脸上丝毫看不出来，尤其是韩露露的母亲，不仅如此，还摆出一副爱理不理的样子。

在经过一番沟通之后，韩露露父母始终保持着冷淡的态度，外带一些冷嘲热讽，陈胜父亲实在无奈之下只好问道："亲家，你们看这事情应该怎么办？"

"你问我们怎么办，我们怎么知道？我们把宝贝女儿嫁给你儿子，可不是为了让她被欺负的。你们也不想想就你们家儿子那条件，当初我就不同意，要不是我女儿死活要嫁，我会把女儿嫁给你们这种人家？追我女儿的人多了去了，想挑什么样的没有，非要挑你儿子这种要钱没钱要模样没模样的？话说回来，既然已经结婚了，我们原本也就没打算再说什么，可是你儿子都做什么了，不仅不知道珍惜，还敢欺负我女儿，你说这算什么事……"韩露露母亲终于也绷不住了，一通猛烈的发泄。

陈胜父亲耐着性子听完才说道："亲家，你别生气，我们有话还是好好说，我们今天来就是想解决问题。大家心平气和地谈谈好吗？"

"没法和气了，我觉得也没有什么好谈的。"韩露露母亲一副不耐烦的样子。

"那你到底是什么想法？"陈胜父亲无奈的语气中也夹杂了一丝不满。

"离婚。"王旭从房间里走出来叫嚣着。

"这位是……"陈胜父亲问道。

"我侄子。"韩露露母亲答道。

"什么侄子，他就是韩露露表哥的同学，也是今天下午带头动手的家伙。"陈若谷说道。

"既然是外人，我想你还是不要参与意见了。"陈胜的父亲依旧保持着风度。

"什么外人，王旭对于我们家不是外人，他就是我干儿子。索性和你们说明白，要不是你儿子瞎搅和，骗了我们家露露，王旭已经是我姑爷了。"

韩露露母亲毫不掩饰地说出自己的心里话，令陈胜眉头紧皱。

"可是现在露露和我们家二子是夫妻。露露在哪儿，能不能叫来一起商量怎么解决问题？"陈胜母亲终于忍不住插了一句嘴。

"露露不会见你们的，她的事我说了算。"韩母说道。

"那您的意思？"

"离婚！"韩母的口气很坚决。

"离就离，种什么豆得什么瓜，就你们这样的父母，我还真不稀罕你们的女儿。"虽然陈胜时刻拉着陈若谷以防他爆发，可最终还是没能阻止。

"你个呆 X 说什么？"王旭急于在韩露露家人面前表现，一下子冲上来对着陈若谷就是一拳。陈胜连忙拦在中间被王旭扫中嘴部，嘴唇被牙齿磕出了血。

"你们怎么这么野蛮，也太过分了！"陈胜母亲看着儿子被打，着急地说道。

"活该。"韩露露母亲没有丝毫的歉意，似乎还很满意王旭的举动。

"我们走。"陈父终于忍受不住对方的无理，冷声说道。

陈胜的父母今年都已经是 60 岁左右的人，而韩露露母亲 20 岁就生下韩露露，今年不过 40 多岁。两家长辈的年纪其实差了将近一辈，可韩露露的父母对陈胜父母没有一点尊敬之意。

陈胜和家人们都已经离开，韩露露的母亲单独将王旭拉到一边。

"王旭啊，阿姨想问问你，你说句实话。如果露露离婚，你还愿意娶露露吗？"

"当然愿意，您知道我一直喜欢露露，她今天离，我明天就和她登记。"王旭信誓旦旦地保证道。

"好孩子，露露真是没眼光。"韩母满目慈爱，温柔地拍了拍王旭的肩膀，"我有些话不知道该不该说。"

"阿姨，您尽管说。"

"今天事情已经闹成这样，我看是个机会，你干脆把事情闹大，让他们两个没得挽回。"韩母犹豫一下终于说出了真实想法。

"阿姨您想怎么做？"

"陈若谷这个人没什么别的优点，但是对家人确实很在乎，只要再……'刺激'一下他的家人，以他的脾气，他一定会铁了心离婚。"

"可是我不能去对付他父母吧，都是老人家，不太好。"王旭还算有点良心。

"他不是有个哥吗？"韩露露母亲说道，"你听我说……"

王旭"接令"离开了，家里就剩下韩露露父母。韩父在今天这场"闹剧"中始终没有发言，因为他不赞同韩母的做法。

"你觉得这样做真的好吗？"韩露露父亲说道。

"有什么不好？我这都是为了露露，王旭哪点不比那个陈若谷强？他们家光别墅就有好几栋，王旭他爸的公司规模多大，三层楼，光员工就两百多……"

韩露露母亲诉说着王旭的"优点"，无非就是两个字——"有钱"。韩父只是在一旁静静地听着。

"最重要的是，王旭对我们家露露那是一心一意，露露离婚他都愿意娶。这么好的姑爷哪去找？"

"可露露喜欢的是若谷。"

"她懂什么，你看这才没几天都闹成什么样了！她只有嫁给王旭才能过上好日子，跟着那个陈若谷受穷不说，还要受气。"

"我们总要尊重露露的意见。"

"什么意见，谁的意见都没用，已经让露露错了一次，这一次必须听我的。"

"爸，妈，几点了，我怎么睡着了？"韩露露揉着眼睛从房间里走出来。

今天傍晚，陈胜父母打电话给韩母表示要上门拜访之后，韩母就在晚饭的汤里放了安眠药，让韩露露一觉睡到现在。

陈胜在办公室里听见外面有人在吵闹，于是走出办公室，看见王旭带着几个人正在公司大喊大叫，其他同事都不知道发生了什么事情，看他们几个人面露凶光，只得四散躲避。

"你找我？"陈胜上前问道。

"对。"王旭仰着头回答道。

"什么事？这是公司，有什么话出去说。"陈胜准备将王旭带出公司。

"说你妹。"王旭说完朝着陈胜脸上就是一拳。陈胜根本没想到他会立刻动手，连躲闪都来不及，重重的一拳结实地打在脸上，立刻觉得眼前金星闪过，火辣辣的痛楚紧随而来，接着就是鼻腔里流出的鲜血。

王旭并没有因为这一拳的伤害收手，而是和同来的几个人一起上前将陈胜结结实实地围殴了一顿，直到大厦保安赶来才恶狠狠地丢下一句话："叫你他妈再管闲事，你以后小心点，这事没完。"

陈胜被莫名殴打一顿，带来了两个反应，第一个就是陈若谷火冒三丈地要去找王旭算账，被陈胜阻止了，陈胜选择了报警，让警察来处理这件事。

第二个反应是陈胜绝对没有料到的，被打后第 3 天，林姗姗告诉陈胜，集团公司准备重新考虑参与竞聘总经理的人选，其实就是考虑是否取消陈胜的资格。

"为什么会这样？"陈胜不解。

"是吴胖子提出的，说你在公司被打，影响很不好。"林姗姗说道。

吴胖子会报复自己，这一点陈胜非常清楚，倒不意外。

"就凭这一点就取消我的资格？我已经报警了，警察会说清楚到底是怎么回事。"

"对，警察会说清楚，可是你一个副总在公司被人围殴一定会有不好的影响。更重要的是，吴胖子会无限放大这件事情。"

"那我应该怎么办？"

"我说了你别激动。"

"那你还是别说了，你想让我给吴胖子道歉对不对？"

"是，吴胖子负责这次总经理竞聘，他的意见……"

"你不用和我说他的重要性，我都明白，可是向他道歉我做不到。当初就不应该听你的，去和他沟通什么感情，就应该堂堂正正凭自己的能力赢得属于自己的位置。"

"你这是怪我？我那么做是为了什么，还不是为了你。"

"我知道你是为了我，可是你应该早告诉我吴胖子对你有企图，那样我就不会去。"

林姗姗无奈地冷笑一声："我早告诉你，你早不知道吗？你认为我一个子公司的小助理凭什么能请动集团公司的副总裁？你真的一点都想不到会发生什么事吗？"

林姗姗的话让陈胜吃惊，陈胜不是无知到对这种情况完全没有预想，只是陈胜没想到作为一个集团公司的副总裁会如此肆无忌惮，远超出了陈胜的容忍限度。现在林姗姗将所有的错误都归结到陈胜身上。

"我是想到了，可我没想到他会那么下流，你不仅不反抗，还去迎合他。"

"现在你看不起我了。我去迎合他，是因为我贱，我喜欢被一个让人恶心的胖子摸来摸去。在你眼里，我是不是连个妓女都不如！"林姗姗被陈胜戳中了痛点，一直以来，林姗姗虽然利用美色周旋于男人之间，但始终保持着分寸，如果不是为了陈胜她绝对不会让吴胖子这种人接触自己的身体。可自己为陈胜这么做了，现在反被陈胜鄙视是林姗姗绝对无法容忍的事情。

"我不是那个意思。"

"那你是什么意思？"

"我的意思是你不应该委屈自己。"

"我委屈自己还不是为了你。"

"可我不需要，为了一点利益，让自己的女朋友向另外一个男人投怀送抱，我他妈还算个男人吗！还算个人吗！"

陈胜的怒吼让他们陷入了短暂的沉默，两个人都开始反思自己的行为，激动的心情也冷却了些许。

"姗姗，我是不愿意你为我受委屈。"陈胜率先打破沉默。

"我知道。对不起，我也不好，应该体谅你的感受。"

"你不需要道歉。"陈胜说着伸出手臂将林姗姗轻轻揽入怀中，林姗姗将头靠在陈胜的胸前。

"那吴胖子的事怎么办？"林姗姗原本不应该在这种时刻继续这个话题，可是林姗姗太在乎这个问题。

"随便他，我只要做好我自己。"

"陈胜，这关乎一个千万年收入的位置，所有事情都必须做到最好，不能随便。"

"可是吴胖子的问题现在无解，只能放下，在其他方面努力。"

"也不是完全无解，吴胖子这个人是好色，但更贪财，如果你能向他道歉，并且……"

"你该不会想让我贿赂他吧。"

"不要用贿赂这个词，就是给他点好处，而且不用你直接给他，你只要让他明白你当上总经理之后，可以帮他从公司的账上报销一些开支，以及……"

"这就是贿赂，这是犯罪。"陈胜毫不客气地打断了林姗姗。

"你不要这么幼稚了好不好，现在有几个人不这么做？"

"我。"

"陈胜，我喜欢你的正直善良，可是你的迂腐固执快让人受不了了，你不要再整天逃避，躲在你自己虚构的那片净土中。想要在如今这个社会做出一些成绩，你就必须接受这个社会制定的游戏规则。"

"可那些规则是错的。"

"错？什么事情有绝对的对错，只有在童话世界里才是黑白分明，在现实中有一种颜色叫灰色。"

"灰色？那不过是人们为自己的妥协找寻的借口。人们的实际行为永远低于心中的道德标准，一个黑白分明的人就已经踏入了灰色地带，而承认自己处于灰色地带的人早就已经是黑色。"

"这不过是你给自己定下的一个莫名其妙的标准，这个标准早就过时了，应该被抛弃。"

"你的意思是，为了钱出卖身体是对的，为了钱出卖尊严是对的，为了钱违背良心违反法律是对的？"

"在某种意义上说，是。"

"哪种意义？金钱主义？自私至上？"

林姗姗看着陈胜，不想再和他辩论下去，因为根本不会有结果，两个人生活在完全不同的世界里。

"我不想和你继续吵下去，你还是自己想想吧。"林姗姗说完离开了陈胜。

陈胜的心很混乱，他了解现在这个社会，只是不理解为什么会变成这样。他曾相信这只是短暂的迷失，人性本善，希望会重现，可他看到的却只有不断地沉沦。他曾试图做些什么去改变，却找不到方向，更觉得无力。他曾经想接受现实去迎合，可如他所说，他接受的速度慢了一些。林姗姗说的没错，他选择了逃避，这个更懦弱的方式。

林姗姗的内心也很混乱。现在陈胜还是自己的第一选择吗？南宫小林会不会才是更适合自己的人选？林姗姗清楚自己真的喜欢上了陈胜，喜欢的正是陈胜正直、坦诚的性格，而也正是这种性格让林姗姗怀疑陈胜是否能赢下总经理的竞聘。

矛盾。

　　林姗姗坐在窗前，回想自己和陈胜这一路走来，虽然已经是男女朋友，可实际上却没有认真谈过恋爱，这段时间她把所有心思都放在了总经理竞聘上。林姗姗问自己，是否可以放下一直以来的坚持，放弃对丰足物质生活的渴望，跟随自己的感觉去选择自己真正喜欢的人——陈胜。

　　林姗姗将自己精心打扮了一番，想和陈胜来一场约会，真正的约会，没有公事上的讨论，没有利益上的追逐，简单地去感受自己有多喜欢陈胜以及陈胜有多喜欢自己。

　　在陈胜的住所里，吴广坐在电脑前漫无目的地上网，陈胜躺在床上发呆。昨晚发生的事像电影一样在陈胜脑海中反复播映，陈胜有很多问题想不明白。

　　"看你似乎心情不佳，发生什么事了？"吴广问道。

　　"没什么大事。"

　　"别浪费我们俩之间的对话，心里有事，说，别逼我逼你。"

　　"你认为现在的人是不是都很物质？"

　　"当然，要不然我为什么隐藏身份去找一个真正喜欢我，而不是喜欢钱的姑娘呢？这么和你说吧，中国人目前百分九十以上的人都生病了，这种病简单来说就叫'爱钱症'。病症轻一点的出卖自己的时间、技能、尊严去换取金钱，病症重一点的不惜牺牲他人的利益满足自己的私欲。最严重的就是那些贪官奸商，甚至枉顾他人的生命安全，就为了能够沉醉于金钱带来的幻想当中。"

"有这么严重？"

"当然，因为这种病的传染性太强，远比非典、禽流感来得可怕。"

"那剩下的那百分之十呢？"

"其中有百分之八是新生儿，他们很健康，在他们有思维能力之前，暂时不会被传染。而剩下百分之二的人也都生病了，生的是由'爱钱症'引发的各种相关病症。你就是其中一种，在你抵抗'爱钱症'的过程中，对这个社会产生了从厌恶到憎恨，最终无奈的情绪，对待社会的方式也从抱怨到反抗，最终逃避。"

"这病能治吗？"

"你说'爱钱症'？可以，但是很难。某些专家认为病因是由于信仰的缺失导致精神生活的匮乏，人们只能通过追求物质生活上的满足来进行弥补。我认为有一定道理，但是太学术化。用平实一点的语言来解释，根本原因在于人们不知道什么样的生活才是能让自己产生幸福感的生活，所以只能用最简单、最直接的方式来满足自己的原始兽性。"

"说了半天，你也没说怎么治。"

"具体的办法我还不确定，仍在探索中，因为我自己就是一个中度'爱钱症'患者。我正在尝试对自己进行治疗，如果成功，我会写一篇论文给你。现在轮到我问你，你突然有这么多感叹，到底是因为什么？"

"因为林姗姗，按照你说的，她也许是一个轻度或者中度'爱钱症'患者。"

"这没什么，再告诉你一个事实，那百分之二没有得'爱钱症'的成年人，大多都是年龄超过60岁的老人，也就是说现在的年轻人当中没有不得病的。你也一样，你有没有因为工作繁忙忽略身边家人朋友的时候，你有没有因为想要升职答应过你上司的不合理要求，或者说你有没有想要买彩票中个大奖？有的话，你就是个轻度'爱钱症'患者。"

"我不是有另外一种病吗？"

"是，你是两种病的混合症。好了，今天的上课时间够了，我不想再和你谈论这个很容易让人产生疲劳感的话题。"

就在两人聊天的时候，林姗姗来到陈胜的住所门口，举起手要敲门，却听见屋内传来吴广和陈胜的对话声。

"我问你，你真的喜欢林姗姗吗？"吴广问道。

"当然。"

"是吗？以我对你的了解，你早在7年前就开始逐渐丧失爱一个人的能力，自你第二个女朋友之后，你就没有真正爱上过别人。你也许喜欢林姗姗，但是你选择林姗姗成为你的女朋友，更多的不是基于你对她的喜欢，而是各种条件的匹配，年龄、长相、学历、性格、爱好等等等等，你觉得她适合当一个女朋友，甚至适合成为你的老婆。但是呢，你不爱她。"

"婚姻的基础就是适合，而不是爱，选择一个适合自己的人远比选择一个自己爱的人要实际。因为相爱而结婚的两个人，离婚率远高于因为相互适合而结婚的人。"

"所以，你承认，你不爱林姗姗。"

"是。"

陈胜的话穿过了房门进入林姗姗的耳中，林姗姗一直自信自己有掌控陈胜的能力，确切地说，有让陈胜爱上自己的能力。可是现在的事实是，不仅陈胜没有爱上自己，甚至根本不在自己的掌控之中。这摧毁了林姗姗一直以来所有构想的基石——陈胜赢得总经理，而自己赢得陈胜。

最让林姗姗不能接受的是，陈胜不爱自己。而这正是林姗姗准备放下自己一直以来的坚持，决意专心去爱陈胜的时候。

林姗姗终于放下了准备敲门的手，默默转身离开了陈胜的住处，她的天平已经开始向南宫小林倾斜，而这一切屋内的陈胜一无所知。

"但是现在不爱并不代表以后不爱。首先我对林姗姗是有好感的，我喜欢她；其次我觉得她适合成为一个好妻子，这些先决条件已经构筑了我和她交往的基石，随着我和她的相处，我相信我会爱上她。"

"你真的能吗？你现在都已经开始怀疑林姗姗是否真的适合你了吧。"

"我不是怀疑，我是难过，为我们对事物看法的不一致而难过。这正说明我对林姗姗的感情在逐渐加深，否则我根本不会有感觉，我可以用我一贯的做法，选择逃避。"

"你的意思，你已经开始或者说准备爱上林姗姗了？"

"是，我觉得我应该尝试打开自己的保护层，用更真实的自己面对她。"

"为什么？你不是不喜欢林姗姗为了让你赢得竞聘的做法吗？"

"我不喜欢，可是我喜欢她这么做的理由，因为她是为了我。我喜欢她为我感到焦急时那种真挚的表现，让我可以感受到她对我的感情，不遮掩，很直接。"

"以你的智商居然把我弄糊涂了。"

"不是你的智商问题，是我也很糊涂，所以我说不清楚。"

"哦，那是你的表达能力有限，还好。自从过了 30 岁，我就一直担心我的智商会不断下降。"

"你怎么又把话题扯开了。"

"你都说不清楚，还有什么讨论的必要，按照惯例，赠你一句吴氏名言吧：想得太多，人容易累。"

"你的吴氏名言还真没什么营养，说了等于白说。"

"这是吴氏名言最大的特点。"

陈胜的话让吴广有些意外，因为吴广知道陈胜不是一个容易投入感情的人，他习惯性地将自己保护起来。他已经将自己的心包裹起来起码七八年的时间了，林姗姗居然让陈胜愿意尝试打开自己的保护层，这对于陈胜来说，已经是破天荒的事了。

可惜此时的林姗姗已经远离了陈胜的住所，她听不见，也无法得知自己已经敲开了陈胜的心门。

作为陈胜最好的朋友，吴广为陈胜愿意打开自己的保护层感到高兴，因为他自我封闭的时间已经太久了，久到吴广认为他会患上"爱无能"的病症。可是吴广又有一丝担心，因为陈胜一旦打开保护层若是再受到伤害，恐怕他会永久关闭自己的内心。

"这么急找我，发生什么事了？"艾琳一路小跑到吴广面前问道。

"能不能和我说说你了解的林姗姗？"吴广直白地问道。

"为什么突然又问这个问题？"

"因为陈胜那个家伙已经决定忘我地投入这段感情，我不想他受伤。"

"之前你也没那么紧张。"

"那是我没想到林姗姗居然能让他愿意打开他的龟壳。"

"听你的口气，你好像对林姗姗的印象很不好，是因为我说的话吗？"

吴广摇摇头："每个人都会有自己的判断，我自问一向看人还算准，林姗姗总给我一种不踏实的感觉，但这只是我的感觉。我想了解更多，你能告诉我吗？"

"好吧，"艾琳犹豫片刻后说道，"不过，我只叙述事实，不发表任何自己的意见，你自己做判断。"

"嗯。"吴广点了点头。

于是，艾琳将自己了解的林姗姗告诉了吴广。艾琳和林姗姗原本是很好的朋友，在俩人关系还很亲密的时候，林姗姗就告诉过艾琳她对未来丈夫的选择标准，虽然艾琳并不赞同林姗姗的标准，但是并没有影响她们之间的关系。直到艾琳认识了一个男人，而这个男人完全符合林姗姗的标准，林姗姗选择了抢夺。虽然最后艾琳和林姗姗都没有和这个男人走到一起，但俩人的关系就此结束。

"如果按照你说的来看，陈胜如果赢得竞聘，林姗姗会全心全意对待陈胜？"

"是，林姗姗对自己未来的生活是有梦想的，她一旦选定一个人，嫁给这个人，她就会全心全意。她希望能够相夫教子，成为自己丈夫心目中完美的妻子，她也为此准备了10年。"

"这么说，林姗姗是个不错的选择。"

"是，前提是陈胜能赢得竞聘。"

"你是不是还有什么话没说完？"

"林姗姗目前也许不只有一个选择，南宫小林一直喜欢她，她也曾经考虑过南宫小林，而目前陈胜和南宫小林都有机会赢得竞聘。"

"按照林姗姗的性格，不会孤注一掷选择陈胜，在目前还有四名竞选者的情况下，她不仅会帮助陈胜也会帮助南宫小林。上一次南宫小林的经营计划书和陈胜非常相似，我当时就很怀疑，现在想想极有可能是林姗姗将陈胜的计划书透露给了南宫小林，因为南宫小林在计划书环节是弱项，林姗姗必须保证自己的两个候选人都能进入第二轮。我明白了，我们去哪吃饭？"吴广叙述着自己的判断，却突然问出一个没头没脑的问题。

艾琳被吴广莫名的一问，问得有些糊涂："你不去和陈胜谈谈？"

"不去，这只是我的猜测，没有证据，说了他也不信。诋毁兄弟的女朋友，那是很多兄弟决裂的原因之一。"

"那你刚才又说不想陈胜受伤害。"

"是，可是我觉得以陈胜的能力，赢得竞聘的机会更大，只要他赢，他不仅不会受到伤害，还能有一个全心全意对他的完美老婆。"

"可是……可是……"艾琳脸上呈现出焦急的表情，想要说什么却又说不出来。

"你好像比我还关心陈胜，你对陈胜……"这是吴广第二次以玩笑的方式问出这个问题。

这一次艾琳没有选择反驳，而是选择了沉默，这一点完全出乎了吴广的意料。

"我说中了？"吴广再一次问道。

"是，我是喜欢陈胜。"艾琳咬着嘴唇承认了自己的想法，为难地看着吴广，等待着吴广的反应。

"哦，这样啊。对了，我们去哪吃饭？"吴广又莫名地问了吃饭问题。

"你怎么还想着吃饭？"

"因为饿了。"

"我说我喜欢陈胜，你就不想说点什么？"

"我没什么好说的，你认识陈胜在先，作为我的朋友，那小子也算有点魅力，你喜欢他很正常。更重要的是，你不了解我，当你了解之后，你对那小子的感情就永远停留在有好感了。"

"你这人……可你们俩是好朋友，是兄弟，你不觉得……"

"觉得什么？你又不是他女朋友，所以我必须在你成为他女朋友之前把你搞定，到时再告诉那小子，估计他能郁闷死，这么好的姑娘错过了。"吴广说着还乐了起来。

"什么搞定，真难听，你真的一点都不在乎我喜欢陈胜？"

"在乎，我很在乎，但是我不介意，因为根本没有什么值得介意的。认识你之前我也喜欢过很多姑娘，但是我现在只喜欢你一个。你现在喜欢我和陈胜，我会让你变成只喜欢我一个。"

"谁说喜欢你了，你这个人脸皮真厚。"

"不承认没关系，总有一天你会哭着喊着承认的。"

"我才不会呢。"

"走着瞧。"

自从上次骂哭自己，陈若谷就再也没有出现过。韩露露心里对陈若谷非常不满，下定决心如果今天陈若谷还不出现在自己面前，自己就把对他的惩罚再提升一级。

就在韩露露想着该如何惩罚陈若谷的时候，陈若谷出现在韩露露公司楼下。

"你还知道来啊。"韩露露冷着脸说道。韩露露对这些天发生的事情一无所知，心里只想着陈若谷这多天都没来向自己道歉。

"给你。"陈若谷将几张纸递到韩露露面前。

"什么东西，我不要。"韩露露还在闹着小脾气，她只是想陈若谷能哄自己一下。作为女孩子，难道这点权利都没有吗？

"我叫你拿着。"陈若谷冷冷地说道，语气里带着愤怒。

韩露露不明白陈若谷为何会如此对待自己，可是陈若谷的眼神让韩露露有些害怕。即使两个人把家里的东西都砸了的时候，韩露露也没见过陈若谷现在这种眼神。

韩露露不自觉地接过陈若谷手中的几张纸，打开就看见抬头的几个大字"离婚协议书"。

"你要离婚？"韩露露惊讶地看着陈若谷。两个人虽然经常闹、经常打，可是韩露露从来没有想过和陈若谷离婚，她也从来不认为陈若谷会和自己离婚。

"对，正好婚礼也没办，我们俩也没什么私人财产，离起来也方便。"

"方便？你就为了方便离婚？"韩露露看着陈若谷。

"行了，别一副不可置信的样子，快点签字吧。"陈若谷掏出笔递到韩露露面前，"结婚证在你那，记得带上，还有身份证户口本，明天下午去民政局。"

"陈若谷，你王八蛋！你凭什么这么对我！"韩露露终于忍不住冲陈若谷骂道。

"我凭什么，你不清楚？"

"我清楚，可是我没想到你会这么绝情。"韩露露错误地以为陈若谷指的是两人吵架的事情。

"我这叫绝情？那你做的那些叫什么？"

"我和你说过了，他是个 gay。"韩露露又错误地以为陈若谷指的是那天陈胜见到的那个男人，而那个男人确实在性取向上和大多数人不同。

"他是 gay？你放屁。"陈若谷以为韩露露指的是王旭。

"他本来就是，不信我们去找他，我让他证明给你看。"

"去见他？好，我正好想好好收拾这小子，一直找不到他。走，带我去见他。"

"你想把他怎么样？"陈若谷眼中的怒火让韩露露有些担心。

"除了打他 X 个 X 娘养的，还能干吗？"

"你这人怎么这样？"

"我怎么样？你还想我怎么样？"在陈若谷心里，王旭第一次带人和自己以及陈胜打了一架，他并没有太在意；第二次当着父母的面出手攻击自己，误伤陈胜，陈若谷也放弃了计较；可是第三次带人去陈胜的公司围殴陈胜，陈若谷无论如何不能原谅。

"你不可理喻。"

"少给我放文绉绉的屁，我没心情和你这纠缠，你要是不带我见他，那就赶快把字签了。"

"签就签。"韩露露不知道最近发生的事情，对陈若谷的态度很是不满，赌气接过笔在离婚协议书上签下了自己的名字。

"记得明天下午两点去民政局。"陈若谷接过签好的离婚协议书丢下一句话转身就走。陈若谷不知道韩露露对最近发生的事情毫不知情，认为一切都是在韩露露的默许下进行的，那么无论自己多喜欢韩露露，两个人的路都已经走不下去。

韩露露只是赌气想威胁一下陈若谷，没想到陈若谷的态度会是现在这样。从陈若谷的表现，韩露露可以感觉到这一次陈若谷不是在赌气开玩笑，而是真的要和自己离婚。

"你给我站住。"韩露露叫住陈若谷。

"还有事吗？"

"你真的要和我离婚？"

"是，我真的要和你离婚。"陈若谷用肯定的语气重复了一遍韩露露的话。

"我不离。"韩露露不相信陈若谷会如此对待自己，隐约感觉似乎有一些其他原因。

"你说离就离，说不离就不离，什么都被你一个人说了。"陈若谷认为那天在韩露露父母家发生的事情，即使不是韩露露的意思，起码她也没有反对。

陈若谷知道那天韩露露在家，因为他看见韩露露的包和鞋子都在家里。他忍受不了韩露露纵容她父母对自己父母的态度，可是陈若谷不知道韩露露吃了安眠药，对发生的事情一无所知。

"就我说了算，我不离。"韩露露上前挽住陈若谷的手臂。

"走开。"陈若谷甩开韩露露的手。

"我就不。"韩露露再次挽住陈若谷的手臂，并死死抓住。

"你有病啊。"

"有，药在你那。"韩露露委屈地说道。

陈若谷是真的喜欢韩露露，非常非常喜欢。如果不是因为最近的这些事情，陈若谷很清楚别说韩露露把家里的东西砸了，就是把自己砸了，自己也不会和韩露露离婚。

当韩露露放弃赌气，紧紧抓着陈若谷的手臂，眼神中透露出担心、委屈、不舍的复杂眼神时，陈若谷很心疼。

"你到底放不放手？"地铁口，陈若谷看着韩露露问道。韩露露一路就这么紧紧抓着陈若谷的手臂，两人一路从韩露露的公司步行到这里，距离韩露露父母家只有 5 分钟的路程，可是从公司走到这里用了两个小时，两个小时韩露露就这么抓着陈若谷。

"不，我绝不放手。"韩露露还是那么倔强，可是现在倔强得让人心疼。

陈若谷内心纠结，他一方面不能原谅韩露露的所作所为，一方面又心疼韩露露现在的样子。

"露露。"陈若谷用温柔的语气轻轻叫了一声韩露露的名字。

"嗯。"韩露露也乖巧地答应着。

陈若谷看着韩露露委屈的样子，原本就不坚定的内心开始动摇。

"你们在干吗？"一个刺耳的声音却在此时打破了当前的气氛。韩露露的母亲出现在两人面前，一把扯开陈若谷的手，就像自己女儿在被人非礼一般，丝毫没有认为对面站的是自己女儿的丈夫。

"妈。"韩露露叫了一声，陈若谷跟着也叫了一声。虽然两人还没举办婚礼，但是之前陈若谷已经改过口了，父母从小的教育让陈若谷再不情愿，还是叫了这一声"妈"。

"谁是你妈，别叫得这么恶心。"陈若谷的礼貌并没有换来尊重。

"妈！"韩露露又叫了一声，以示对母亲的抗议。

"跟我回家。"韩露露母亲拉着韩露露就走。

"我不。"

"那你想干什么？"

"我跟他走。"

"你跟他走？"

"嗯，我和他已经结婚了，就是回家，也是回我们自己的家。"韩露露的话让韩露露母亲既伤心又气愤，却让陈若谷既感动又心疼。

"露露，你怎么这么和你妈说话，多伤她的心啊。"第四个声音传了出来，说话的人是王旭。

陈若谷抬头看去才发现王旭一直在韩露露母亲身后，只是刚才没有在意。

要不是陈胜一再阻拦，陈若谷早就来找王旭算账了，如今在这样的场合，王旭还摆出一副和韩露露很亲近的模样，更是让陈若谷气不打一处来。

　　陈若谷听陈胜说过，王旭毫无先兆地在公司动手攻击陈胜，所以陈若谷也没打算和王旭废话，而是快步冲向王旭。

　　让陈若谷意外的是，一直很嚣张的王旭在落单的时候却如此懦弱，看见陈若谷冲向自己，居然一下躲到韩露露母亲身后，让韩母挡在自己身前。

　　"你想干什么？"韩母被陈若谷吓了一跳。

　　"你给我出来。"陈若谷没有回答韩母的问题，而是指着她身后的王旭说，"你他妈要是个男人，就给我出来。"

　　"陈若谷，你这是干什么？"韩露露从陈若谷突然的举动中回过神来，拦在母亲和王旭身前，"你也太野蛮了。"

　　"我野蛮？我现在这么做就是我野蛮，那他这么做的时候呢！"陈若谷愤怒地说道。

　　"他这么做？他做什么了？"韩露露一愣。

　　"你问他自己。"

　　"我不问他，我就问你。"

　　"我懒得废话，你让不让开？"

　　"你不说清楚，我就不让。"

　　"好，到现在你还护着他，那你就继续护着他吧。"陈若谷说完愤然离开。

　　"陈若谷。"韩露露在后面大声叫着陈若谷的名字，想要追上陈若谷，却被母亲死死拉住，只能眼睁睁地看着陈若谷消失在人群中。

　　"到底怎么回事，为什么陈若谷要打你？"回到韩露露父母家，韩露露问王旭。韩露露对于陈若谷刚才的行为很疑惑，知道当中一定发生了自己不知道的事情。

"我……"王旭望向韩露露的母亲。

"我来说，"韩露露母亲接过话头，说道，"就是之前陈若谷把你骂哭了，王旭气不过就去找他理论，两人言语不和王旭就打了他。"

"他打了我老公？你看到他，连面对他的胆量都没有，怎么敢打他？"韩露露不相信母亲的解释。

"王旭和你表哥他们一起。"韩露露母亲说道。

"他们一起？他们是几个人？"韩露露明白出动了家里的亲戚朋友，那就不仅仅会是两个人。

"七八个人吧。"

"你们七八个人打了我老公？"韩露露想到陈若谷被七八个人围殴，心就痛了起来。

"还有他哥陈胜。"王旭补充道，"他们也没吃亏，你不知道他们兄弟俩多能打。"

"他真的没受伤？"韩露露关心陈若谷。

"没有，要是受伤了，他今天还能那么活蹦乱跳的吗？"

韩露露回想起今天自己见陈若谷时的情景，陈若谷脸上还一点点淤青，但如果不是自己知道他受伤，那点伤势已经看不出来，看来陈若谷确实没有大碍。

"还好他没事，不然我和你没完！那他哥呢？"

"他哥……"王旭看了一眼韩母，韩母摇摇头，王旭继续说道，"也没事。"

韩露露没有继续追问，韩母用第一次发生的冲突掩盖了后面发生的更过分的事。在韩露露的认知里，也想不到自己的母亲会做出更过分的事情，所以她相信这就是所有自己不知道的事了。

"你去哪？"韩母看见韩露露想要出门，又拦住韩露露。

"我去找我老公。"

"露露，你没看见他那个样子？是，就算之前王旭不好，但是他也太过分了吧，他甚至想打我，你还去找他？"韩母一脸伤心地看着韩露露。

"嗯……好吧，那就不去了。"韩露露说着放下已经拿起的包，转身回房。

韩母有些诧异，韩露露居然这么听话，不明白到底怎么回事。韩露露自己心里却很清楚，自己已经知道了"所有"事情，知道了陈若谷生气的原因。她认为以自己对陈若谷的了解，自己可以把事情掌握在自己的控制范围内，她对自己和陈若谷之间的感情有信心，她认为自己又可以向老公耍耍小孩子脾气了。她不知道的是，自己只了解了事情的一部分，不算严重的那部分。

人一生会面对很多选择，但无论怎么选，你也许都会后悔，因为你永远不知道另外那个选择是不是比现在这个更好。想要不后悔唯一的办法就是满足于现在的选择。

"你怎么了？"陈胜看出整个早上林姗姗都有些心不在焉。

"陈胜，如果一个你很信任的人做了一些对不起你的事情，你会怎么办？"林姗姗突然问道。

"怎么会问这种问题？"

"你回答我。"

"那要看我有多信任这个人，以及他到底做了什么对不起我的事。"

"就说齐远飞吧，你恨他吗？"林姗姗了解陈胜第一次创业失败的经历。

"恨，他在我最困难的时候给了我最致命的打击，他摧毁的不仅是我们的公司，还有我对人的信任，我对他的信任在我的朋友当中恐怕仅次于吴广，可是……"这段经历显然对陈胜造成了很大的伤害，陈胜不太愿意提起。

"如果你有机会，你会怎么对待他？"

"首先当然是问清楚为什么。因为我到现在都没想明白，他是一个在自己只有一千五百元工资时能每个月赞助我一千元的人，为什么会为了六十三万就放弃了我们这么多年的交情。"陈胜一直困惑于这个问题。齐远飞一直是个很仗义的人，当初大学毕业之后，齐远飞最先找到工作，而陈胜则迟迟没有确定。不愿意再依靠父母的陈胜只能靠朋友的帮助，吴广出国的那半年中是齐远飞每个月从自己只有一千五百元的工资里拿出一千元来帮助陈胜，而且还骗陈胜自己一个月有三千元的薪水。

"如果他告诉你他是迫不得已的，想得到你的原谅，你会原谅他吗？"

"也许会，不过，我不会再和他是朋友，因为我没办法再相信他。"陈胜不知道自己的答案正在把林姗姗推得远离自己。

林姗姗现在才清楚地意识到，在自己踏出了背叛陈胜的第一步，将经营计划书泄露给南宫小林时，她就已经没有了选择。即使陈胜最终赢得竞聘，当陈胜得知此事时，自己也将失去陈胜。

林姗姗更清楚，南宫小林虽然对自己百依百顺，可那是建立在还有机会得到自己的基础上，如果南宫小林认定彻底失去自己的情况下，他会……

林姗姗终于明白自己错了，第一次将经营计划书透露给南宫小林就是个无法弥补的错误。既然错了，就不能再回头。

　　林姗姗从陈胜的电脑里下载了陈胜的利润分配方案，将它送到了南宫小林的面前。

　　连南宫小林都不明白，为什么林姗姗的转变如此之大。

　　"这份方案的分配模式很合理，我们只要在比例上稍微增加一点就能在竞争中取得优势。"南宫小林兴奋地说道，又犹豫了一下，"我可以改变一下利润分配比例吗？"

　　"可以，"林姗姗知道南宫小林担心之前对自己的承诺，但是她很满意南宫小林在乎自己意见的表现，继续问道，"有了这份方案，你能保证赢吗？"

　　"不能说保证，不过我已经在经营计划书上占据优势，这份利润方案要是能赢过陈胜，再加上吴总的支持，我的赢面很大。"

　　"不要总想着赢过陈胜，你要赢过的是所有参与竞聘的人，我要的也不是赢面大这种答案，而是一定要赢。"林姗姗激动的情绪让南宫小林有些诧异。

　　但很快，南宫小林就明白，这表示林姗姗已经放弃了陈胜，将所有赌注压在了自己一个人身上。南宫小林走到林姗姗身后，将林姗姗环入怀中说道："你放心，我会赢的。"

　　"你别碰我。"林姗姗挣扎道。

　　"我知道你不甘心，我会让你明白，谁是真正爱你的人，谁是最适合你的人，我会尽我最大的努力成就你的梦想，我们会有一个幸福的家庭。"南宫小林依旧环抱着林姗姗，在林姗姗耳边低语。

　　林姗姗不再挣扎，任凭南宫小林抱着自己，将目光投向窗外。

集团公司对上缴利润方案进行了评议，南宫小林期待着自己再度获胜的消息，可是结果却出乎他的意料。虽然上调了陈胜的数字，但集团公司获益最大的方案依旧是陈胜的方案。

　　"这是怎么回事？"南宫小林拿着林姗姗给自己的那份方案质问林姗姗。

　　"我也不知道是怎么回事。"

　　"这该不会是你和陈胜合起来使的反间计吧。"南宫小林心中充满疑问。

　　"你怀疑我？"

　　"我不得不怀疑。"

　　"那我告诉你，我也不清楚这是为什么，你爱信不信。"说完林姗姗转身就走，南宫小林的话让她太伤心，自己已经决定全心帮助南宫小林，却还被他质疑。

　　"姗姗，"南宫小林及时将林姗姗拦腰抱住，"对不起，是我一时太激动，我不应该怀疑你。"

　　"你放手。"

　　"好，我放手，但是你别生我气了。"南宫小林面带愧色哀求道。

　　林姗姗已经没有退路，在失去了陈胜之后不能连南宫小林也失去。林姗姗停下了挣扎，也没有离开。

　　"会不会是陈胜临时改了方案。"南宫小林说道。

　　"不会的，他要是改了，我应该会知道。"

　　"那……那就是他已经怀疑你了，故意让你拿走这份方案。"南宫小林说出另一种假设，一种陈胜完全不会做的假设，可在林姗姗的心里却激起了涟漪。人从来都是以己度人的，站在林姗姗的角度，任何人都可能做出这种事情，因为她会这么做。

　　"我去找他。"林姗姗说道。

"别去了，如果之前是怀疑的话，我的方案已经证明了他的怀疑，他现在已经知道你……"

南宫小林的话让林姗姗的心彻底冷透。如果说之前还留有一丝幻想，那么现在所有的幻想都已经破灭。陈胜用这种手段来检验自己，现在已经得到了确切的答案。

失去陈胜的同时也失去成为总经理夫人的资格，这是林姗姗不能容忍的事情，所以南宫小林必须赢。必须！

在林姗姗下定决心的时候，陈胜正看着自己那份利润分配方案发呆。

"你怎么了？"吴广问道。

"这份方案的数字被人改过了，比之前我设计的都提高了一些。"

"不用想了，我改的。"

"你改的？为什么？"陈胜没有问吴广为什么有自己电脑的密码，因为陈胜也知道吴广所有密码。

"你不觉得这次南宫小林的方案又和你类似吗？"

"利润分配方案也就那几种，之前公司也有范例，类似很正常。"

"那你没注意他在每一项上都比你之前的数字高，而且高得恰到好处吗？"

"你又要说有人把我的方案透露给南宫小林？我们这是职场故事，不是谍战剧，没那么多卧底间谍。"

"幼稚，现在卧底间谍充斥在职场的每一个角落。中国的公司还没有形成真正的保密意识，员工也很少有签订保密协议。他们在和朋友随意的聊天中，和同行无意的交谈中，都有可能透露各种信息，严格意义上说，他们都是间谍。"

"你觉不觉得你整天活得挺累。"

"觉得。"

"那你就不能放松点。"

"我本来可以的，我到你公司也是为了放松自己，找老婆的，结果你不让我省心。"

"可是能拿到这份资料的人，除了我们俩，就只有林姗姗。"

"所以……"

"你又怀疑林姗姗？"

"如果真的只有3个人能拿到资料，那就不是怀疑，而是确定。"

"不可能。我知道艾琳对你说了些什么，可是我不相信。"

"你能成熟一点吗，你不能完全忽视眼前的事实。"

"我不觉得这些能说明什么。"

"你真是笨到死、蠢到家，我就是担心你不会相信，所以我之前什么都不说，可是这次我把证据都摆在你面前了。"

"那你说，林姗姗为什么要这么做，你说出个理由。"

"很简单，林姗姗选择的是最后成为总经理的那个人，所以你不是她唯一的选择。"

"那还有谁？"

"南宫小林，因为南宫小林的计划书和你雷同，利润方案又和你类似。"

"就算你说得都对，那我也是选择之一，为什么她不帮我，而要帮南宫小林？"

"她帮你了，她积极地帮你和集团高层做好沟通工作，因为那是你的弱项，她将你的经营计划书给南宫小林因为那是南宫小林的弱项，她要保证的是最后你们俩当中有一个获胜。"

"那利润方案呢？为什么透露给南宫小林，为什么要让南宫小林赢我？"

"我不知道，也许是她更倾向于南宫小林吧。"

"不可能，你说的都只是你的猜测。我自己去问清楚。"

陈胜拿起外衣走出房间。吴广深深地叹了口气，心里清楚陈胜这一去也许会受到打击。可这次打击是他必须承受的，而且越早越好，等陈胜完全卸去防备，那会伤得更重。

陈胜想要找到林姗姗，去问清楚自己所有的疑虑，希望得到和吴广的猜测完全不同的答案。可林姗姗消失了，如人间蒸发一般，没有一种手段可以找到她。陈胜的心开始下落，因为他越来越意识到吴广的猜测可能是对的。

人就是这样，即使心里再清楚，也想从对方那里要一个明确的答案。整个周末陈胜都在找，希望能够见到林姗姗。

而此时的林姗姗就在南宫小林的住所里，不仅是林姗姗和南宫小林，还有那个一直对陈胜记恨在心的吴胖子。

法律有时候真的是一堆狗屎，用文字这种缥缈多变的工具去定义一个统一的标准，还要求上亿对文字有着不同理解的人去共同遵守，再让少数所谓的专业人士以他们的理解去执行这一标准。

算了，你可以不看以上这段文字，因为我们对这段文字的理解也不同。

这里想说的事和上面的文字无关。针对王旭在公司攻击陈胜的行为，陈胜选择了报警，而警察对此事的处理仅仅是让双方都前往警局做了笔录，然后……就没有然后了。

警察无法对王旭做出惩罚性的处理，因为陈胜身上没有可以构成伤害罪的伤势。虽然表面上陈胜被群殴了一顿，但由于陈胜具备良好的自我保护能力，在验伤标准中，最重的伤势就是鼻子流了点血，在众多的打架中那实在算不上什么。

陈胜受到的最大的伤害是精神上的侮辱，以及因此事在工作上受到的影响。可是精神上的伤害没有明确的界定，警察建议不要"增加事情的复杂性"；至于工作上受的影响，更没有直接证据可以证明两者之间的关系。

最受伤的人不是陈胜，而是陈若谷，陈若谷再度萌发了痛打王旭一顿的想法。

带着这样郁闷的情绪，在陈若谷和陈胜一起从警局回家的路上遇到了等在楼下的韩露露。

"为什么一直不打电话给我，为什么一直不去找我，难道你真的想离婚吗？"韩露露还抱着一切都在自己掌控之中的情绪，想在陈若谷面前享受一下自己作为妻子的权利，小小地刁难一下陈若谷，给予陈若谷安慰自己的机会。

"是，非常、迫切，麻烦你尽快给我一个你可以准时出现在民政局的时间。"陈若谷冷冷地说道。陈若谷可以包容韩露露的任何缺点，但是不可以涉及家人。最让陈若谷难以接受的不是王旭攻击陈胜的行为，而是韩露露默许此事，并不为此事感到后悔和愧疚的态度。哪怕韩露露真心说一句"对不起"，陈若谷都可以原谅她之前所有的行为。

"好了，这个玩笑已经过了，我真的要生气了。"

"你真的要生气？"陈若谷冷笑一声，"你到现在为止，都不觉得自己做错了，是吗？"

"我知道自己有错，可是……"

"没有可是，做错了，就应该道歉，这是天经地义的事。"

韩露露打量着陈若谷，陈若谷冷冰冰的语气甚至有些厌恶的表情刺伤了她，也让她真切地感受到陈若谷想要和自己离婚的决心。韩露露有些害怕，她不明白为什么陈若谷会如此决绝，但是她不想和陈若谷离婚。

"好吧，我道歉，对不起。"韩露露委屈地说道。

"不是对我，对我哥道歉。"陈若谷看了看身边的陈胜一眼。陈胜一直想找机会离开这个尴尬的场景，但找不到合适的时机。

"哥，对不起。"韩露露对陈胜说道。

"没关系，没事了。"陈胜看见眼泪已经在韩露露的眼眶里打转。这个被家里人宠着，被众多男人追求着的漂亮女孩，现在孤单一个人站在兄弟俩面前，委屈地道歉，陈胜觉得不需要再计较王旭围殴自己的事情了。

"这样可以了吗？"韩露露怯怯地看着陈若谷，一副楚楚可怜的模样。

"好了，过来。"陈若谷也不忍心再继续对韩露露冷言冷语，张开双手等待韩露露。

韩露露慢慢靠近陈若谷的怀里，靠在陈若谷的胸膛上，感觉到陈若谷的手抚摸着自己的头发和背部，韩露露觉得虽然很委屈但是很值得。

陈胜终于找到了溜走的机会，让一对小夫妻享受他们独处的幸福时光。

"今天就算了，明天跟我回家向我父母道歉。"就在这个一切都很美好的时刻，陈若谷突然说道。

"向你父母道歉？"韩露露在陈若谷的怀里抬起头看着陈若谷。

"你这是什么表情，有什么问题吗？"

"问题是我为什么要向你父母道歉？"韩露露不知道陈若谷父母曾经上门受到自己母亲的羞辱，认为整件事情只是两个人之间的事情，连对陈胜的道歉，韩露露也以为只是王旭和陈若谷及陈胜之间发生的第一次冲突，而据自己母亲说那一次冲突，陈胜并没有吃亏。

"好，如果你不愿意道歉，那让你母亲道歉。"

"陈若谷，你不要太过分了，你羞辱我还不够，还要羞辱我妈？"

"羞辱？我羞辱你？羞辱你妈？你知道羞辱这个词的真正含义吗？对了，我忘记你没上过大学，但是初中课本应该就已经教过了吧？哦，我又忘了，你初中语文经常考不及格。"

"你……你说这话什么意思？"韩露露没上过大学一直是她心中的遗憾，在这个大学招生数量已经超过考生数量的年代，没能有一张大学文凭，让韩露露多少有些自卑，这是韩露露最不喜欢别人提起的事情。

"你不明白我在羞辱你？看来你真的不懂这个词的意思。"陈若谷的话很刺耳，他将自己对王旭的情绪发泄在了韩露露身上，愤怒掩盖了他的本性。

韩露露用绝望的眼神看着陈若谷。她不明白为什么眼前的陈若谷变成了一个自己完全不认识的人，带给自己不再是温暖和幸福，而是屈辱和恐惧。

韩露露的眼泪在眼眶里打转，她强忍着泪水说道："陈若谷，你别欺人太甚。"

"你要想懂得欺人太甚的真正含义，你应该回家问你妈。"

"你为什么又说我妈？"

"因为我烦你妈，你妈让我恶心。"

失去理智的陈若谷说话越来越过分。

"陈若谷，我要和你离婚！"

"求之不得，最好快点。"

泪水终于从韩露露的眼眶中倾泻而出，韩露露坚持着转身不想让陈若谷看见，独自跑出了陈若谷的视线。

看着韩露露离开的背影，陈若谷的心也阵阵刺痛。可是韩露露拒不认错护着她母亲的行为让陈若谷找不着台阶下，只得默默望着韩露露的身影消失在转角。

韩露露哭着跑回家将事情的经过委屈地告诉了父母，然后将自己关在房间里继续大哭。

"你应该知道陈若谷误会了我们家露露，你就这么看着露露伤心难过？"韩露露的父亲说道。

"她现在的痛苦是为了她将来的幸福，我告诉你，这事你不要管。"

韩露露的父亲很无奈。这么多年，他已经习惯了在韩母强势的掌控下生活，每一次的反抗带来的是难以预计的吵闹。为了维持家庭关系，给韩露露一个良好的环境，韩父学会了退让。没想到这一退就退了20多年，退成了一种习惯。

韩母将王旭唤来，商议下一步的行动，在韩母眼中，曙光已经出现，成功在望。

"他们的关系已经这样了，我们不用再做什么了吧？"王旭问道。

"当然不行，他们之间现在有误会，如果误会解开，很可能重归于好。你必须好好利用这段时间，做到即使他们解开误会也无法重新和好。"

"我应该怎么做？"

韩露露的母亲向王旭分析了中国男人，中国男人是世界上最小气的男人，最不能容忍的就是自己的女人和其他男人交往过密，那会是心中的一根刺。王旭现在就要做这根刺，利用韩露露和陈若谷之间的误会，利用韩露露这段时间情绪的低落，陪在韩露露身边，好好照顾韩露露。另外，还要"不经意"地把两人相处的一些照片配合文字发到韩露露的微博上……

经过一个周末的漫长等待之后，周一早晨刚踏进公司的陈胜便得到了一个消息，集团公司决定取消自己竞聘总经理的资格，理由是陈胜在公司任职期间有不妥行为。陈胜对这个不妥行为很难理解，他要去集团公司问个清楚。

"你说我性骚扰女员工？"陈胜诧异地看着集团人力资源部的总监。陈胜从来没有想过自己的生活会变得如此戏剧化，性骚扰这种自己最不耻的行为居然会成为自己的"罪名"。

"不是我说，是有人向集团公司举报。"

"谁？让她站出来，我和她当面对质！我性骚扰女员工，我，我……"陈胜被气得思维都有些混乱了。

"你别那么激动，集团公司还在调查中，没有做最后的结论。"

"还没有结论！剥夺了我竞聘的资格，还不是结论？既然还在调查中，凭什么剥夺我的资格？"

"陈胜，我们关系一直不错，我给你说句实话，是吴总力主暂时取消你竞聘的资格，原因包括这次的性骚扰和上次你在公司被殴打的事情，他认为你个人的品行有待商榷。目前应该不是最后的结果，只是暂时取消，不过你重新获得资格的希望不大。"

"吴胖子，吴胖子就能一手遮天？"

"吴胖子只是背后的推手，举报你的人才是关键。"

"到底是谁？"

"集团公司答应要替受害人保密，我不能告诉你，我只能说是你身边的人，她的话对集团公司可信度极高。"

"受害人？这就已经是受害人了？那我问你，你呢，你认为我会性骚扰女员工吗？"陈胜的思维已经非常混乱，去问一个并不很熟悉的人这样一个问题。

"这种事，谁也说不准。"

陈胜万万没想到居然会有这种事情发生在自己身上，他自问一直以来都洁身自好，甚至连办公室恋情也一直回避，就是担心会引起一些不必要的传闻，可是如今居然有人举报自己性骚扰。举报自己的人是谁？

"你信不信我会骚扰女员工？"陈胜瞪着眼睛看着吴广问道。

"信，男人都好色。"

"你有病啊，在这个时候还刺激我？"

"谁叫你问这么蠢的问题，你居然不相信我相信你，这就是对我的侮辱。"

"你说是谁举报的我，为什么要这么做？"

"很显然是和总经理竞聘有关，按照最大获利原则，南宫小林是头号嫌疑。"

"可他是男的，他不会冤枉我有那个倾向吧？"

"什么脑袋，他亲自举报你，说自己被……他还想当总经理？！"

"那……"

"当然是有同谋了。"

"谁？"

吴广长叹一口气："你这辈子很少被人冤枉吧？"

"是。"

"那就难怪你现在这么混乱。冷静一点，要不你接受不了我下面说的话。深呼吸。"

陈胜长长地吸了几口气，以稳定自己的情绪。

"说吧。"

"诬陷你的人极有可能是林姗姗。"吴广一字一顿地说道。

"你放屁。"

"我知道你不相信，可是……"

"行了，我不想再和你说这个话题，在我没有见到林姗姗，问清楚所有事情之前，请你不要再污蔑她，否则别怪我和你翻脸。"

"弟弟，你能醒醒吗？一个周末找不到人，她那是没脸见你。求你别再说傻话了，你说得越多，你将来面对我的时候就越汗颜，千万别把坑挖得太大，到时候填不平。"

"你少废话，总之事情没弄清楚之前，我就是不允许你侮辱林姗姗。"

"你……他……"吴广忍不住开骂，却被陈胜的手机铃声打断。

陈胜拿起手机，来电显示上的照片是林姗姗灿烂的笑容，陈胜拿起手机在吴广面前晃了晃："看到没，这是没脸见我吗？"

吴广能大概预料到即将发生的事情，只是身边的这个猪头陈胜始终不愿意面对现实。吴广唯一能做的就是陪在他身旁，以免他在受到过度刺激的时候做出不理智的行为。

"真的是你举报我？"陈胜震惊地看着平静的林姗姗。

"对，是我。"林姗姗肯定地答道。

陈胜完全不知道应该作何反应，整个人僵在原地，思维都停滞下来。

"你不问问理由吗？"林姗姗问道。

"有什么理由能够让我接受？"

"理由不是为了让你接受，而是让你明白，别总认为自己才是聪明人。"

"你的话让我更糊涂了。"

"陈胜，别装了。"

"林小册，你能直接点把话说明白吗？"

"到现在，你还在演戏，你已经发现我透露你的经营计划书给南宫小林，你却装作什么都不知道，继续利用我，把利润分配方案交给南宫小林，使你能够在利润分配环节领先。你的手段真够卑鄙的。"林姗姗用喊叫的方式说出了她一直以来的心思。

"我没有怀疑过你，我也不知道你把经营计划书透露给了南宫小林，利润分配方案更不是我改的。"

"我不相信你，没有人可以做到改动了你的方案而你自己都不知道，现在你居然还在演戏。"

"不管你信不信，我说的都是实话。"陈胜不想说出是吴广改动了自己的方案。

"是我改的，他确实不知道。"吴广在一旁说道。

林姗姗带着疑惑看向吴广，吴广继续说道："你有他的密码，我也有。我对他的了解远比你深，我不仅可以改他的方案，我还就可以把他银行卡里的钱全拿走。如果你不信，我现在就可以演示给你看。"

吴广的话让逻辑清晰的林姗姗陷入了迷茫。原本她只想在这最后阶段好好发泄自己对陈胜的不满，可是突然之间失去了支持自己发泄的理由。

　　"就算这样，你还是利用我，你一方面利用我找吴胖子帮助你，一方面却又看不起我，你早就做好了随时把我一脚踢开的准备，不是吗？"林姗姗依旧试图找寻让自己觉得合理的理由。

　　"我根本不知道你在说什么，我同意你找吴胖子，但是我没想到会是那种局面。"

　　"可是你自己说过你看不起我。"

　　"我那只是想保护你不受到伤害。我如果真的想利用你得到吴胖子的帮助，我怎么还会得罪他？"

　　"可是，可是你根本就不爱我，你只是觉得我的条件适合做一个女朋友而已。"林姗姗终于说出心中最不愿面对的理由，也是影响林姗姗做出最后决定的最重要理由。

　　"我……"

　　"你别想狡辩，你们在家说的话，我都听见了，当时我就在门外。那天我去找你就是想告诉你我喜欢你，即使你拿不下总经理的职位，我也愿意和你在一起，可是你……"这是支撑林姗姗所有行动的原因，一个她确信无疑的理由。

　　"那你就应该清楚，虽然最初是因为条件的匹配、对你的好感才开始发展这段感情，可是我已经做好投入的准备，我愿意敞开内心去爱上你，也让你爱上我。我们不是一见钟情，但是这种由条件匹配、互有好感进而发展成爱情的方式又有什么错呢？每个人都有他自己的恋爱观，这难道也是错吗？"

　　"我没有听到你说过这些话。"

　　"他的确说了，可能你没有听完整，我可以作证。你知道其实我并不看好你们俩，所以我没必要撒谎去撮合你们。"吴广在一旁说道。

所有支持林姗姗行为的理由都崩塌了，一时间林姗姗像丢了魂似的不知如何是好。陈胜没有利用自己，陈胜愿意敞开心去爱自己，陈胜甚至在知道自己陷害他之后也不责怪自己，他现在所做的一切都是在挽回自己。

"真的都是我想错了吗？我犯了白痴的错误？"林姗姗开始意识到自己冲动之下做出了一个毁灭性的错误决定，"我该怎么办啊，我诬陷了你，让你失去竞聘的资格，现在怎么办？"林姗姗显得焦急和懊悔。

"你可以向集团公司说明真相，恢复陈胜竞聘总经理的资格。"吴广说道。

"我，我……"林姗姗急得眼泪从眼眶中涌了出来，却始终没有答应。

"没事的，你不用急着做决定，回去好好想想吧，无论你怎么做，我都不会怪你的。"陈胜将林姗姗搂入怀中，轻轻拍打着林姗姗的后背。

吴广看见此情此景，忍不住长叹一口气。

陈胜和吴广自认识以来从没有发生过长达 10 分钟的沉默。

"你到底在想什么？"终于，吴广率先打破沉默。

"姗姗还是个小姑娘，难免会有做错事的时候，我们每个人都会有做错事的时候，我应该给她改正的机会。"

"所以你就应该利用她当时的愧疚，立刻让她去向集团公司澄清事实。"

"她已经哭成那样了，我怎么忍心强迫她，给她点时间让她休息一下。"

"那结果就是她不会再替你澄清，你失去了总经理的位置，同时也失去了林姗姗。"

"我不相信。"

"我越来越想揍你了，我们俩打个赌，如果她没有替你澄清，你让我打一拳。"

"如果她替我澄清了呢？"

"我不再对她有任何的偏见，而且真心祝愿你们婚姻美满，生活幸福。"

"一言为定。"

有的人认为，当别人以卑鄙的手段对付自己，自己就可以以牙还牙用同样卑鄙的手段去对付别人；也有人认为，卑鄙的手段并不会因为理由而改变本质，任何情况下都不应该使用。你支持哪一种？

"你觉得林姗姗会替陈胜澄清事实吗？"艾琳带着焦虑的表情看着吴广。

"不会。"

"那你是不是还有什么办法帮助陈胜？"

"办法是有，把事情闹大，让集团公司不得不进行深入调查，以陈胜过往在公司树立起的威信，建立的人缘，我相信很多同事可以为他作证，把林姗姗逼入死角。然后再散播谣言，分化她和南宫小林，让南宫小林觉得她已经是个包袱，会影响到自己竞争总经理的位置，逼南宫小林产生放弃林姗姗的念头，那么林姗姗会选择报复，澄清事实真相，拉南宫小林下水。一石二鸟，既帮陈胜澄清了事实，消除了南宫小林这个竞争对手，顺手把林姗姗也解决了。"吴广轻描淡写地说着，将陈胜的无解难题轻易搞定。

"但是你不会这么做，对吗？"

"对，因为陈胜不允许。他那个人不是没有报复心，但是可恨就可恨在，即使报复他也希望用光明正大的手段。"

"你可以不告诉他。"

"不行，作为他的朋友，我尊重他的决定，我不能把我的处事方式强加给他，就算是他父母也不能这么做，每个人都有自己的选择。"

"那你就这么眼睁睁地看着，什么都不做？"

"我会和他一起承担后果。"

艾琳打量着眼前这个男人，开始觉得他有些捉摸不透。他是陈胜的朋友，30多岁一事无成，依靠陈胜的介绍才进入公司，说话不靠谱，做事更让人摸不着头脑，有时候幼稚得可笑。但似乎那一切都不是真正的他，那真实的他又应该是什么样呢？

"哎，现在你在我面前已经毫不掩饰地表达你对陈胜的关心了，不怕我吃醋？"吴广说道。

"吃醋也是一种激励，激励你更加努力。"

"可是我现在不想吃醋了。"

"你什么意思？"

"我觉得你有必要把我和陈胜在你心里好好做个比较，做出你的选择。"

"这么急让我做选择，你没信心了？"

"是你有个好机会，陈胜即将迎来他人生中的重大打击，失去总经理的位置，失去林姗姗这个女朋友。如果你在这个时候进入他的生活，陪在他身边，给他支持和安慰，你将成为他生命中不可或缺的一部分。"

"因为陈胜，所以你想放弃我？"

"这算什么狗屁理由，我可没那么好心，我喜欢的人绝不会让给那小子，不管他有多惨，只是我想知道你的决定。"

"我要是选了陈胜，你就会放弃我，对吗？"

"不对，无论你选谁我都不会放弃，那不是我的习惯，我会把你抢回来。"

"你不担心你们兄弟之间……"

"我和那小子早在十几年前就定好了规则，如果两个人喜欢上同一个女孩，可以使用任何手段去竞争，无论胜败，谁都不准计较。可惜我和他的喜好差异太大，这种事情从来没发生过。"

"既然你不会放弃我，既然不会影响你们两兄弟的感情，那我选陈胜。"艾琳笑道。

"你不用这么着急，好好想想。"

"不用想，我选陈胜。"

"再想想，求你了。"

"不。"

"你是存心气我是不是？"

"自己想。"

"那就是……哎，你别走啊，话没说完呢。"

林姗姗在集团公司大厦楼下犹豫着是否应该上楼去澄清事实真相，并为此接受相应的处罚。在她犹豫之际，吴胖子看见了她。

吴胖子察觉到林姗姗的异样，先一步将林姗姗"请"到自己的办公室进行面谈。林姗姗直言不讳地坦白了自己的想法，这个想法困扰林姗姗一整夜。

"林姗姗，你太冲动了，很多事情你都没想清楚。"吴胖子说道。报复陈胜的行动是南宫小林策划，林姗姗执行的，但真正在背后推动的是吴胖子，他不允许林姗姗去澄清事实，一旦牵扯到了自己，吴胖子也会受到影响。

"我想得很清楚了。"

"是吗？那我问你，你知不知道澄清事实之后你会失去工作？即使陈胜不追究，你也不能继续留在公司，而陈胜经历了这次风波，就算恢复了竞聘的资格，在集团公司的印象也已经受损，你也清楚我不会让陈胜赢得此次竞聘。退一万步说，就算陈胜赢得了这次竞聘，你和陈胜就真的能够走到一起吗？你背叛过他，你真的相信他会完全不在乎？现在他需要你为他澄清，他可以表现得很大度，可是当他赢得竞聘之后呢？你们之间这根刺会一直存在。最后，你别忘了，你和南宫小林之间的事情他还不知道，你觉得他知道以后依然能够接受你？"吴胖子的话刺着林姗姗的内心，针针见血。

林姗姗在"失踪"的那个周末除了和吴胖子、南宫小林计划如何抢到总经理的位置之外，为了让自己下定决心，还与南宫小林发生了亲密关系。陈胜能够原谅自己吗？林姗姗没有一丝的信心，她感觉自己早就已经透支了陈胜对自己的信任。

"其实你一直是一个清楚自己要什么的女人，我也明白你是真的喜欢上了陈胜才会如此进退失据，但是陈胜真的不适合你，他和你我不是一类人，南宫小林才是最适合你的。你清楚他对你是认真的，有几个男人甘心当备胎依旧无怨无悔。现在南宫小林赢得这次竞聘的机会已经超过了陈胜，我保证会尽最大努力帮助南宫小林赢得这次竞聘。"

　　陈胜不知道林姗姗到底做了什么样的决定，但最终结果是失望的。集团公司没有再提性骚扰的事件，恢复了陈胜竞聘的资格，接下来快速进行完所有的竞聘流程，然后在结束 3 天后宣布南宫小林正式赢得了竞聘。

　　陈胜想要向集团公司申述，可是却发现自己居然找不到申述的渠道，甚至没有一个集团公司的高层愿意接待陈胜，最终出面的人力资源部总监只给了一句话"这是集团公司的决定，你好好努力，以后还有机会"。

　　陈胜想去看看林姗姗，他担心林姗姗会因为他失去总经理的位置而陷入极度的自责中。

　　"你为什么不陪着他，你应该清楚他得到的绝对不是他想的结果。"艾琳对吴广说道。

　　"我又不是保姆，他也不是小孩，不用我总看着他。"

　　"他会很受伤的。"

　　"你太小看他了，别的不说，抗打击能力他绝对比我强上 10 倍有余。他会很受伤，但是也会很快爬起来，他是小强的代言人。"

　　"可是这一次不仅仅是失恋，还有失业。"

　　"他没失业，他还是副总经理。"

　　"他失去了总经理的位置，你知道那和副总经理有多大差距吗？"

　　"知道，多了一个副字。"

　　"一个副字就意味着一年过千万的收入。"

　　"陈胜对钱没有那么痴迷。"

"那也会有渴望。就像你，如果知道自己中了大奖，却突然发现找不到彩票，你会怎么样？"

"我会去再买一张，看看自己还有没有好运气。"

"假清高，你就真的不在乎？"艾琳对吴广的答案很意外，疑惑地看着吴广。

"真的，你看我现在，没钱不是一样过日子。"吴广的话很真诚。

"我看你是一点上进心都没有，所以到现在一事无成。"

陈胜在林姗姗家楼下见到了林姗姗，同时也见到了最不想见到的人——南宫小林。陈胜还没来得及开口，林姗姗就说了第一句话："我们正式分手吧。"

"为什么？"虽然陈胜知道这个问题很蠢，但他还是忍不住要问。

"我选择男朋友和未来丈夫的第一标准，就是事业成功，现在他成功了，而你没有。"

"就因为这个，难道……"

"陈胜，别再说什么感情更重要之类的话，没有任何意义。物质是一切的基础，感情也不例外。人会生老病死，感情也可能走到终点，但物质却是实实在在的。我知道这听起来很俗，但它已经被生活无数次证明，却总有你这样的人虚伪地不想承认这个事实。"

"你能用简单点的话完整表述你的想法吗？"陈胜问了一个奇怪的问题。

"因为钱，我选择他。"林姗姗清楚地说。

听完林姗姗这句话，陈胜头也不回地离开了。

第三章　不怕没底线，就怕没钱

"这么多年来，我从没见过比你现在更让人难堪的局面，这你都
能忍？"
"不忍怎么办，再去找工作？到哪能随便就找一份像现在这样的
工作？我 35 了，不想再从头做起。"

　　人们经常会谈一个问题，就是把爱情、亲情、友情这三种最
重要的情感进行排序,其实这是一个伪命题。对于现在的陈胜来说，
友情比爱情更重要。

　　"不喝点酒？"吴广问陈胜。

　　"不想喝。"

　　"失恋了总应该喝点，也算应景。"

　　"情绪不好的时候容易醉，醉了之后很难受。"

　　"在这种时候，难道你就不能像正常人一样，放纵一下自己，
喝个烂醉。我保证烂醉之后不难受，起码等到第二天早上你才有
感觉。"

　　"可明天早上我还要上班。"

"你记不记得你还欠我一个赌约？"

"一拳是吧，我认输，来吧。"

吴广站起身以陈胜来不及反应的速度在他左脸上重重地打了一拳，陈胜被打得眼冒金星。

"你真打啊。"陈胜捂着脸说道。

"为什么不？早就想揍你了。对了，现在我可以告诉你，喝点酒有助于缓解疼痛，喝吗？"

"你大爷的。"

有人说不喜欢喝酒的人不擅长喝酒，也许反过来说比较准确，不擅长喝酒的人一般都不喜欢喝酒，喝一点就醉，无法体会酒中的乐趣。

陈胜就是个不擅长喝酒的人，两瓶啤酒就是他的极限，一旦超过，就很难预料会发生什么样的事情了。

不过陈胜今天似乎突破了他的酒量上限，两瓶啤酒下肚，依旧稳稳地坐在吴广对面。

"我说你为什么一点难受的表现都没有？"吴广问道。

"今天状态比较好。"

"我不是说喝酒，说失恋。"

"谁失恋了？哦，对了，我失恋了。我难受，心里难受极了，说不出的感觉，又痛又闷，又闷又痛，闷痛。"陈胜原来还是有些醉了，他晃了晃脑袋继续说道，"你说过你在治疗你自己的中度'爱钱症'，治好了吗？"

"快了。"

"那你怎么治的，透露一点行吗？"

"想要治疗'爱钱症'，第一步就是成为有钱人。"

"这不废话吗，有钱了谁还爱钱。"

"有钱人就不爱钱吗？有了百万想要千万，有了千万想要亿，很多人已经登上富豪榜，一样发疯似的爱钱。谁说有钱人没有'爱钱症'？"

　　"那第二步是什么？"

　　"等你成为有钱人，我再告诉你。"

　　"你现在就告诉我。"

　　"行，先来一杯。"说着吴广往啤酒里又加了点洋酒递到陈胜面前，陈胜一饮而尽。吴广站起身活动了一下筋骨，然后叫了两名服务员将烂醉的陈胜抬上了自己的车。

　　失恋对于未踏入社会的"小朋友"来说可能是天大的事情，可是对于在职场上的人来说这甚至不是一个可以请假的理由。工作依然要做，生活还得继续。

　　只是对于陈胜来说，这份工作显得艰难了许多。

　　在公司要面对自己"新鲜出炉"的前女友林姗姗，还要面对原本是自己下属、现在是自己上司的南宫小林，更难堪的是林姗姗现在的身份是南宫小林的女友。唯一值得欣慰的，或许是公司其他员工并不知道陈胜曾经和林姗姗谈过恋爱，否则异样的眼光就可以压死陈胜。

　　陈胜在极力收拾自己的心情，顺便收拾一下这段时间为竞聘准备的资料。

　　"什么时候走？"吴广也不再忌讳别人知道自己和陈胜的关系，大方地走进陈胜的办公室。

　　"去哪？"

　　"辞职啊。"

"我没打算辞职。"

"你说真的？"

"当然。"

"这么多年来，我从没见过比你现在更让人难堪的局面，这你都能忍？"

"不忍怎么办，再去找工作？到哪能随便就找一份像现在这样的工作？我 35 了，不想再从头做起。"

"那你就选择委屈自己？你觉得南宫小林作为总经理会容得下你这个副总？"

"目前他还需要我，毕竟他还不熟悉公司的运作，还有用得着我的地方。"

"然后呢？你非要等他不需要你的时候再一脚把你踢开？你还能给自己留点尊严吗？"

"我想如果我表现得好，他应该不会轻易辞退我。"

吴广难以置信地看着眼前的陈胜。他低着头、弓着背，宿醉的脸上没有了往日的神采，一身的锐气似乎在一夜间被消磨殆尽。

吴广不想在这个时候再劝说陈胜，刚刚经历多重打击，吴广觉得陈胜需要一点时间。

韩露露母亲的计策成功了，当陈若谷看着韩露露微博上不断更新着各种王旭和韩露露在一起的消息，配合着一些肉麻的文字和照片，陈若谷心中的愤怒之火越烧越旺。

原本陈若谷并没有下定离婚的决心，更多的只想用离婚发泄一下情绪，并且能让韩露露以及韩露露的母亲承认错误。可是现在看来没有丝毫的作用，韩露露不仅没有任何悔意，反而这么快就"另结新欢"。

"你去哪？"陈若谷开门撞在了正要进门的陈胜、吴广身上，陈胜看着一脸愤怒的陈若谷问道。

"去离婚。"

"又怎么了？"

"我不想说，总之我受不了了。"说着，陈若谷就准备离开。

"你给我站住，说不清楚不准走。"陈胜将陈若谷拉住。

"哥，这事，你就别管了。"

"不管不行，我是你哥。"

陈若谷无奈地看了看陈胜，转而将目光投向吴广。陈胜和吴广是最好的朋友，陈若谷也一样把吴广当作哥哥看待。

吴广看着陈若谷求救的眼神微微点了点头，拍了拍陈胜的肩膀说："你过来，我和你说件事。"

陈胜点了点头，对陈若谷说道："你给我待着不准跑。"

陈胜转身看着吴广："什么事？"

"没事，"吴广摇摇头，然后示意陈若谷，"快跑。"

陈若谷转身就跑，陈胜想要阻拦却被吴广抓住，只能眼睁睁看着陈若谷逃走。

"你搞什么？"陈胜无奈地看着吴广，"你知不知道他要去离婚？你到底帮谁的？"

"那你知不知道他 25 了，你就不能让他自己去处理他自己的事情吗？"

"25 也没多大，对待感情问题还不够成熟。"

"你成熟？那你和林姗姗算怎么回事？"吴广一句话让陈胜泄了气，自己在感情问题上也许比陈若谷还要幼稚。

"可是他们已经结婚了，婚姻不能够这么儿戏，随随便便就离婚。"

"为什么不能？你这个人就是受传统思想的毒害太深，什么事情都太较真。离婚又怎么了，结婚又怎么了，不就是一种形式。两个人的感情只要不断，离了再结呗。"

"结了离，离了再结？你什么想法？"

"现代人的想法，你接受不了是吧？行，我就按照你这个老古董的思维和你说说。你认为对于婚姻最重要的是什么，感情还是钱？"

"当然是感情。"

"那现在他们俩之间的感情出现了问题是不是应该解决？"

"解决也不需要离婚。"

"你听说过一句话叫当局者迷吧？现在他们俩困在其中，很多事情说不清楚，可离婚也许可以成为一种手段，离婚后他们会彻底冷静，距离会让他们把许多原本看不清楚的事情看清楚。如果他们真的离不开彼此，通过离婚也许更能够体会这种感觉，从而复婚，不也很好吗？如果他们分开之后觉得是一种解脱，那离婚未尝不是正确的选择。"

"你的逻辑我没法赞同。"

"行，那我就再说一句话，陈若谷成年很多年了，别以为你是他哥就什么事总管着他，你先管好自己才有资格管别人。"

陈若谷在韩露露家楼下站了半天，等来的却是韩露露和王旭拎着众多购物袋逛街回来。看着韩露露和王旭有说有笑的样子，陈若谷突然发现自己已经不再生气了。

"你来做什么？"韩露露一直都被蒙在鼓里，一直等待着陈若谷来向自己道歉，习惯性地耍着自己的小脾气。

"上次你已经签了离婚协议，我是来问你到底什么时候去民政局？"

"陈若谷，你够了，你那么对我，我没怪你，你还想我怎么样？"韩露露始终没弄明白为什么陈若谷的举动这么反常。

"我想怎么样？我还想问你呢。"陈若谷也始终不明白，为什么在韩露露以及韩露露母亲做了那么多错事之后，没有一点悔悟，依旧一副毫不在意的样子。

"我怎么了，我有哪点对不起你了？"

"如果你连自己哪点做错了都不知道，我和你也没什么好说的了。"

"不行，你给我说清楚。"韩露露说着伸手抓着陈若谷的手臂。

陈若谷用力甩开韩露露："有话说话，别拉拉扯扯的。"

韩露露被陈若谷大力甩了一个趔趄，难以置信地看着陈若谷。那个让人讨厌的王旭此时又开始发挥他的长项，伸手扶住韩露露，然后恶狠狠地盯着陈若谷。

"我数三声，你把头给我转过去，再用这种眼神看我，我揍你。"陈若谷指着王旭说道，陈若谷早就想揍王旭，只是一直找不到机会。

"陈若谷，你太野蛮了，一而再再而三的，太过分了！"

"我过分？哦，现在他才是你的情人，你要护着他是吧？"

"你胡说，我和他只是朋友。"

"朋友？朋友整天腻在一起，朋友勾肩搭背，你不知道他对你有想法？"

"我早就和你说过了，他以前是追过我，可是我已经嫁给了你。"

"那你就不应该再和他有什么瓜葛。"

"我7岁的时候就认识他了，我不能因为嫁给你，就连这么多年的朋友都抛弃。你也太小心眼了。"

"你到底知不知道他都做过什么？"

"我不需要知道，我只知道他做什么事都是为了我好。"

"他为你好，他为你好？"

"对。"

"行了，我不想再和你说什么。就一句话，什么时候去民政局办手续？"

"陈若谷，你敢再说一遍！"韩露露始终以为陈若谷是拿离婚来威胁自己，她现在已经接受不了这种威胁。

"我说我想离婚，麻烦你和我一起去趟民政局。"

"这是你说的，你别后悔。"

"就算后悔，我也要离婚。"

"好，离就离，明天早上 9 点半，谁不去谁王八蛋。"

"你放心，我一定准时到。"

陈胜吴广陪着陈若谷去的民政局，确切地说是吴广去阻止陈胜阻止陈若谷。王旭和韩露露表哥陪韩露露去的民政局，目的是确保韩露露不会后悔，以及王旭不被陈若谷攻击。

陈若谷、韩露露在众人的包夹下，将结婚证换成了离婚证。从民政局出来连话都来不及说两句，韩露露就被王旭和她表哥带走了。

"这回你们俩高兴了？"陈胜看着陈若谷和吴广。

"你瞪着我干吗，又不是我离婚，我有什么好高兴的。"吴广说道。

"那你就不应该拦着我去拦着他。"

"哥，你别说了，这是我自己的决定，不是一时冲动。"陈若谷说道。

"那你和我说个一二三来听听。"

"行。"

三个人就在旁边的社区广场找了一个花坛坐下，看着面前一群孩子戏耍，陈若谷将自己所有的想法告诉了陈胜。

陈若谷知道韩露露是爱自己的，最大的问题来源于韩露露的母亲。自陈若谷和韩露露交往以来，韩露露的母亲就不断阻挠。陈若谷尽自己最大努力去迎合韩露露的母亲，希望能得到对方的认可，可是韩母从来都没有给过陈若谷丝毫的好脸色。陈若谷知道这一切就是因为自己没钱，而韩露露身边一直有一个有钱的王旭在等待着。

以往陈若谷还能有信心坚持，是因为觉得韩露露会和自己一起坚持，可是现在陈若谷没有了这份信心。韩露露对自己母亲的做法没有表示任何异议，让陈若谷独自去面对那个已经被钱吞噬了灵魂的女人，陈若谷感到无力。

"可是你娶的韩露露，不是她妈。"陈胜说道。

"是，我以前也是这么认为，可那是她妈。你真的觉得婚姻仅仅是两个人的婚姻吗？那牵涉的是两家人。哥，我已经很努力，我拼命工作，把赚的钱一大半都拿去孝敬她母亲，可是除了得到各种挑剔嫌弃，没有任何的作用。我送一个几千块的按摩器，王旭就能抬去几万块的按摩椅，在纯金钱的较量上，我太弱小了。"

"我总觉得……"陈胜还想说些什么，但是被陈若谷举手阻止。

"哥，你让我说完。从小到大，你就是我的榜样，你自上大学起就靠自己打工交自己的学费，已经很少向家里要钱。大学毕业找到工作，你把第一份薪水全部拿来给爸妈买礼物，从那时候起，你就开始不断往家里拿东西，孝敬父母、给我零花钱。虽然爸妈每次都说你乱花钱，可是我可以看出他们心里的安慰。所以，我想等我工作了，也要和你一样好好孝敬爸妈。可是我毕业都3年了，我给爸妈买的东西，还不及给韩露露和她母亲的十分之一，甚至二十分之一。我不仅没有给你买过礼物，还要不停向你借钱，一次又一次。哥，我可以容忍她母亲对我的刁难，可是我忍受不了她母亲对爸妈那种态度，忍受不了她指使王旭对你做的事情。我改变不了韩露露她妈对金钱的欲望，所以我选择放弃。"

"钱，又是钱。"陈胜嘟囔着说了一句，不再劝说陈若谷，因为他清楚被金钱控制的人很难被改变。

"走吧，别想了，一起喝点酒去。"吴广说着把兄弟俩拉起来，一边一个搂着肩膀离开。

韩露露离婚了，最高兴的人莫过于韩母，她就差没奔走相告、放鞭炮庆祝了。完成了她计划中最关键的第一步，剩下的就是全力促成韩露露和自己心目中最佳女婿人选王旭之间的婚事。

韩露露看着离婚证，却始终无法相信自己离婚的事实，到底自己和陈若谷是怎么走到这一步的，韩露露越来越迷惑。

林姗姗抛弃了陈胜，陈胜却还留恋着副总的职位。这么屈辱的事情吴广不明白陈胜是如何接受的。虽然一直以来吴广都清楚陈胜的抗打击能力很强，可眼前的局面和打击无关，是无底线的屈辱。

"陈胜，你到我办公室来一趟，立刻。"

"陈胜，你对公司应该也算了解，这做的是什么东西？"

"陈胜，这没你的事了，你出去吧。"

"陈胜，你要我怎么说你好，你带脑袋来上班了吗？"

"陈胜，这是公司和集团公司高层的会议，你就不用参加了。"

"……"

无数次这样的话从南宫小林的嘴里说出来，无数次的侮辱，陈胜都选择了默默承受。吴广已经看不懂现在的陈胜。

"陈胜，有个事情要和你商量一下。"南宫小林成为总经理这两个月来，第一次"屈尊"来到陈胜的办公室。

"您说。"陈胜站起身。

"公司现在因为业务发展的需要，招聘了更多员工，目前的办公场地有些紧张，为了节约开支我想在内部调整一下。"

"您想让我负责这项工作？"

"不是，你这间办公室挺宽敞，我想改造一下，你暂时搬到外面的大办公室，可以吗？"

"可以是可以，只是……"

"你放心，我会考虑给你安排新的办公室。现在公司困难，作为副总，你应该能体谅的，对吧？"

陈胜没有再说什么话，因为再说也是徒劳，南宫小林不是来和自己商量这件事情，也不是让自己负责这件事情，只是来通知他搬出象征副总身份的办公室。

南宫小林的心里对陈胜有着极深的仇恨，这种仇恨不仅来源于陈胜作为上司时对自己的态度，更因为陈胜才是当初林姗姗的第一人选。虽然现在林姗姗选择了自己，可他对陈胜的恨意丝毫未减。

其实和普通员工坐在一起办公，原本不是什么大事，可是当另外两名经理级员工刚刚拥有了自己的新办公室时，陈胜却被赶出了自己的办公室，这就成了赤裸裸的羞辱。

"你搬到这儿了？"林姗姗来到陈胜的座位旁边说道。林姗姗自和陈胜正式分手后就一直躲避着陈胜，即使在一个公司工作，也很难见面。林姗姗上个星期刚刚被任命为总经理特别助理，特别两个字是南宫小林特意加上的，他要让所有人知道林姗姗的位置很"特别"。

"啊，对。"

"还习惯吗？"

"在哪都一样，没什么不习惯的。"

"你先委屈一段时间，找机会我会和他说的，让他重新给你安排一个办公室。"林姗姗看着落魄的陈胜有些于心不忍，但是她并不想因此和南宫小林发生矛盾，就像她自己说的，一旦选定一个人，她就会全心全意对待那个人。

"谢谢关心。"

"对不起，是我连累你了。他总认为我还喜欢着你。"

陈胜抬起头看着林姗姗露出一个艰难的微笑说了句："谢谢。"

陈胜自搬出办公室以后就再也没有拥有过自己独立的办公室。虽然一直挂着副总的头衔，但是越来越多的职权被剥夺，越来越多的待遇被取消，越来越少的只有薪水。

就这样，两个月过去了，陈胜如行尸走肉般上班下班，吃饭睡觉。吴广都不清楚陈胜到底是在疗伤还是彻底放弃。

"他怎么变成这样了，你不是说他抗打击能力很强吗？"艾琳看着低头从自己身边走过的陈胜问吴广。

"我也奇怪，这和他一贯的表现完全不符。对了，你不是选了陈胜，怎么不去安慰安慰他？"

"我以什么身份去安慰他？我和他就只是同事，根本就不熟。"

"你有一个可以和他很亲密的身份。"

"什么？"

"他最好朋友的女朋友，这个身份绝对让你有资格去安慰他。"

"我，以你女朋友的身份，去安慰他？"

"这个办法好吧。"

"挺好的，那我去了。"

"哎，你不会真去吧，哎……又跑了？"

艾琳真的跑去找陈胜，害得吴广一夜没睡好。吴广意识到艾琳在自己心目中的地位已经越来越重要，已经重要到一个举动就能让自己彻夜难眠的地步。一大早，吴广就跑去找陈胜，想了解艾琳到底和陈胜说了些什么，两个人之间又发生了什么。

"昨天晚上艾琳找你了？"吴广瞪着陈胜。

"找了。"

"和你说什么了？"

"她和我说什么，关你什么事？"

"你这人，成心是吧，快点说。"

"我就不，憋死你。"

"憋死我，对你有什么好处，你到哪再去找我这么好的朋友。"

"憋死你，艾琳就恢复自由了，她一直对我有好感，我就有机会和她发展。我现在才发现，原来艾琳才是全公司最漂亮的姑娘。"

"你敢对艾琳有企图，我……等会儿，我重新理解一下你的话。

我死了，艾琳就自由了，我不死，那么艾琳就不自由，为什么不自由？"

"因为她说她以吴广女朋友的身份来教训我，她说我遇到一点挫折就灰心丧气，一点都不像个男人，枉费当初她还对我有过好感。"

"她说她是我女朋友，她说她曾经对你有过好感，有过？"

"她还说……"

"我不关心她还说什么，我就问你她是不是亲口承认她是我女朋友。"

"是。"

"那就行了，嫂子的话你必须听，好好消化消化，我去找你嫂子了。"

"你就是个见色忘友的王八蛋。"

"我就是。"

吴广本来就是个很奇怪的人，当他受到刺激后就会变得更奇怪。现在他什么话也不说，就这么在艾琳身旁不停地转悠，然后得意地看着艾琳笑上两声。

"你又得了什么病？"艾琳瞥了吴广一眼。

"准确地说，应该病好了，痊愈了。"

"那之前是什么病？"

"因为喜欢一个人却始终得不到明确的答复，满腔的爱意无处表达和宣泄，导致心情郁闷、情绪低落、食欲不振，简单来说就是相思病。"

"现在怎么就好了。"

"因为我喜欢的那个人终于承认是我女朋友了。"

"谁啊？"

"你说呢。"

"你想说我啊？那真不好意思，你可能需要继续犯病，我只是利用一下你女朋友的身份去劝说一下我喜欢的人，我没打算接受你。"艾琳很认真地说道。

"你真的只是借用一下身份？"

"当然了，不是你说的，陈胜现在是感情低潮，是我最好的机会，我当然要好好利用了。"

"行了，别开玩笑了。"吴广看着艾琳严肃的样子，心里开始有些慌张。

"我很认真，我仔细考虑过了。对不起，我还是喜欢陈胜。"艾琳脸上呈现出一脸的歉意。

吴广看着艾琳，丝毫没有平时开玩笑的感觉。吴广一下子没了信心，就像突然间被丢在了半空中，没着没落的。

"你说真的？"吴广忍不住又问了一遍。

"嗯。"艾琳用力点点头，"尤其是现在陈胜不仅感情上陷入低潮，在事业上他也迷失了方向。南宫小林这么对他，他都没有反应，我真的很担心他。"

"你别说了，我需要冷静一下。"吴广说完耷拉着脑袋离开了。

艾琳没想到自己的话对吴广造成如此大的冲击，吴广接连三天请假没有上班，甚至没有去找陈胜。他切断了一切联系方式，让任何人都找不到他。

陈胜一直找到吴广在近郊的别墅，进门看见 3 天没洗澡没刮胡子可能也没睡觉的吴广。

"说说你这 3 天的思考过程吧。"陈胜坐下说道。

"太混乱曲折以及漫长,我懒得说。"吴广一副没精打采的样子。

"那说说你现在的感受,最强烈的一种。"

"害怕。"

"害怕?"

"嗯,我觉得我真的爱上艾琳了。"

"所以你害怕?"

"我才不像你总是保护自己,害怕受伤,我愿意敞开自己,即便受伤,那也是一种痛快。"

"那你怕什么?"

"我怕我自己坚持喜欢艾琳,而艾琳也很坚持地喜欢你,那我们俩……"

"你觉得我们会因为艾琳……你也太小看我们之间关系的牢固性了吧。"

"历史上有多少兄弟因为一个女人反目,这种惨痛的教训还少吗?你现在不了解艾琳是多么可爱的一个女孩子,她是多么容易让男人爱上的女人,她甚至没有正面表达过对我的好感,我就已经陷入其中无法自拔。而她对你却一直有好感,稍加时日,你就会像我一样无法自拔地爱上她。那时候我们怎么办?"

"我不会爱上艾琳的。"

"都说了那是你不了解艾琳,我一开始也以为到了我这个年纪,能够很喜欢一个女孩,愿意踏踏实实对一个女孩已经很难得了。但是随着我越来越了解艾琳,我发现我疯了,我脑袋里想的全部是她,她随时都会出现在我的心里我的梦里我的歌声里。"

"你……背歌词呢?"

"是引用，这段歌词很准确地说明了我的状态。我总是以一副若无其事的状态去面对她，那是因为我担心如果不用这种方式压抑我内心的澎湃，我真的有可能做出非礼甚至强暴她的行为。"

"你说得有点过了。"陈胜突然咳了两声提醒道。

"我知道，这不是因为就我们俩吗，我没必要向你隐瞒我的真实想法。也不知道是不是最近这段时间一直都没有正常的生理宣泄渠道，荷尔蒙分泌过于旺盛，我看着她的嘴，我就想吻她，看着她的胸，我就想撕开她的衣服，看着她的屁股，我就想……"

"停，停，停，别再说了。"陈胜见吴广没有半点要停的意思，立刻打断了他。

"不行，我必须说完，必须。"

"那你等会儿，"陈胜从口袋里拿出手机按了结束通话的按钮，然后看着吴广，"现在你可以继续说了。"

吴广警觉地看了看陈胜又看了看陈胜手里的手机："那头是谁？"

"说了你别激动。"

"怎么能不激动，是艾琳对不对？"

"对，我是想……"

"你想个毛啊！你害死我了，你个王八蛋，我掐死你。"

吴广说着就扑向陈胜，用力掐住陈胜的脖子。陈胜奋力反抗，无奈被吴广死死掐住，气都喘不上来。陈胜挣扎着重新拨打艾琳的手机，手机里传出艾琳的声音才让吴广放手。陈胜摸了摸自己的脖子，大吸了两口空气。

"说，为什么害我。"吴广挂断陈胜的手机问道。

"天地良心，我是帮你，你知道那天艾琳除了劝我，还说了什么吗？"陈胜已经缓过气来，他身子稍稍后仰，有些得意地问。

"不知道。"

"她说，她对你喜欢她这件事很没把握。虽然你说你喜欢他，可是你总是一副开玩笑的样子，时不时表现得还像个神经病，她不知道该怎么面对你。"

"然后呢？"

"然后我告诉她，你是真的喜欢她，只是你这个人表达情感的方式比较另类，一般人都不太明白。"

"再然后呢？"

"然后她不相信，她觉得你对她更像是随便寻开心的，然后我就说我有办法证明。"

"然后你就来找我，开着手机让她听？"

"不是。然后我就告诉她，让她很认真地说喜欢我，刺激一下你，再然后才是你说的，开着手机让她听。我原本就想让你充分表达一下你对她的情感，谁知道你……"

"你个王八蛋，那你不会早点挂断啊！"

"我一听你的话不对，就想挂断，可你说得也太快了点。"

"我掐死你！"

"还来？"

吴广一脸无辜地站在艾琳面前看着艾琳。

"不许看我的嘴。"艾琳说道。

吴广只得略低下头，目光向下移了一些。

"不许看我……"艾琳又说道。

吴广只能把头压得更低，目光又向下移了一些。

"你，不许看我……"艾琳忍不住跺脚说道。

"那我看哪？"

"你，看旁边，总之不许看我。"

"你见过有人说话，一个人歪着脑袋的吗？"

"那你转身，背对着我，快点。"

两个人说话，一个人看着另外一个人的后脑勺，着实奇怪了些。

"这样行了吗？"

"嗯，哎呀，你头上怎么有点秃。"

"什么秃，那是旋，旋知道不。"

"可是有三个。"

"我就是有三个旋，那代表着无上的智慧，什么秃。"

"你什么口气和我说话，我还没找你算账呢。"

"我有什么账好算的。"

"你……你下流。"

"我不觉得，那是一个男人的正常生理反应，没有才奇怪呢。"

"你……你好色。"

"我承认。"

"可是我告诉过你，我想找的男朋友是真的喜欢我的人，而不是喜欢我漂亮的人。"

"我是喜欢你，也喜欢你的漂亮，你没有证据证明我只是因为你漂亮才喜欢你的。"

"那也没有证据证明你不是因为我漂亮才喜欢我的。"

"谁说没有，我证明给你看。"

吴广闭上眼睛转身面对艾琳，摸索着扶住艾琳的肩膀。

"你干什么？"艾琳不明白吴广的意图。

吴广没有回答，他用手摸了摸艾琳的脸确定两人之间的距离，然后突然前倾吻了艾琳。艾琳一时间慌张失措，任凭吴广吻着自己，逐渐恢复平静后，才把吴广推开。

"你这人……"艾琳瞪着吴广，可惜吴广闭着眼睛，看不见艾琳又羞又恼的可爱模样。

"呐，我是闭着眼睛的，完全看不到你的容貌，但是我依然控制不住想要吻你，这充分证明我是喜欢你这个人。"

"你无赖。"

又一个月过去了，南宫小林"登基"已经3个月了，期间他尝试了无数种折磨陈胜的方法，可是陈胜逆来顺受的表现让南宫小林自己都觉得有些乏味。

"这个会你不用参加了。"南宫小林又一次当着众人的面将抱着一堆资料的陈胜挡在会议室门口。

"可是……"

南宫小林连可是的机会都没有给陈胜就已经走进了会议室。陈胜抱着一堆精心准备的提案站在会议室门口看着会议室的门缓缓关上。

"你给我句痛快话，你到底想怎么样？"忍耐了3个月的吴广终于忍无可忍地问道。

"我没想怎么样。"

"那就现在开始想，你总不会真的打算就这样待在这家破公司吧？"

"不然呢。"

"不，不然？你问我啊，好，那我告诉你，你现在除了还挂着副总的头衔，你就是个屁，别人连放都懒得放，你还准备继续耗下去？"吴广抓了抓自己的头发，他想不明白。

"也没什么不好，每天什么都不用做，薪水还不低。"

"你气我是吧，我在很努力地戒掉骂脏话的习惯，你非要让我重新上瘾是不是？"

"那你就骂两句吧，其实被骂也挺舒服的。"

"我 X……你能别这样吗？你没把你自己弄死，先得把我憋死了，我什么时候受过这份鸟闲气？！"

"受闲气的是我，又不是你。"

"这才更憋屈，是我我早他妈大耳光抽南宫小林了，顺便甩他一脸辞职信，爷什么时候需要伺候孙子。"

"累了，回家睡觉。"陈胜回避了这个话题。

"我话还没说完呢。"

"留下次再说。"

陈胜起身走了，留下吴广和艾琳。

艾琳和吴广的感情进展很顺利，原本陈胜和吴广的单独会面，现在时常都会有艾琳的身影，只是每当兄弟俩在说话的时候，艾琳总是很懂事地坐在一旁默默听着。

"你别逼他太紧，受了那么大的打击，总需要时间恢复。"艾琳在陈胜走后说道。

"还需要时间？这都 3 个月了，儿子都生两个了。"

看着吴广着急的样子，艾琳忍不住笑了笑说道："你不能总站在你的角度思考他面对的问题，他需要面对更多现实的问题，不像你……"艾琳突然停住了。

"像我怎么样？"吴广追问道。

"像你这样随遇而安，心态好。"艾琳随口说道。

吴广看了看艾琳，现在他全部的注意力都集中在陈胜身上，没有再继续追问下去。

陈胜在住所楼下看见来回逡巡的林姗姗，陈胜停下了脚步，犹豫着是否应该躲开。林姗姗抬头看见了陈胜，于是快步迎上前来。

　　"你回来了。"林姗姗说道。

　　"嗯，找我有事？"

　　"我想和你谈谈。"

　　"谈什么？"

　　"当然是工作，公司最近打算拓展苏州地区的业务，想在苏州成立分公司。如果你愿意的话，我可以向他建议，让你去负责分公司。你觉得呢？"

　　"我的家、我的父母兄弟朋友都在南京。"

　　"我知道，可是你现在……到了苏州你就是分公司的总经理，你不仅可以全权负责苏州的业务，你的收入也应该会提高。"

　　"说简单一点，就是有了点权，又多了点钱，是吗？"陈胜突然抬头冷冷地看着林姗姗。

　　"对，你别总一副看不起钱，看不起权的样子，现在谁不图这些，你不也一样吗？"陈胜的目光惹恼了林姗姗，这年头人人都对权、钱趋之若鹜，但又不愿被别人直白地指出来，总想有那么一点遮羞布。

　　"我一样吗？"

　　"你不一样吗？如果不是还惦记着你那个副总的虚衔，你为什么不辞职？不是怕找不到那么多薪水的工作，你为什么不离开？他那么对你，你都能忍受，你还有什么资格说我？"

　　"我什么时候说过你爱钱？我只听你自己说过，因为钱，你选择他。"

　　"你……"

　　"我能再确定一下几个问题吗，竞聘的时候，你有把我的经营计划方案透露给南宫小林吗？"

"我……"

"你有把我的利润分配方案透露给南宫小林吗？"

"……"

"在你还是我女朋友的时候，你有做过任何背叛感情的事吗？"

"……"林姗姗不知道该如何回答。

"你不回答，我就当你默认了。"

"陈胜，我今天是来帮你的，不是来让你羞辱的。"

"我没有羞辱你的意思，我只是确定事实。哦对了，我不需要你帮。"

林姗姗气愤地看着陈胜，陈胜回以冷静得可怕的眼神，林姗姗终于忍不住负气而走。看着林姗姗远去的身影，陈胜突然撒腿开始围着楼前的花园狂奔，一圈接着一圈，就这样拼命地跑着，一直到精疲力竭倒在地上，看着天。

他就这么躺在硬邦邦的石板小路上，看着漆黑一片几乎没有光亮的天空。林姗姗因为钱选择了南宫小林，韩露露的母亲因为钱逼得陈若谷选择了离婚。自己呢？自己爱钱吗？吴广说治疗"爱钱症"的第一步就是要先有钱，那么……就开始吧。

陈胜终于有了一次参加公司会议的机会，全体员工大会。会上南宫小林激动地对公司的新发展新规划做了一番描述和展望，其中大部分想法都来自陈胜的计划书，然后南宫小林开始重新调整人事安排。

在一系列人事调整之后，南宫小林说道："我们在宿迁也有一定业务，我想由陈胜你来负责宿迁地区。宿迁地区不设分公司，但也需要有人常驻，这部分就全权交给你负责。"

宿迁是江苏苏北的一个市，经济相对落后，但这不是重点。重点是公司在宿迁根本就没什么业务，连个办事处都没有，根本不需要人长驻，说白了，这就是流放发配。

"你有什么意见吗？没意见的话就这么决定了。"南宫小林自问自答，连说话的机会都不给陈胜。

"对不起，我有意见。"陈胜没有如往常一般默默承受，而是站起身直视南宫小林。

吴广在一旁看着陈胜，突然间感觉陈胜变了一个人，往日的神采又重新回到了陈胜的身上，脸上更透露出一种自信的坚毅。南宫小林也没想到3个月来如一摊烂泥般任凭自己蹂躏的陈胜今天会突然反抗，看着陈胜的眼神，他心里突然有害怕的感觉。

"你有什么意见？"

"我不想去宿迁，我想留在南京。"陈胜平静地说道。

"这是公司的决定，你必须服从。"

"公司的决定只对公司的员工有效。"

"你什么意思？"南宫小林皱起眉头。

"现在我正式辞职，我不再是公司的员工，所以我不需要服从公司的决定。"

"你要辞职？"

"对。"

"那好，立刻收拾东西，走人。"

"我会的，不过在走之前，我想问你几个问题。竞聘的时候，你是不是偷了我的经营计划方案？"

"我，我没有。"

"你是不是偷了我的利润分配方案？"

"我……"

"你是不是为了赢得竞聘，不惜使用卑劣手段诬陷我。"

"你，你胡说。"

"是非自有公断，做过的事情靠否认是没办法抹去的。南宫小林，现在我正式向你这个以下流手段赢得竞聘的总经理辞职。用我兄弟的话说，爷什么时候需要伺候孙子。"

陈胜说完便在众人的注视下扬长而去，留下南宫小林手足无措地面对所有员工怀疑和鄙视的复杂眼神。

吴广笑着摇摇头站起身："爷不需要伺候孙子，更不能伺候卑鄙的龟孙子，我也辞职。"

吴广说完回身看着艾琳，艾琳微皱眉头嘟起嘴说道："你看我干吗？"

"你不辞职？"

"我辞职了，谁养我？"

"我养你。"

"我不要你养，我自力更生。"

"可是现在是同仇敌忾表达情绪的时候。"

"你和陈胜表达就够了，我就不参与了。"

众人面面相觑，看着吴广艾琳两个人当众打情骂俏，南宫小林对两人完全无视自己、自说自话的做法也没有任何办法。林姗姗坐在南宫小林身边，看着陈胜坚定地离开，又看了看身边慌张失措的南宫小林，心里泛起一丝忧虑和担心。

"庆祝你们一起失业，干杯。"艾琳第一次在陈胜吴广和自己的三人聚会中率先发言。

三人一起举杯，一饮而尽。

"小子，行，今天终于活过来了。"吴广说道。

"你接下来有什么打算？"艾琳问道。

"急什么，刚辞职好好休息休息。"吴广替陈胜回答，他不想陈胜立刻给自己太大的压力。

"不能休息，我已经想好了，我要第二次自己创业。"陈胜答道。

"真的，你知不知道我等你做这个决定多久了。说，想做什么？"吴广激动地说道。

"还做这一行。"

"等会儿，你想创业没问题，但是你不能斗气，不能为报复某些人就做冲动的决定，需要好好计划一下。"

"我已经计划3个月了，该是启动的时候了。"

"3个……3个月？你从南宫小林一当上总经理就开始计划了？"

"对，不然我为什么要忍他3个月？我就想摸清楚他对我的计划书到底了解多少，他对公司发展的整体想法，顺便清楚掌握他的弱点。我们这一行的技术壁垒不算很高，我进入公司这几年到我当上副总考虑最多的问题就是应该怎么确立公司在行业内的优势，不让竞争对手轻易超越，而现在我站在对手的立场，我更清楚应该怎么击败它。"

"原来你是卧底啊！3个月，整天装情绪低落，连我都骗，害我瞎担心。"

"不是你说的吗，现在职场卧底间谍无处不在，不过情绪低落是真的，失恋了总有一段恢复期。"

"既然伤心，那看来你还是挺喜欢林姗姗的。"艾琳插话道。

"非提不该提的壶，烫着他。"吴广说道。

"没关系，能烫着说明没好，现在我好了，不怕烫了。"陈胜说道。

"死猪才不怕烫。"艾琳又插话道。

吴广回头看着艾琳，艾琳嘟着嘴小声嘟囔："是死猪才不怕烫嘛。"

陈胜将准备了 3 个月的创业计划书重新修改整理完成，然后开始寻找投资。

找投资这事，说起来简单，做起来却很难。陈胜第一次创业选择的是以自有资金开始，形成一定规模后再找投资，可惜还没有进行到第二步就因为齐远飞的背叛而夭折。这一次陈胜需要的资金量远大于当时，他自己拿不出这么多资金。

"找到投资了吗？"吴广问道。

"还没有，有几家有意向，还在沟通。"

"需要多少钱？"

"第一笔启动资金至少需要五百万。"

"那还找什么投资，明天我就把钱打你账上。"

"什么意思？"

"什么什么意思，我投资你啊。"

"我不能用你的钱。"

"我的钱怎么了，我的钱都是我自己光明正大挣来的，没偷没抢没贩毒！"

"我不是那个意思，我的意思是，我想自己创业，不想总依靠你。"

"你这辈子就没依靠过我，你就不能给我个机会？我出钱你出力，各占一半股份，这总行了吧。"

"不行，钱还是我自己想办法。"陈胜依旧坚持拒绝道。

"你这是个人道德观与社会道德观巨大差异引起的内心不协调

导致的间歇性情绪紊乱及心理失常的毛病。别人都想着怎么能从朋友那捞点实惠，我主动送上门，你就是不要。"

"就因为你是我朋友，最纯粹的朋友，我不想我们之间因为利益破坏这种纯粹的关系。"

吴广知道陈胜的性格，他决定的事情很难改变，虽然吴广理解陈胜，但是不代表他赞同陈胜。说实话，在相处的这十几年中，吴广最烦的就是陈胜这种性格。

第四章　初恋 2.0

20 年，这是一个多么漫长的时间，可又显得多么短暂。回忆中
储量不算很大的初中时代的画面浮现出来，心中有一种说不出的
酸楚，终于可以用上那个词了——时隔多年。

　　人这一辈子，最容易与自己成为朋友的有 3 种人——同学，
同事，老乡。有些同学在当时没能成为朋友，可因为你们曾经是
同学，为日后成为朋友提供了坚实的基础。

　　陈胜的初中同学不知道哪一位有了这个兴致，举办了一次聚
会。初中，陈胜算了算时间，不由得产生了一丝凄凉和悲壮的情绪，
那居然已经是 20 年前的事了。20 年，这是一个多么漫长的时间，
可又显得多么短暂。回忆中储量不算很大的初中时代的画面浮现
出来，心中有一种说不出的酸楚，终于可以用上那个词了——时
隔多年。

　　初中同学中陈胜最期待见到的人是冯倩，他一直怀疑那应该

是自己错过的初恋。20 年后，初恋也该升级成初恋 2.0 版了吧。

想当初都还是青春懵懂的时候，班上的男生闲着无聊会评选班花。陈胜班上一共 27 名男生，17 人投给了那个身材高挑、面容娇好的袁菲，而陈胜等 6 人投给了活泼俏丽、有点男孩子气的冯倩。以今天的审美标准，大多数人应该还是会投给袁菲，可 20 多年前和 20 多年后的陈胜却还是喜欢那个有些"暴力倾向"的俏丫头。

20 年过去了，现在已是 35 岁的冯倩会变成什么样子，还会有当年的俏丽吗？还是已经被生活折磨得具备了许多老妈子的气息？她的婚姻状况怎么样，孩子多大了？再次相遇会是什么场景，是否过了那个年月便没了那番青涩的情怀？又或者两人还会发生一些故事，走过初恋，接着跨入初恋 2.0 版本？

陈胜脑袋里满是疑问和期待。

随着陈胜的思绪蔓延开来，一张张熟悉的面容撞进眼帘。陈胜之前试图在脑海里回忆出冯倩的长相，可是仅有一点模糊的轮廓，他一度怀疑自己是否已经忘记了她的模样，怀疑自己再看见冯倩时是否能够辨认出来。

当冯倩出现在陈胜面前时，一切怀疑都显得那么无聊。冯倩长大了，也改变了，可是模样却依旧可以在人群中只用一秒就吸引住陈胜的注意力。即便时间流逝，35 岁的女人也可以保养得很好，但如冯倩这般好的实属罕见。如果她不是出现在这个"老家伙"众多的同学会上，没有人会认为她的年龄超过 25 岁。

"陈胜。"陈胜耐心等待着冯倩和众多同学寒暄之后对自己的这一声轻唤。

"冯倩。"

没有过这种经历的人永远无法了解，就这样简简单单叫一声对方的名字，给陈胜带来的感慨和惆怅却深入心底。

"想当年……"是个永远说不完的话题，虽然在时隔多年之后，每个人的记忆大不相同，甚至会完全不一样，但那种陌生的熟悉感让人很亲切。一首《同桌的你》能唱得大家潜然泪下，即使当年大家同桌的时候还没有这首歌。

组织同学会的家伙是个很有组织力的人，设计了不少有趣的活动，让原本以为只是叙旧和攀比的同学会多了许多乐趣和温情，还知道了许多原本不知道的秘密。

"据不完全统计，当初我们班早恋的人一共有三对，下面有请这三对上来和我们说说他们早恋的故事，也给我们这些没早恋的人补补课，大家说好不好？"负责组织的那个家伙又在台上煽动道，台下的人也跟着起哄。

陈胜也对当初有哪三对早恋很感兴趣，在他的记忆中只有一对。

"顾晓军、杨芳。"

这就是陈胜知道的那一对，也是最有名的一对，他们之间的早恋惊动了老师、校长、家长。

"袁菲、李涛。"

这一对大出许多人预料，袁菲当年贵为班花，喜欢她的人不计其数，而她始终保持着高傲的态度，没料到居然被李涛这小子得手过。

"冯倩……"

听到冯倩的名字响起，陈胜的心不自然地跟着提起，大脑迅速运转。冯倩那时候也早恋了？和谁？为什么自己一点都没有察觉，会不会是自己？可是没理由别人知道，自己却不知道，难道是……

"周志勇。"

这个名字念出，陈胜心里突然泛起难过的感觉。连他自己都讶异，已经过去20多年的事情居然还会对现在的自己产生这么大的影响。

三对六人在众人的起哄声中上台，他们不仅要老实"交代"当时的状况，还要接受"惩罚"。虽然那些"惩罚"引来阵阵笑声，可陈胜开始觉得同学会也不那么有趣了。

相聚总是短暂的，又到了快要散场的时候。20年未见的聚会持续了4个多小时，让陈胜这个容易多愁善感的人有了些许伤感，尤其是当中有两个人已经永远无法参加这样的聚会了。陈胜今天才知道，一个她在上大学的时候就生病离开了这个世界，一个他在前年因车祸也离开了大家。陈胜不喜欢散席的感觉，所以选择在散席前偷偷溜走，以免让自己敏感的神经再遭受更多的冲击。

"陈胜。"在陈胜以为没有人会注意自己这个容易被忽略的人已经离开时，冯倩追上了他。

"冯倩。"这是近20年后两人第二次互相叫出名字。

"你去哪？"

"回家。"

"家在哪？"

"汉中门外。"

"正好我也住那个方向，一起吧。"

陈胜有拒绝的理由吗？当然没有。

"你好像不太高兴。"冯倩开车，因为陈胜不好意思开自己的小破车前来，担心这个同学会和大学同学会一样又是一次无聊的攀比大会。

"没有。"

"刚才我们的位置没安排在一起，我都没时间和你好好聊聊呢。"

"是啊，你和周志勇应该更多话聊。"陈胜说完就开始鄙视自己，已经告诫过自己不要做这种吃陈年干醋的蠢事，可还是没有控制住，因为那是一段存留在陈胜脑海里被不断修复得近乎完美的记忆，在今天被打破了。

冯倩忍不住笑了，看了看陈胜说道："你吃醋了？"

"我吃什么醋。"

"难道你没想过我的早恋对象应该是你，而不是周志勇。"

"当然想过，"陈胜不知道为什么突然有了信心，"你说那时候我和你相处的时间比那个周志勇多多了吧，我怎么也没想明白，你是怎么和周志勇搞在一起的？"

"什么搞啊，多难听，我根本就没和周志勇谈过什么早恋。"

"真的？！"

"是他们搞错了，其实周志勇的早恋对象是隔壁班的女孩子。只不过那个女孩子和我家住在一起，我也帮他们传过纸条，所以他们误会了，我也懒得解释，反正今天大家只是为了开心一下，将错就错呗。"

"原来是这样！"陈胜心情大好。

冯倩看着陈胜得意的样子又露出那个可爱的浅浅酒窝，如20年前一般的俏丽笑容，完全颠覆了陈胜对30岁以上女人的认知，一个已经35岁的女人怎么会笑得如此纯真。

冯倩看着陈胜笑道："你这么生气我和周志勇早恋，是不是那时候喜欢我？"

"是，当然，必须的。"说出以前的事远比说出现在的事来得容易，陈胜毫不隐瞒地说出了当时完全不敢说的话。

“那你呢？”陈胜反问冯倩，这是他一直想知道的问题。

“我什么？”

“你那时候喜不喜欢我啊？”

“你说呢。”

“不准用提问来回答问题。”

“那你还记得我们打赌接吻的事吗？”

“当然记得，我到现在都后悔，要不然我的初吻在 13 岁就完成了，不用等到 17 岁这么迟。”

“你那时候为什么没来？”

“因为……”

那是 20 年前的事了，具体因为什么事情陈胜已经记不太清楚，只记得两个人因为某件和接吻有关的事发生争论，然后逐渐演变成争论敢不敢接吻的问题。

“你要敢和男生接吻，那就在我们班找一个男生接吻，我就认输。”13 岁的陈胜挑衅道。

“行，吻就吻。”13 岁的冯倩不甘示弱。

“那我去叫王涛。”一个中国人最常用的名字，陈胜当时最好的朋友，此次聚会他远在美国，未能前来。

“不行，要找男生就找你，除了你别人我不愿意，你敢不敢。”

“我……我当然敢。”

“那好，下课后，后山见，不来的是王……乌龟。”

陈胜就是乌龟，因为那天下课之后他逃了，原因很简单，不敢。陈胜很想，但是不敢，在经过剧烈的心理斗争后，最后做出了一个让自己日后 20 年每次想起都后悔的决定。

“你说起这事是不是说明你当时喜欢我？”陈胜再一次问起这个自己很关心的问题。

"我可没那么说。"冯倩笑道。

去之前陈胜抱怨为什么聚会的地点离自己家这么远，回来的时候却抱怨家怎么这么快就到了。

"你到了。"冯倩将车停在陈胜家小区门口。

"谢谢。"

"不客气。"

"那我不客气地还想问个问题，我当年要是去了后山，你真敢和我接吻？"

"你说呢。"

"你别总是你说呢，不带这样的。"

"你说呢的意思就是你应该知道，可是你却不知道，真让人失望。你说以你对我的了解，我会不敢吗？"

"那倒是，哎，你这么说我就更后悔了。"

"那要不要现在弥补一下 20 多年前的遗憾？"

"真的？！"陈胜的心脏居然剧烈地跳动起来，他曾经很多次幻想过时隔多年之后能够弥补当年的遗憾。

"当然假的。"冯倩很自然地给了陈胜一巴掌。用自然这个词，那是因为当年陈胜无数次被冯倩"痛殴"。那个年纪的小男孩喜欢一个女孩子的表达方式就是想尽办法作弄她引起她的注意，一般女孩子都是默默忍受或者自己哭，而冯倩的方式就是奋起反击，绝不手软。现在她下手比那个时候已经轻多了。

"好了，你快点回去吧，不要让你老公担心。"陈胜终于用最"委婉"的方式把最想问的问题问了出来。

冯倩用一种怪异的眼神看了看陈胜，然后微笑道："没关系，他没事的，不过我确实要早点回去看儿子。"

冯倩回答了陈胜的问题，还"附送"了另外一个重要问题的答案，她结婚有孩子了。其实，陈胜心里早就做好了这种准备，对一个 35 岁的女人来说，这是再正常不过的状态。可是陈胜不知道为什么内心还是有些失望，只能尽力克制这种失望，挤出一个微笑："是吗，孩子多大了？"

"4 岁了，皮得要死，我不在家，回去还不知道家里又乱成什么样，我先走了。"

看着冯倩的车消失在视线里，陈胜只能发出一声长长的叹息。哎，遥远的初恋终究是遥远的初恋。

冯倩并不像陈胜看到的那般平静，重遇陈胜的冯倩或许比重遇冯倩的陈胜还多了一种说不出的悸动。女孩比男孩在感情上更早熟，冯倩知道陈胜当年是喜欢自己的，也清楚陈胜不知道当年自己也喜欢着他。

这 20 年，冯倩过得并不如意，因此更加怀念 20 年前单纯的日子。20 年前曾经错过的初恋，20 年后会再续吗？冯倩也只能苦笑着摇摇头，自己怎么会有这种念头。

相亲这个词已经被人说烂了，故事里也写烂了，但是现实世界中每天还是在无数次地发生着。

"老大，你过来。"陈胜妈叫着陈胜。老大是陈胜父母对他的称呼，对陈若谷的称呼是二小子。

"妈，什么事？"

"我给你安排了一个姑娘相亲。"

"安排什么相亲啊。"这句话不是陈胜说的，是陈胜老爸说的。

"怎么不安排啊！不安排，他什么时候找到老婆。"陈胜妈转身瞪着陈胜爸。

"就他，二小子都离过婚了，他还连个女朋友都没有，我看还是把抱孙子的希望寄托在二小子身上比较实际一点。"陈胜爸对陈胜一点不客气。

"爸，你别瞧不起我，我要是给你带个儿媳妇回来，能吓死你。"

"那是，丑得吓死我。"

陈胜内心郁闷，这还是他爸吗，这么看不起自己儿子。

"老大，别理他，妈给你介绍的这姑娘，长得可端正了，拿下，给你爸看看。"

"就这么定了，"陈胜说完一个机灵，"妈，我该不是中了你和我爸的激将法吧。"

"和自己儿子用什么激将法，最多也就是一唱一和。"

陈胜不想相亲，可是无奈自己答应了。虽然 3 个月的时间已经令陈胜恢复了大半，但是否可以立刻接受新的感情，陈胜自己也不确定。不过若要重燃一份 20 年前熟悉的感情，或许更容易，陈胜忍不住又想起了冯倩。

按照老妈指定的时间和地点，陈胜等候着相亲的对象。在约定时间已经过了 20 分钟之后，一个打扮相当时尚，长得很漂亮的姑娘出现在陈胜面前。只不过她的漂亮不是陈胜喜欢的那种，她的五官比较立体，比较西化，而陈胜更喜欢相对柔和一些的。比如冯倩那样，哎，又是冯倩。

"你是陈胜吧，"姑娘一坐下就劈头盖脸地说，"我是陆艳，我想先和你说一下，我来相亲是我妈强迫的，她就在附近逛街，所以，我必须在这坐一个小时。等时间到了，我们就各走各的，行吗？"

"行。"看得出陆艳对这次相亲很抵触，陈胜只能这么回答，"那我们就这么坐着，自己管自己，还是尝试着聊两句打发时间？"

"随便你。"陆艳一脸不屑，从坐在陈胜面前到现在，连正眼都没瞧过陈胜一眼。

陈胜心想你相亲是你妈逼的，我还是我妈……用计谋的呢。其实陈胜可以理解陆艳不想相亲却被逼着前来的心情，可是眼前的她一副不屑的模样，多少还是让陈胜有一丝不满。人，是要讲礼貌的。

"其实你一上来就说明你是被强迫来的，然后摆出一副毫不在意的样子，都是故意的吧。"陈胜忍不住说道。

"什么意思？"陈胜的话引起了陆艳的好奇心，终于正眼看了陈胜一眼。

"因为对于像你这样长得漂亮的姑娘，在别人眼里应该有着不少的追求者。所以对你来说，如果让别人知道你居然也来相亲，是一件很丢脸的事情。为了保护你自己心底那份高傲，你必须找一个自己能够接受的方式，所以你摆出一副迫不得已的样子。"

陆艳没有说话，静静地看着陈胜，像发现新大陆一般。

"其实人都是有好奇心的，就算你有千般不愿，也还是想看一下你妈给你安排的相亲对象是个什么样的人，只不过你放不下你内心的架子，我说得对吗？可是你想没想过，如果你见到了一个能够让你心仪的人，而你这种开场白吓走了对方，对你来说就是种损失。"陈胜越说越得意，觉得自己把握住了陆艳的内心想法，自己这番剖析令对方如同赤裸，让这个高傲没礼貌的姑娘在自己面前不得不低下她自以为很高贵的头颅。

陆艳看着陈胜平静地说："你也是个挺自负的人吧。"

"不是自负，是自信。"

陆艳终于笑了，慢慢说道："那我就和你实话实说吧，其实我已经有男朋友了，不过我父母反对，强迫我来相亲。我男朋友现在就坐在你侧后方不到 3 米的地方，所以我根本不关心和我相亲的人是谁，而我的开场白不仅是我内心最真实的想法，也是不想让你太尴尬的方式。你嘛，挺有趣，就是自信得有些自负了。"

说完，陆艳就起身走向她男朋友的座位，然后坐到他男朋友身边挽着他的手臂说道："那个人真有意思……"后面的话陈胜听不见，可是陈胜可以清楚地知道是对自己的嘲笑。

陈胜暗叹：自己这辈子什么时候看清过女人，居然还不接受教训。陈胜想起身逃走，可是又觉得这么仓皇逃窜实在太丢脸。谁知道陆艳她妈和自己妈到底是什么关系，两人之间有多少共同的熟人，如果这一切被传出去，情何以堪！

就在陈胜彷徨无奈之际，冯倩神奇地出现在他面前："陈胜，你怎么在这儿？"

"啊，是啊，真巧，太巧了。"陈胜此刻激动的心情无法言喻。

"我来逛街，路过看到你，就来和你打个招呼。你在这做什么？约了人？"冯倩一边说着一边很自然地坐在了陈胜对面。

"没有，"陈胜前倾身体，压低了声音说道，"我以下说的话你只听别问，我是被我妈骗来相亲的，结果遇到一个已经有男朋友还来相亲的女人。我们言语之间有了冲突，她把我羞辱了一番，现在就坐在我侧后面和她男朋友卿卿我我，看我的笑话，尴尬死了。女侠，你一定要救我！"

陈胜说完这番话看着冯倩，也不知道冯倩能否明白自己的意思，明白了又不知道她会不会帮自己。

冯倩看着陈胜，虽然嘴角未动，但双眼却是一弯，透出一丝顽皮，两泓月牙让陈胜呆了一下。接着，冯倩板起脸，露出不悦的神色："陈胜，你又约了别的女人是不是？"

陈胜被冯倩突然发起的质问弄得手足无措，但以他的"冰雪聪明"，立刻就从冯倩似笑非笑的眼神中理解了她的意思，于是高声说道："我没有！我是被我妈骗来相亲的。"

"我才不信你呢，你一定是又有了别的女人。"

"真的没有，我发誓！"

"你今年就发了几次誓了。1月份的贝贝，2月份的王小茹，李芸，3月份……"冯倩越说越气，"你怎么这么花心啊，你到底想我怎么样？"

"倩倩，你别生气，我真的没有见其他女人。你清楚的，你一直都是我最爱的女人。"陈胜一边说，一边觉得戏好像有点过了。

"那你什么时候带我见你父母？"幸好冯倩及时收住。

"随时，你说什么时候就什么时候。"

冯倩用那种哀怨的眼神看了陈胜一眼，陈胜明知道这是演戏，但依旧被那眼神看得心怦怦跳。

冯倩幽怨地说道："那好吧，我再相信你一次，你以后都不能骗我。既然你没约人，那我们走吧。"

陈胜用力点点头和冯倩一起离开了。临出门之际，陈胜回头看了一眼陆艳，然后一脸得意地与冯倩一起离开。

陈胜也不知道自己和冯倩演了这么一出乱七八糟的戏，到底对陆艳有什么影响，有些纳闷自己为何会如此得意。离开之后才慢慢明白，得意并非因为报复了陆艳，而是因为这出戏的女主角是冯倩。

"刚才的戏行吗？"走出很远，冯倩终于忍不住笑了起来，一边笑一边问道。

"行，非常行，有你这么漂亮的女朋友，什么面子都挣回来了。谢谢。"陈胜向冯倩表示感谢，感谢她维护自己可怜的尊严。

"刚才我说的会不会有点过，把你塑造成了一个花心的负心汉。"冯倩问道。

"稍微有点过。不过这年头，花心的负心汉不被人鄙视，别人反而觉得很牛，像我这样找不到女朋友的才被人鄙视。"

"谁说你没女朋友？"

"啊？！"

"我啊，你女朋友我帮你那么大的忙，光说一句谢谢就行了？"冯倩带着迷人的笑容看着陈胜。

"那还不是一句话，女朋友，想吃什么，我请客。"

"还没到吃饭时间，先履行陪女朋友逛街的责任。"

陈胜陪着冯倩游走在商场小店之间，依稀有一丝重回大学时光的感觉。虽然冯倩是陈胜的中学同学，可是有相近的年龄、相似的生活经历、相同的世界观价值观。陈胜再次闪过这个念头：也许如冯倩这般的女人才是自己老婆的最佳人选。可惜的是，她已经嫁做人妇。

"想什么呢？"冯倩察觉到陈胜走神，于是问道。

"没什么。"

冯倩看了陈胜一眼没有继续追问，而是举起一个包说："好看吗？"

"挺好看的，配你这身衣服也挺合适。"陈胜说道。

"那好，就要这个了。"冯倩转身对店员说道。

"小姐，请这边付钱。"

陈胜和冯倩随店员来到收银台，店员看着两人，冯倩看着陈胜。

"怎么了？"陈胜一时没明白什么意思。

"付钱啊。"冯倩说道。

"啊?！哦，多少钱?"

"两万八。"店员幽幽地说。

"多少?！"

"两万八。"店员又重复了一遍。

陈胜瞪大眼睛看着店员手里那个包，心想：什么东西做的这么贵，不就一个包吗？两万八，当年自己一个书包从初中背到上班整整 10 年才换，买的时候才十块两毛五。

"不舍得啊。"冯倩盯着陈胜。

"没有，买！"陈胜把自己唯一一张信用卡递了出去。

"表现挺好，挺有男朋友的样子。"离开那个卖包的店，冯倩笑着说道。

"还行吧。"陈胜嘴上说着，心里还想着那两万八。

"那边看看。"冯倩又拉着陈胜走向另一家卖小配饰的精品店。陈胜心里那个紧张啊，还来？

冯倩在精品店里又挑了半天，拿起一支精美的手机吊坠问陈胜："好看吗？"

陈胜现在就怕这个问题，但又不能不回答："挺好看的。"

"那好，就要这个了。"冯倩这姑娘买东西还真够爽快，爽得陈胜的心脏一抽一抽的。

"多少钱?"陈胜问店员。

"73 块。"

"多少?！"

"73 块。"店员又重复了一遍。

"你抢钱呢，这么个小东西 73 块？便宜点。"

"不能便宜，这已经是最低价了。"

陈胜回头看了看冯倩，冯倩没有任何表情，就那么平静地看着陈胜，陈胜只能叹口气之后付钱。

　　买完手机吊坠，陈胜紧张地看着冯倩，不知道她还要去哪。陈胜很感激冯倩今天的帮助，也愿意送礼物给冯倩，只不过现在冯倩是别人的老婆，自己这么做，多少有些不合适，如果是自己女朋友的话……

　　"看你紧张的，今天就到这了。"冯倩笑道。

　　"不吃饭了？"

　　"我还要赶着回家照顾儿子呢。"冯倩说。

　　儿子这个词像一盆凉水将陈胜从头到脚淋了个透心凉，陈胜刚才脑中闪过的不轨想法——考虑是不是会和冯倩发生一段婚外情，被"儿子"拉回了现实。他开始鄙视自己怎么会用刚才那种卑鄙的想法去对待一个孩子的母亲。

　　又是冯倩开车将陈胜送回住所。车停后，她静静地看着陈胜不说话。陈胜心里直嘀咕：行了，小姐，你就别这么看我了，有什么话说吧，再这么下去，万一情难自控，多麻烦的事。

　　"给我。"冯倩没头没脑的来了一句。

　　"真来？但这是在车里……"陈胜的心有些激动。

　　"什么？"

　　"你说什么？"

　　"给我你的钱包。"

　　"啊？！干什么？"

　　"我又不打劫你，给我。"冯倩伸出手。

　　冯倩有一种特殊的魔力，让陈胜乖乖地把钱包交给了她。冯倩把陈胜的钱包里翻了个底朝天，然后抽出其中一张储蓄卡问道："这张卡你常用吗？"

"用，那是我以前的工资卡。"

冯倩用那支挂着陈胜买的吊坠的手机认真地把卡号输进自己的手机里，然后把钱包递还给陈胜说了句："好了，我该走了。"

"等会儿，没明白什么意思。"陈胜不解。

"傻啊，我怎么能让你花钱帮我买那么贵的东西，我会把钱打到你的卡上。不过只是包的钱，这个呢，"冯倩晃了晃手机吊坠，"就算你送我的第一件礼物。"

"那怎么能是第一件礼物？"

"不是第一件吗？你以前送过我礼物？"

"没有吗？我应该给你送过很多次……"陈胜突然停了下来，发现记忆把自己欺骗了。当年陈胜应该是准备过很多次礼物，但最终都没有胆量送出去。

"你怎么了？"

"没事，我记错了。"

"记错什么了？"冯倩没打算放过这个问题。

"我……我准备过很多次想要送你礼物，可是一次都没送出去。"

"为什么不给我？"

"不好意思。"

"你都什么时候想送我礼物来着？"

"就是中秋节、重阳节、端午节之类的。"

"为什么不是我生日、圣诞节、情人节？"

"因为要是生日、情人节的话，目的就太明显了。所以我想选择中秋、端午之类的节日，自己心态比较轻松一点，可惜最后还是没送出去。"

冯倩看着陈胜一脸尴尬的样子，心中却有甜甜的感觉。

"那你还记得我的生日是哪天吗？"冯倩突然问道。

"4月8号。"陈胜脱口而出。

"我该走了。"冯倩说道。

陈胜下车，关上车门。然后就这么一直注视着冯倩的车，直到它在视线中消失。

陈胜拿着自觉满意的计划书找遍了自己这些年积累下来的人脉资源，但没有获得有价值的回应。其实在中国不缺乏有钱想要投资的人，也不缺乏有创意需要投资的人，只是在两者之间并没有很好的桥梁。

一个人的信心并不可能是无穷大，每一次碰壁就会减少一些信心，连续的碰壁更会让信心以几何级数快速下降。陈胜在一个多月里连续碰了十几次壁之后，自信心受到严重打击，情绪也比刚失业那会儿低落了许多。失业只是结束了现在，可是没人欣赏陈胜的创业计划意味着不明朗的未来。

今天是陈胜心情最低落的一天，因为他被潜在投资公司一口回绝，连计划书都没看。与此同时，陈胜还在这家公司撞见了南宫小林和林姗姗，他们也许就是这家公司一口回绝他的原因所在。

"辞职后一切还好吧，听说你一直在寻找资金自主创业。"南宫小林总是一副欠揍的表情。

"是。"陈胜平静地回答。

"还想做老本行？说实话，这个有点难，你应该最清楚目前市场份额的情况，何苦自寻死路呢。坦白地说，我还是很认可你的能力的，如果你愿意向我道歉，我可以考虑让你回公司，依旧担任副总的职位，怎么样？"

"你这种无聊的挑衅没有任何意义，你不就是想以胜利者的姿态嘲弄一下我吗？可是有用吗，你一次次尝试的结果除了一次次展示你内心的怯弱，还能说明什么。"

"哦，是吗，那这样呢。"南宫小林说着伸手紧紧搂住林姗姗，展示两人之间的亲密关系。林姗姗看了南宫小林一眼，没做其他任何动作。

陈胜没有说话，而是径直离开了。陈胜完全不在乎南宫小林针对工作的言语挑衅，因为他相信自己比对方更优秀。可是在感情上，陈胜无法完全掌控自己的情绪，林姗姗将自己抛弃的事实在陈胜心中留下了巨大的阴影。

陈胜买了四罐啤酒坐在超市对面的小花园中。平时的陈胜很少喝酒，除了一些重要的应酬，但是今天陈胜想喝一点。两罐啤酒已经足以让他喝醉，四罐可以让他彻底失去知觉。

"陈胜，你怎么在这里？"当陈胜喝完两罐啤酒的时候，冯倩又一次出现在他的面前。

"哦，是你啊，小倩。"陈胜抬起头，用迷茫的眼神看了冯倩一眼。

冯倩微微笑了一下，"小倩"这个称呼平时只有自己的家人才用，今天陈胜这家伙居然这么不见外。

"你怎么了？"冯倩没有在意陈胜对自己的称呼，她更关心陈胜到底发生了什么事。

"呵呵，我没事，我挺好，非常好。"陈胜说话的语气告诉冯倩，他已经醉了。

"喝了多少酒啊，"冯倩看了一下陈胜身边的两个空罐子，一愣，"你真牛！才两罐啤酒，你就这样了。"

"我怎么样了？我没怎么样，我很好。"

"行，行，你很好，那别坐着了，我送你回家吧。"

"不回家，我不想回家，我也没有家。"

"真是喝糊涂了，你怎么没有家，你不就住前面的小区吗？"

"那就是一个房子，不是家，家里要有人，没有人就不是家。"

"你不是人吗？你回去了不就有人了。"

"我是男人，还要有女人，还要有孩子。一个家就应该有一个男人，一个女人，一个孩子，或者两个孩子，或者三个孩子……"

冯倩原本想拉起陈胜，结果反被陈胜拉着坐了下来。她没有再强迫陈胜回家，只是静静地坐在陈胜身边，听着已经喝醉的陈胜说着"胡话"。

"倩倩。"陈胜又进一步升级了对冯倩的称呼，冯倩无奈地看了陈胜一眼。不过让冯倩自己也有些意外的是，她不仅不介意陈胜这么叫自己，甚至很愿意接受它。

"倩倩，你知道吗，其实我不是不想结婚，我一直是想要结婚的。我想要有个老婆，想要有个孩子，想要有一个家，但是为什么就这么难呢。"

"别那么悲观，你现在暂时没有自己的家，不还有父母家吗，那不算你的家吗？"

"那当然是我家，当然是我家。但是我爸妈也希望我有自己的家，他们希望看到我能成家立业，看到我能有幸福的生活。我不想让他们担心，我想让他们不要为我担心，我还想让他们退休的时候能抱上大孙子，我弟也给他们生个大……孙子，过年的时候一大家人在一起，祖孙三代，多开心啊。"

冯倩忍不住伸手轻轻抚摸着已经靠在自己肩头的陈胜，冯倩喜欢眼前这个像大孩子般的男人，她喜欢他对自己未来生活的设想——和自己的一样。

"会有的，你会找到那个你喜欢她，她也喜欢你的女人。"

"真的吗？"

"当然，因为你是个好男人。"

"现在的女人都不喜欢好男人，她们喜欢坏男人，我这样的男人没人喜欢。"

"谁说的，我就喜欢。"冯倩脱口而出，而后内心一阵慌乱。不知道这话会给自己和陈胜之间的关系带来什么麻烦，冯倩的心剧烈跳动着，等待着陈胜的反应。可是陈胜始终没有说话。

冯倩再度看向陈胜时，发现他已经靠在自己的肩膀上睡着了。冯倩静静地注视着陈胜，陈胜熟睡的面容很安静，只是微微皱起的眉头让人有一丝心痛。冯倩不知道陈胜到底为何今晚会喝酒、会倾诉，但她相信这个男人绝不脆弱，只是他承受了许多外人不知道的压力。冯倩渴望去了解这个男人，但是以什么身份去了解？

陈胜再次醒来的时候正睡在自己床上，他隐约记得自己是被冯倩送回来的。昨晚自己和冯倩说了什么已经记不太清楚，他只记得一种感觉，一种很温暖的感觉。他自己也不明白为什么在面对冯倩时，会突然显得很脆弱，很想要去述说些什么，靠在冯倩的肩膀上，很舒服。

陈胜对自己的表现有些疑惑，自己一路拼搏至今，遭遇过的磨难超过许多同龄人，可是从来没有表现得如此脆弱。就连在第一次创业失败，遭遇朋友的背叛、女友的离弃、失去所有的积蓄、背负沉重的债务时，也不过是早上 5 点钟站在楼顶大吼两嗓子就重新上路了。

陈胜游荡在超市里，其实他并没有什么想买的东西，只不过昨天在这里遇见了冯倩，想着也许今天还可以在这里"偶遇"她。

在超市里转了一圈没看见冯倩的身影，陈胜心中又泛起一丝苦笑，自己究竟想做什么，遇到冯倩，然后呢？

"你在找什么？"

陈胜一个机灵，回头就看见冯倩瞪着那双漂亮的大眼睛看着自己。

"啊，没，没找什么。"

"没找什么？那你什么东西也不买，到处张望。"

"你怎么知道我到处张望？"

"我观察你都 5 分钟了。"

"那我怎么没看到你？"

"我躲起来了啊，"冯倩笑道，"你不会是在找我吧？"

"是，我是在找你。"陈胜也不想再编什么借口，显得自己特虚伪。

"你要找我，给我打电话不就行了，你把我号码弄丢了？"

"怎么会，只是打电话显得太正式，好像出什么大事一样。我就是想找个人闲聊，所以遇到了就聊，遇不到就算了。"

"那现在遇到了，聊还是不聊？"

"你有空吗？"

"嗯。"

"那聊十块钱的？"

"好啊。"

两个人就在超市对面的小广场找了个台阶坐下，周围是锻炼身体的老人家和追跑嬉闹的孩子。

"想聊什么？开始吧。"坐下后，冯倩问道。

"闲聊就是想到什么聊什么，没有特定的主题。"

"那你现在想到了什么？"

"我现在看着你，脑袋里想的自然是你，要不就聊聊你吧。"

"聊我？"

"嗯，就从我们初中毕业聊起。"

"那十块钱可不够，你打算聊多少钱的？"

"先聊十块钱的听听。"

"你真抠，想知道什么？"

"你高中毕业之后去了哪？听说上高中的时候你还和很多同学有联系，可是高中毕业后就没什么消息了。"

"我高考没考好，只能上大专。我不想上又不想重考，所以就直接工作了。我们家有亲戚在海南办了个公司，我就去他公司上班了。"

"哦，是这样啊。"

"这一切都怪你。"

"啊？怎么怪我？"

"当然了。你还记不记得我们初中毕业的时候，我问你我应该考什么学校？"冯倩问道。

"记得。"

冯倩的学习成绩并不好，在班里只能算中下游，而陈胜的学习成绩则在中上游。在初中毕业的时候，陈胜选择报考本校的高中，而本校是省重点中学。

冯倩因为学习成绩并不出色，所以家里给了很多建议。冯倩的母亲是医生，所以建议冯倩报考护士学校，毕业后可以找关系进入冯倩母亲所在的医院。冯倩的父亲是一家银行的中层管理人员，这家银行设有培养人员储备的银行中专学校，冯倩毕业后可以进入父亲所在的银行工作。而冯倩的舅妈是幼儿园园长，建议冯倩考幼师学校，毕业后可以当一名幼儿园老师。

冯倩的家里人为了冯倩的前途争论不休，没有定论，冯倩也为此烦恼。于是，那时 15 岁的冯倩问了同样 15 岁的陈胜一个问题："你觉得我怎么选择好？"

"你还记得你当时怎么回答的吗？"冯倩看着陈胜问道。

"记得。我说考什么中专，你就和我一起考本校的高中，然后再一起考一样的大学，这样多好啊。"

"所以……"

"所以？你是因为我说的话才选择报考本校高中？"陈胜惊讶地看着冯倩。冯倩当年竟然是因为自己的一句话而做出了这么重要的选择，而当初自己在说这话的时候完全没有考虑过它的影响力。

"嗯，后来因为 4 分之差没考上，就去了 X 中。"X 中是一所相对较差的中学。

"是我影响了你的前途……"陈胜有些恍惚

"幸好，我现在还算不错，不然我一定要你对我负责。"

"我挺愿意负责的。"陈胜说完这句话，立刻察觉到这话容易让人误会，而看冯倩的表情，她显然已经误会了。两个人有些尴尬。

"好了，十块钱的时间到了，我走了。"冯倩起身告辞。

看着冯倩离开，陈胜又回到台阶上坐下。他心里疑惑，冯倩说的是真的吗？当初真的是因为自己一句话，就让她做出了如此重要的选择？

冯倩很清楚地记得，陈胜的一句话，让她产生了与陈胜一起报考本校高中，一起报考同一所大学的念头。冯倩想和陈胜就这样一直在一起。可惜她没能考上，没能一直在一起，然后……

"最近怎么都没看到陈胜？"艾琳问吴广。

"他在忙着找投资，哎，你现在不能这么肆无忌惮地在我面前关心陈胜了。"

"为什么不能？"

"因为你是我女朋友。"

"对啊，所以我关心你的好朋友，有错吗？"

"这么说倒是没错，不过总有点嫉妒。"

"你什么时候开始变得这么小心眼了，以前你很大度的，难道都是装的？"艾琳笑道。

"我也不知道，太在乎你了吧。"

"甜言蜜语我不喜欢，我还是喜欢那个有点神经病的你。"

"看来你也有病，喜欢神经病。"

"我就有病，所以我们俩才般配。"

吴广单手将艾琳搂住笑道："那等我们老了，就一起去精神病院养老。"

"你呢，你现在也没工作了，有什么打算？"艾琳将头靠在吴广的肩膀上问道。

"我等陈胜拿到投资，然后再和他一起创业。"

"哦。"

"你没意见？"

"应该有什么意见？"

"你不觉得你男朋友挺没志气的，整天都跟着陈胜混？"

"我不觉得，因为我知道你不是跟着陈胜，你只是喜欢陪着陈胜一起奋斗。"

"唉。"吴广长长地叹了口气。

"怎么了？"艾琳抬起头看着吴广。

吴广轻轻地在艾琳嘴上点了一下："想喜欢你少点都难啊。"

"我说了甜言蜜语我不喜欢。"

"没办法，谁叫你把我改造成这样。"

"那怎么才能把你原来那种神经病的气质找回来？"

"等待时机，总有疯的那一天。"吴广很认真地说道。

艾琳忍不住笑着轻轻打了吴广一拳："你这人……"

又是两个星期的奔波劳碌，可惜在寻找投资上依旧没有任何进展。每天结束奔波，陈胜都会到超市去转一圈，然后在超市对面的小广场坐上一会儿。

陈胜清楚自己希望遇到谁，但又害怕遇见她。陈胜担心自己会再一次不可自拔地爱上冯倩，那将会干扰一个家庭的正常秩序，无论结果如何，都会有人受伤害。

陈胜自己都不知道，被林姗姗打破的保护层不仅没有及时修复，更在面对冯倩时被彻底弃用了。

"你干吗又坐在这里？"冯倩从超市出来，看见对面小广场上坐着的陈胜，径直走到陈胜面前问道。

"等你。"

"你知道我会来？"

"不知道，等等看吧。"

"我真的很奇怪，你想找我的话，为什么就不肯用电话，或者发个消息？"

"我不喜欢这些现代科技手段，表面上看提供了诸多方便，其实疏远了相互之间的距离。我喜欢面对面和人交流，只有面对面说话才能算得上说话。"

"你真是个怪人。好吧，找我什么事？"

"聊20块钱的，行吗？"

"好啊。"冯倩爽快地答应了，捋了捋头发在陈胜身边坐下，又调整了一下姿势避免短裙走光，然后专注地等待着陈胜开口。一系列再普通不过的动作看在陈胜眼里却显得那么优雅，陈胜的思维又开始不自主地神游。

"你是看我呢，还是聊天啊？"冯倩看着陈胜呆呆的样子笑道。

"光看不聊天，行不？"

"那我还收你20块，我不成了动物园里的动物了。"

"那你一定是最漂亮的长颈鹿。"

"为什么是长颈鹿？"

"因为你脖子长。"

"真讨厌。"冯倩又很自然地给了陈胜一拳。

陈胜把最近发生的事情经过整理加工后，对冯倩做了一个简单的陈述。冯倩是个很好的听众，安静地听着陈胜带着夸张表情的述说，适当时候点点头、微笑。

"我是不是说太多了？"陈胜终于意识到自己有些失态，在冯倩面前不知道为什么就会变得如20年前的小男孩一般。

"今天给你打八折，20块还有得找。"

"我发现你今天笑得有点怪。"陈胜突然说道。

"是吗？"

"嗯，你以前哪有这种耐心听别人说话。"

"没有吗？"

"当然，别人说不到两句就被你打断了，但是你说话别人就绝对不能打断，否则就是一顿胖揍。"

"我有你说的那么凶吗？"冯倩假装露出生气的样子。

"你千万别说你什么都不记得了，不可能。我被你揍出的伤疤现在还清晰可见呢。"

"尽胡说。"

"真的，有一次你把我推倒在地，结果地上有根铁丝把我划了道很深的口子。当时怕你担心，所以假装没事，后来自己也忘了，没去医院缝针，结果留了道疤。"

"在哪儿，给我看看。"

"不能看。"

"那就是骗人的。"

"不骗人，在屁股上，不方便。"

"讨厌！"冯倩忍不住皱起眉头说道。虽然心里想着这个家伙在自己面前越来越不规矩，奇怪的是，自己却一点也不反感。

陈胜看了一眼时间："都快7点了，真不好意思，我们走吧。"

冯倩点点头，站起身。她今天穿的裙子比较短，刚才的聊天过程中时刻要注意自己是否会走光，所以坐在一个高度不合适的石凳上保持一个不太符合身体工程学的姿势，令自己的腿部血液流通不那么畅顺。站起身时，冯倩的左腿已经麻了，身体不自主地倾斜，陈胜伸手去扶冯倩，两个人抱在了一起。亲密的肢体接触会令人产生特别的感觉，目前陈胜和冯倩最强烈的感觉便是尴尬。冯倩想要挣脱陈胜的手，但腿部麻痹的感觉让她不能平衡身体，陈胜想要放开冯倩，却又担心冯倩会因此摔倒。

两个人就这样尴尬地搀扶在一起。陈胜也不问冯倩的腿是否已经恢复了知觉，他只是喜欢这么扶着冯倩。也不知道过了多长时间，冯倩才小声说道："我没事了。"

陈胜"哦"了一声放开扶着冯倩的手，冯倩则匆匆说了声"再见"便迅速离开了。

陈胜习惯性地站在原地看着冯倩的背影直到消失，一回身被站在背后距离不到 20 厘米的陈若谷吓了一跳。

"你有毛病啊，站在人背后不出声？"

"我穿的是拖鞋，一路啪啪啪拖过来的，是你自己太专注了吧。那是谁啊？"

"谁是谁啊？"

"就是那个你抱着不撒手的女人。"

"首先我没抱着不撒手，是她腿麻了，我扶着她。其次她只是我初中同学，现在的朋友。"

"冯倩？"陈若谷脱口而出。

"你怎么什么都知道？！"陈胜惊讶。

"哦，你的日记我看过，一共写了 7 篇，全和这个名字有关。"

20 年前陈胜在喜欢上冯倩之后，就萌发了一个幼稚的想法，决定开始写日记，记录自己的心情变化以及和冯倩之间发生的故事，准备时隔多年后再度重逢时拿给冯倩看，幻想着冯倩感动得痛哭流涕的模样。可惜只写了 7 篇就没耐心坚持写下去了，陈若谷不说，陈胜自己都要忘记了。

"别扯淡，回家。"陈胜说道。

"你还没说那个女的是不是冯倩呢。"

"是。满意了？"

"那你可惨了，20 年后遇上自己的初恋加暗恋，把持不住了吧？"

"滚蛋，什么叫把持不住，人家结婚了，还有孩子。"

"那就更惨了，第三者啊，你是。"

陈胜叹口气无奈地看着陈若谷："小子，听着，我是不会成为第三者的，'小三'这个词在我的字典里永远是贬义词，男小三更是。"

"随便，你自己的事你自己决定，我只负责看热闹。"

陈若谷的话再度提醒了陈胜，自己这段时间和冯倩的交往过于频密，每当自己面对冯倩的时候就会不自主地忘记她作为妻子和母亲的身份。陈若谷说的没错，如果继续这样下去，也许自己真会把持不住。

离开陈胜的冯倩并不比陈胜好多少。走出去很远，冯倩依旧可以感觉到自己心跳的速度远快于平时，冯倩之所以匆匆离开，是害怕在陈胜面前失态，因为她可以清楚地感觉到自己的脸有些发烫。

冯倩已经 35 岁了，不再是 20 年前的小女孩，这些年也经历了许多普通人没有经历的事情，可仅仅因为和陈胜的身体接触就变得如此敏感，她还是有些讶异。冯倩忍不住问自己，该不该告诉陈胜自己的秘密？陈胜能够接受现在的自己吗？

林姗姗的背叛对于陈胜来说，更多的不是情感上的打击，而是价值观上的挫败感。

林姗姗直白地向陈胜展示了他一直以来逃避的事实：绝大多数人已经被钱控制。而冯倩的出现让陈胜又看到了希望，因为在陈胜眼里，冯倩是记忆中那个十几岁至纯至净的小女孩，那份感情也单纯得如白纸一般。

越是如此，陈胜越害怕自己会破坏这份纯净。陈胜感觉得到冯倩对自己的好感，如果自己不控制自己的情绪，两个人会越走越近。

"今天天气不错，想不想出去走走？"周末冯倩给陈胜发来一条消息。

"不好意思，我在外地出差。"陈胜犹豫半天之后，编了一个谎话，因为实在找不到其他拒绝的理由。

说谎的人最怕谎话被戳穿，尴尬程度不亚于在大街上没穿衣服。陈胜甚至怀疑自己是不是脑子进水了，居然在这个紧要关头去了超市。而最令陈胜尴尬的是，他撞见冯倩时，想转身逃跑却一头撞在货架上的窘样被冯倩全部看在眼里。

"呵呵……"陈胜只能捂着脑门傻笑地看着冯倩。

"为什么要说谎？"冯倩平静地看着陈胜。

"因为……因为……"

"你不想见我。"

"不是，我很想见你。"陈胜脱口而出，看着冯倩似笑非笑的表情，实在弄不清冯倩此时心里到底在想些什么。

"想见我，为什么躲着我？"

"我能不能先问个问题，你是怎么看待目前我们……之间……你的，明白？"

冯倩看着陈胜一脸窘样笑了一下说道："我不知道你怎么想的，我想说的是，我们是初中同学，一起经历过青春萌动，有着共同美好的回忆。时隔多年之后再见，我对你有一种特别的亲切感，和你在一起的时候，就像回到20年前的青葱岁月，很单纯很温暖，我特别珍惜这份感情，所以我希望我们可以成为能说心里话的好朋友，你觉得可以吗？"

"能说心里话的好朋友"，冯倩给两个人之间定下了一个很合适的关系，陈胜不由心动了一下。

陈胜有些鄙视自己，现今社会已经把自己"污染"得很严重，对于男女之间所谓"暧昧"的关系过于敏感。他选择强行将"暧昧"剔除在自己的生活之外，自认为这是一种高尚的、坚守原则的表现，殊不知自己内心已经变得混沌。如果自己能以最单纯的心态去面对"暧昧"，"暧昧"又怎么会是一个贬义词呢。

"我们出去走走吧。"陈胜抬头对冯倩说道。

冯倩脸上绽放出一个美丽的笑容："准备去哪？"

"你先约我的，地方就你定吧。"

"那，爬山吧。"

紫金山，海拔也就四百多米，爬到一半陈胜就一身大汗、气喘如牛，发誓下次爬山要等山顶修了电梯。

"不行了，你等会儿。"陈胜叫住前面一点疲态都没有的冯倩。

"你真是缺乏锻炼，身体也太差了。"

"我知道，工作太忙了。"

"少找借口，就只有一个原因——懒。你要是我老公，我天天让你锻炼身体，每天不少于一个小时。"

"我要是你老公，你还打算怎么折磨我？"

"如果你是我老公，我会要求你每天接送我上下班，每天对我说'我爱你'还必须发自肺腑；每个月不少于一次意外惊喜，注意，得让我意外；我还会规定你的体重以及三围标准，不允许超标，给你制定严格的饮食及锻炼计划并且监督你执行……哎呀，太多了，我看我还是好好静下心来写一本《驯夫手册》给广大妇女同胞参考吧。"

"这也太苛刻了，你也不经过我同意？"

"那你会同意吗？"

冯倩的问题令陈胜有些尴尬，因为这个问题建立在如果陈胜是冯倩老公的基础上，陈胜差点就脱口而出："不同意也不行，谁叫你是我老婆呢。"

就在陈胜尴尬的时候，冯倩突然说道："你看，你连狗都不如。"

"你怎么骂人。"

"不是骂人，真的，你看。"

陈胜顺着冯倩的手指方向，看到一只小狗，站直了也就比台阶高一点点，很费力地用双腿蹬着才能蹦上一级台阶，模样萌极了。虽然看着很费力，但是它很执著地不断向上爬着，爬几步就回头看看主人，然后继续向上。

"快起来吧，不然，你真的连……它都不如了。"冯倩笑着说道。

"你真以为我那么差，你不记得我可是当年学校运动会3000米长跑选手，比现在那些学生跑个1000米都能暴毙的强多了。"

"你还好意思笑别人，你是报名参加了3000米，结果跑了不到1500米人就不见了。"

"你记忆力能再好点吗？"陈胜有些尴尬，原本只是想糊弄一下冯倩，没想到冯倩居然清楚记得当时的状况。当年陈胜从跑道上默默消失，连负责计时的老师都没注意，以至于后来在统计成绩时差点出了错误。

"我当然记得，当时我在场边帮你加油，谁知道突然就找不到人了。"

"看来你当时还蛮注意我的。"陈胜心里不禁有些得意。

"臭美吧你，我们班就你和王涛报了3000米，结果王涛生病没参加，就剩你一个，我们班所有人都只能抱着无奈的心情给你加油，就是一边加油一边叹气那种……"

"不用说那么清楚……你就不能说是因为特别关注我。"

"怕你太得意。"

"我现在最缺乏的就是值得得意的往事，作为我青春记忆中最重要的人物，你应该帮着弥补弥补。"

"那好吧，其实那时候我特别关注你，专门为你一个人加油的。"

"嗯，听着不错，能不能再多说点？"

"其实那时候我就喜欢你了，这样够不够？"冯倩很认真地说道。

冯倩的话让陈胜愣了一下，虽然在陈胜心里无数次地认定这个事实，可由冯倩亲口说出来的感觉完全不一样。

"这句话是为了安慰我才说的，还是真的？"陈胜问道。

"当然是假的。"冯倩笑着说，这个笨蛋到现在还是不确定自己当年喜欢他。

站在山顶眺望着南京这座已经不再美丽的城市，陈胜心中感慨万千。20多年前，当他站在当时南京第二高楼上（金陵饭店是当时的第一高楼）看这座城市时，城市还淹没于树海当中。在一大片绿色当中，时不时有各类建筑的局部从缝隙中努力"崭露头角"，使得整座城市显得那么美丽生动。

可如今树海已然消失，各种高楼大厦拔地而起，金陵饭店也早不是第一高楼，往日的美丽也随之消失，光秃秃的水泥城市和目前绝大多数的中国城市没有任何区别，树木的绿色连点缀的任务都难以承担。

记忆中树海的绿色就如心中的质朴之气一般越来越少。

"什么时候有机会，也把你老公孩子带出来见见吧。"陈胜看着站在身边的冯倩说道。

陈胜不得不承认自己无法一下子就变得以最单纯的心态面对这个社会、面对冯倩。陈胜觉得自己如果可以认识冯倩的老公孩子，和他们也成为朋友，那么自己和冯倩之间的关系也能变得更简单一些。

冯倩沉默不语，一直以来这都是冯倩不愿意提起的事。冯倩结婚了，可是婚姻早在两年前就已经破裂，现在那个只有夫妻之名的丈夫一直生活在国外，两个人已经有一年的时间没有见过面，双方都在等待一个离婚的时机。

"我老公不在国内，"冯倩轻轻说道，"他去了澳大利亚，已经两年了。"

"那你和孩子留在国内？"

"嗯，我们想移民，他先去，等稳定了，我和儿子再过去。"冯倩说的是五六年前她和丈夫的计划，可是这个计划早就不复存在。

"那你今天出来，你儿子……"

"我儿子一般都在我妈家，由我妈照顾。"

陈胜"哦"了一声，内心第一次对冯倩产生了一丝不好的印象。冯倩在陈胜的记忆中是近乎完美的，所以陈胜不自觉地希望现在的冯倩也是完美的。而陈胜在定义一个母亲身份的女人时，爱自己的孩子是第一要义，而不是将他丢给自己的父母照顾。

"你怎么了？"冯倩显然注意到了陈胜情绪上的变化。

"我觉得孩子还是应该由母亲带比较好。"

冯倩看着认真又略显为难的陈胜，她很高兴，因为她可以从陈胜的眼神中看出陈胜是个爱孩子的男人，她喜欢这样的男人。而自己那个挂名丈夫却是一个讨厌小孩的人，与其说他讨厌孩子，不如说他是自私不愿意承担作为一个父亲的责任。

"下一次，带上我儿子一起出来爬山，好吗？"冯倩微笑着说。

在一个人对自己开始产生怀疑，对未来丧失信心的时候，一次肯定会给人无穷的动力。一家专业的投资公司主动联系陈胜，表示从其他渠道了解到陈胜的创业计划，很想和陈胜沟通一下。

陈胜从未接触过这类专业投资公司，所以很慎重，连夜又重新调整了自己的创业计划书，一大早起床把外衣、衬衫拿出来熨烫了一番，擦亮自己的皮鞋，整理好自己的发型……他做好了一切准备工作希望能给予对方良好的第一印象，就连握手的方式和力度，陈胜也反复练习过很多次。

一切进展都很顺利，投资公司的规模不大，但是装潢很气派。接待陈胜的是公司专门负责项目评估的投资经理，他告诉陈胜公司总部在北京，南京分公司刚刚成立，陈胜的项目也许会成为公司在南京运作的第一个项目。

投资经理很专业，在看完陈胜的计划书之后，针对这份计划书提出了不少问题。问题各个切中计划书的关键，这使得陈胜越发感到钦佩，自己在这行浸淫这么多年才能有如此认知，而这个投资经理并非专业出身却能如此敏锐地洞察计划书的关键所在。

陈胜对投资经理提出的问题做了详尽解答，双方都很满意，投资经理当场表示会立刻将项目上报公司，让陈胜等待好消息。

陈胜带着无比兴奋的心情走出投资公司，如果他不是突然想上厕所，而是直接上电梯回家，也许一切都很完美，可一泡尿却撒出了个不一样的结果。

等陈胜从洗手间走出来，看见投资公司门口站着两个人，一个是刚才接待自己的投资经理，另一个是自己再熟悉不过、光看背影就能认出的人——吴广。

陈胜只用了 0.01 秒的时间就明白了一切。他心情混乱不知道该如何形容，他既感激吴广总是默默地帮助自己，又气愤吴广这种先斩不奏的行为。

吴广此时也看见了陈胜，眼中透露出些许无奈和尴尬。

"我和你说过不要你帮的，对不对？"陈胜走到吴广面前说道。

"对，可是……"

"可是这次不是你的钱，是投资公司的是不是？"

"不是……"

"什么不是，你别以为你找家投资公司帮我，我就会接受，我希望对方是真的认可我的计划书，而不是因为你的关系而施舍我。"

"我……"

"你什么你，你当我傻，就算是投资公司投资我的项目，天下也没有白吃的午餐，你还不是一样要还这个人情。"

"我还真不用还这个人情。"吴广小声嘟囔了一句。

"那人家凭什么帮我？"

"这里根本就没有人家，这公司就是我的，我还什么人情。"吴广无奈地说道。

"你什么时候又有了投资公司了？"

"还不是因为你，你不肯让我投资你，所以我就专门成立了这家公司，就为了投资你。"

陈胜瞪着吴广，不知道该做什么样的反应。

"你别这么看着我，我可是用心良苦。就为了骗你，从注册审批到装修公司我花了一个多月的时间，我还专门请了真正的投资经理和他认真研究了你的项目，谁知道给你一泡尿给崩了，你就不能憋着回家上。"

"我看你是有病吧，你就为了骗我接受你的投资，专门弄一家公司出来？"

"嗯。"

"吴广，吴广，我再和你说一遍，我不要你投资我，你到底哪句听不懂？"

"我都听得懂，但是不明白，你为什么就这么倔，我的钱不是钱，是大便？你总这么躲着。"

"你的钱放你那就是钱，给了我就是大便，会恶心我的。"

"你还会说人话吗？我做这么多事为了什么，你说我恶心你？"

"我的意思是，当钱……"

"少废话，我现在没兴趣了解你的意思，你给我滚蛋。"

"你这人怎么说翻脸就翻脸，我的话还没说完呢。"

"滚。"

"去你大爷的。"

"我扇你！"

吴广说着就冲向陈胜，陈胜本能地躲闪，吴广脚下一滑摔倒在地，样子非常狼狈。陈胜原本想扶起吴广，但是看见吴广眼中冒出的怒火，陈胜选择快速离开。

陈胜了解吴广，虽然都三十好几了，但是这小子冲动起来，真动手。

陈胜呆呆地看着窗外十几分钟，冯倩终于忍不住轻声问道："是不是还没找到愿意投资的人？"

陈胜收回眼神点点头："我总觉得以自己在这行这么多年的积累，加上我自认为很有创意的计划书，找投资不是太困难的事情，可现在我知道是我把事情想得太简单了。"

"你说过吴广愿意给你投资，为什么不要呢？"

"吴广是我的朋友，最好的朋友，我希望我和他之间的感情永远像大学时代一样单纯，我不想让金钱这种东西掺杂到当中。其实……"陈胜将吴广瞒着自己专门成立了一家投资公司想给自己投资的事情告诉了冯倩。

"你这个朋友真没话说，你居然还说他恶心你？你也太没良心了。"

"那不是没说清楚吗，我的意思是，他的钱放在他那就是钱，放在我们中间反而会成为障碍，会让我和他之间的感情变质。至于大便，是因为当时站在厕所门口，我就顺口一说，就是个比喻。"

"那你不和他解释清楚。"

"我想解释，这小子不给我机会。"

"那也不能打架。"

"没打架，是他想动手，我躲了一下，他自己滑倒了。"

"陈胜，你有没有想过，你不接受他的投资，反而是对你们关系的一种不信任。"冯倩用她轻柔的声音说道，却有足够的力量引起陈胜的注意。陈胜看着冯倩，等着她继续说下去。

"你觉得金钱这种东西会改变人与人之间的关系，可是如果你们之间的关系轻易就被一点金钱改变，那么你们之间的关系是不是太脆弱？"冯倩说道。

"那不是一点金钱，五百万。"

"我听你说过，你们在学校的时候，有钱一起用，有饭一起吃，甚至连衣服袜子都能共用，从来不分你我。为什么那时候可以做到，现在却不行呢？"

"因为那时候没多少钱，除了家里每个月给的几百块，也就是自己打工再挣的一点，现在可是五百万。"

"那我问你，你知道吴广现在有多少钱吗？"

"具体多少我不太清楚，不过好像过亿了吧。"

"假设他有一个亿，投资你五百万，只是他全部财产的二十分之一。而在学校的时候，你们都只有几百块，却可以全部交给对方，到底哪一个更多呢？"

冯倩的话让陈胜陷入沉思，他犹豫了一下说道："虽然相对比例上来说，是学校的时候更多，可是具体数值毕竟是五百万。"

冯倩忍不住摇摇头："吴广又不是把钱白送给你，而是投资你的创业计划，你为什么不换一个角度看问题，这是你们俩一起共同奋斗、并肩作战的好机会，难道这不是你希望的吗？"

陈胜看着冯倩，露出一丝尴尬的微笑，陈胜知道自己被冯倩说服了。自己的想法确实太固执，总是认为金钱的介入会让原本单纯的关系复杂化，尤其是在经历了林姗姗和韩露露母亲的事情之后，如果自己和吴广之间的关系也因为钱而改变，那将是他无法承受和面对的。

"好，我接受吴广的投资。"陈胜说道。

"接受投资前，应该先去找人家好好道个歉吧。"

"嗯，应该。"

"陈胜，你给我出来。"刚说到吴广，吴广的声音就传了过来，和曹操一样。

陈胜见吴广气冲冲地奔进咖啡馆，四处寻找着自己。陈胜站起身冲吴广招了招手，准备和吴广好好聊聊。

但吴广似乎没有和陈胜好好聊聊的打算，他冲到陈胜面前，抬手就是一拳，嘭！陈胜滚倒在沙发上。然后吴广从口袋里拿出一块现在很少有人用的手帕，又拿出一把裁纸刀用力想将手帕割成两半，没想到手帕的质地很好，割到一半时剪刀卡在了中间。

"你到底搞什么？"陈胜一头雾水。

"你闭嘴，"吴广说着奋力将手帕割成两半，然后将一半丢在陈胜面前，"那，陈胜，你现在给我听好，我和你不再是朋友，今天在这割袍断义，从此各走各路，你明白不？"

"你割的那是手帕也不是袍。"

"废什么话，我到哪找件袍子去？"

"衣服和袍子是差不多的意思，所以你应该割你的衣服。"

"你搞没搞清楚，我这衣服多贵，我……你打什么岔，我现在和你说很严肃的事情，我已经和你割袍断义了知不知道？"

"是割帕……"陈胜还想说什么被吴广的眼神给瞪了回去，"明白，然后呢？"

"既然我们绝交了就不再是朋友，所以我现在以投资公司总经理的身份告诉你，明天到我公司好好谈谈你的创业计划，你听清楚了吗？"吴广冲陈胜恶狠狠地说道。

"你还能不能再幼稚一点，就为了让我接受你的投资，这种伎俩也用？"陈胜一边摸着被吴广打得肿胀的嘴一边说道。

"那也是你逼的，你别一副不在意的样子，我现在是一肚子气，我给你钱，我还得求你，没天理了。我问你，你明天到底来不来？"

"刚才陈胜已经决定接受你的投资了。"冯倩在一旁插话道。

"这是我们俩的事，你别……嗯？你说他接受了？"吴广转向冯倩问道。

"对啊，我刚才和他聊过，他已经想通了，正准备去找你呢。"

"哦？是这样吗？"吴广说道。

"不然呢，你说你，什么都不问清楚，上来就动手，下手还真狠。"陈胜插话道。

"什么时候轮到你说话了，你就算接受了，我气还没消呢，打你一拳那是轻的。"

"我原本是想给你道歉的，这一拳算是还了，你再动手，我可还手的。"

"就你，从上学到现在，你什么时候……哎我去！"吴广的话还没说完，鼻子上已经中了陈胜一拳。吴广捂着鼻子，又酸又痛，眼泪忍不住流了出来。

"就这还嘴硬，一拳都受不了，还哭。"陈胜在一旁得意道。

"你大爷，我……"吴广说着就冲向陈胜，两人扭打在一起。

咖啡馆的服务员弄不清楚发生了什么事情。有人过来劝阻，有人想要报警，冯倩拦住他们说道："没事的，他们打打就好了，损坏东西我们赔。"

咖啡馆的服务人员一头雾水，冯倩却含笑看着这两个扭打在一起的三十几岁大男孩。

第五章　爱的现在进行时

爱情是发生在两个人之间的，若世间只有两个人，那他们的爱情
一定是纯洁美好的。可是人本身是群居动物，任何人的生活里都
不可能只有两个人存在，所以爱情本身就生长在一个不适合它生
长的地方。

　　有了吴广的投资，陈胜开始全力筹建公司。注册、审批、选址、
装潢、购置硬件设备……事情繁杂，但创业的激情令他动力十足。
人员招聘是他遇到的第一个难题。虽然身处信息化时代，招聘方
式也多种多样，还有专业的猎头公司，但人才和用人单位之间的
通道仍不那么畅通。总有许多才华横溢的人被埋没，总有很多迫
切需要人才的公司找不到合适的人选。

　　吴广和陈胜坐在新公司总经理办公室里，经过一番曲折陈胜
终于成为了总经理。公司的名是吴广起的，叫"广胜"。虽然陈胜
一再表示这个名字太土，但吴广丝毫不为所动，原因很简单：吴
广加陈胜。

吴广靠在沙发上说道："各种招聘方式都用过了，满意的人选还不到一半。"

"确实有点头疼。"

"要不考虑从你以前的公司挖点人，省内做这行的公司就那么几家，你原来公司的人是最合适的。"

"我知道，可是……"

"你这个人就这点毛病让我讨厌，是你原来的公司抛弃了你，你没有任何亏欠他们的地方，不需要心软。你什么时候才能不像个娘们儿似的，做事情干脆一点。"

"你别侮辱女性。"

"说的在理，把你比作女性，真是侮辱了她们。"

"我不是觉得对不住原来的公司，我是怕对不住那些同事。如果他们愿意来帮我，说明他们信任我，可是我们公司才刚刚起步，未来什么样谁也没法预料，如果像第一次创业那样，我就辜负了这些信任我的同事。"

"你为什么还没死？"

"什么意思？"

"想得太多，活得太累。我要是你，死好几回了。你开出条件，说明风险，让他们自己选择，你不是他们的父母更不是神，你不需要对所有人都负责。再说了，还没开始就想着失败，你光想他们，你不想想我的五百万。"

"那是你硬塞给我的。"

"对！我这个人就是贱，贱人就是我！"吴广没好气地说。

"行了，真生气发脾气？要不要我哄你？"

"要。"

"好，你不怕恶心我怕什么，"陈胜换了温柔的口气说道，"对不起，别生气了，都是我不好。"

"难怪现在是个基情四射的年代，我还蛮受用的，再来两句。"吴广倒是接受得很坦然。

"滚一边去。"

　　陈胜从来都不知道，吴广一直因为陈胜第一次创业的时候选择和齐远飞合作而不是自己而耿耿于怀。大学时期，陈胜专心学业无意创业，所以吴广只能独自闯荡，可是吴广一直认定，陈胜如果创业那么合伙人一定会是自己。

　　这一次，吴广终于可以和陈胜肩并肩坐在一起，一间总经理办公室，两个总经理。

　　"最近和艾琳怎么样？"陈胜问道。

　　"挺好的。"吴广答道。

　　"就这样？"

　　"对啊，我的爱情故事很简单，既不曲折也不复杂，找到一个自己喜欢也喜欢自己的女孩，逛逛街、看看电影、聊聊人生理想，就这样。"

　　"你还没告诉她你是个有钱人。"

　　"没有。"

　　"你不觉得这是一种欺骗吗，你没看电影里，但凡这种桥段，最后女主角要是发现了，一定会非常生气的。"

　　"扯淡，那都是没大脑的编剧瞎编的，怎么可能发生呢？你要是找个女朋友，她故意扮丑，突然有一天惊艳出场，你会叫她滚蛋？最多也就怀疑她整容。"

　　"可是她不生气，不就说明她还是爱钱，而你的目的不就是为了找一个不爱钱的老婆吗？"

"这世界上有不爱钱的人吗？你考大学的时候是不是作弊的，分居然比我高，这么点事都弄不清楚？她是在我没钱的时候喜欢上我的，当她知道我其实有钱……我有病啊和你解释这么简单的道理，自己领会去。"

"那我问个难一点的问题，你想没想过艾琳也许就是喜欢你没钱，当她发现你有钱了，就不喜欢你了。就像有的人就是不想找个美女当老婆，嫌太烦。"

"你的意思是，有的女人觉得男人有钱就不老实，宁愿找个不太有钱但是踏实的。"

"没错。"

"这个问题我倒没想过，这种人多吗？"

"不多，不过应该也不少。"

"你知不知道，你的问题让我有点心烦了。"

"这是我的目的。"

"你的目的就是让我心烦？"

"你不难过，我怎么开心得起来？"

"谢谢，有你这样的朋友是我的荣幸。"

"彼此彼此。"

陈胜的公司正式开始运作，陈胜将目标市场锁定在省内中小城市以及乡镇，避免直接与原公司竞争。他决定在试点城市推行新创意、新产品，为进入大中型城市做好准备。先期运作反响出奇的好，甚至超过了陈胜预期，中小城市市场被迅速占据。

冯倩、艾琳在这段时间经常出入公司帮忙，在员工眼里，两人都是老板娘的身份。

"你和冯倩走得有点近。"吴广说道。

"别胡思乱想，我们就是朋友。"

"不止。"

"是，我承认我是喜欢冯倩。"

"你承认得也太快了……"

"我承认，可我会克制我的情感，把她当作一个能谈心的好朋友。"

"你能谈心的朋友不是已经有我了吗，还有你弟，你怎么这么贪心？"

"你和我弟谁是女的？男人与男人之间的谈心和男人与女人之间的谈心不一样。"

"能有什么不一样？"

"你怎么像个吃醋的小媳妇似的，嫉妒冯倩？"

"你不说我倒没想到，我居然吃醋，这怎么回事，我们两个会不会有那种倾向？"

"你别拉上我，我非常正常。"

"那是我有问题，会不会是……你这个人，又乱打岔，在说你和冯倩的问题，你扯我干什么？"

"行，是我不对……"

"我告诉你啊，你对冯倩的好感那是全公司皆知，你想只停留在能谈心的好朋友这个定位上，难，太难。"

"没有那么难，我只要时刻想着她是一个孩子的母亲，就简单了。"

"还是难。"

"你能不能别这么阴阳怪气的？"

"你能控制你的情感，可是她呢，她虽然也极力掩饰，但是那种暗流涌动的澎湃依然清晰可闻。"

"真的？"

"别偷着乐，这很危险，虽然我这个人没什么崇高的道德标准，可是我知道你有。你要是和她发生点什么超出道德标准的事情，你就会陷入一种自责情绪，然后做出一些我都无法预料的事情。"

"所以我会控制自己，不让自己做出后悔的事情。"

"你有没有想过，其实偷情也是一种符合自然选择的事情。人类给自己设置了一个叫婚姻的东西，可是没有人能够保证你选择的那个人一定是对的，当你遇见对的人却又被婚姻所束缚，你不认为很不人道吗？"

"你偷过情吗？"

"我当过别人的第三者，自己也有过同时交往两个以上女朋友的时候，当然也被别人欺骗过，各种情况我基本都尝试过。"

"你现在还会这样吗？"

"现在不会，那是因为有了艾琳，和你情况不一样。"

"我们俩认识这么多年，也都曾经有过想要改变对方的想法，可是都没成功，我们不用再尝试了吧？"

"我不是想改变你什么，只是替你和冯倩纠结，你们俩看对方的眼神都能把我肠子打个结了。"

"行了，该干什么干什么去，烦不烦人。"

陈胜赶走了吴广，因为吴广确实让他心烦了，压抑对冯倩的感情太久了，也太难了。尤其是陈胜可以清楚地感觉到冯倩对自己也有着同样好感时，这让陈胜越发难以控制自己的情绪。

老天爷真是会拿自己开玩笑，重遇冯倩，她却已是别人的妻子、孩子的母亲。

陈胜忙里偷闲去了一趟商场，他想给冯倩的儿子买件礼物，冯倩答应明天带儿子来见陈胜。

　　"陈胜。"陈胜在逛商场的玩具区时，一个女声在陈胜背后响起。

　　"何媛媛。"陈胜回头看见一个女人带着一个四五岁大的男孩。她叫何媛媛，也是陈胜初中同学，在那次初中聚会上曾相遇过。

　　"你怎么在这里买玩具？你不是没结婚吗，该不会有私生子吧？"何媛媛笑道。

　　"你一个当妈的，在自己儿子面前说话也不注意点。"

　　"对了，儿子，去那边玩去。"何媛媛拍拍儿子，让他去旁边专门设立的游乐区玩耍。

　　支走儿子，何媛媛继续问道："到底给谁买玩具呢，朋友的孩子吗？"

　　"哦，我明天带冯倩儿子出去玩，所以想买份礼物，正好，你帮我挑挑，你应该有经验。"

　　"我有什么经验？"

　　"你儿子应该也四五岁，和冯倩儿子差不多。"

　　"你骂人呢，你拿我儿子和她儿子比？"何媛媛一脸不高兴。

　　何媛媛和冯倩应该算很好的朋友，两人一直有着联络，陈胜不明白为什么何媛媛会反应如此强烈。

　　"对不起，我有点迷糊，你和冯倩之间没什么事吧？"

　　"我和冯倩能有什么事？"

　　"那为什么你这么生气？"

　　"废话，你拿我儿子和她的狗儿子比，我当然生气。"

　　"不是……等会儿，什么狗儿子？"

　　"什么狗儿子，冯倩除了宠物狗难道还有真儿子？"

　　"冯倩没有真儿子？"

"你怎么这么大惊小怪的？听冯倩说最近你们经常在一起，我还以为你们旧情复燃了呢，怎么你什么都不知道？"

"她真的没儿子？那老公呢，老公不会也是假的吧？"

"老公当然是真的，不过早就名存实亡了。冯倩一直想离婚，就是她老公担心她分家产，死活不同意……等一下，这些她也没和你说？"

"没有啊。"

"哦，那你就当什么都没听见，我先走了。"何媛媛爆出八卦之后一脸淡定，寻了儿子便离开了。

冯倩没有儿子，婚姻也已经名存实亡，为什么却从没告诉过自己？

陈胜拿出手机拨打冯倩的号码，自从有了冯倩的号码之后，这还是陈胜第一次主动用电话联系冯倩。以往有太多的束缚阻碍着陈胜释放自己的情感，可是现在陈胜再也压抑不住心中那股冲动了。

"冯倩，是我，我想见你，我在超市门口等你。"陈胜甚至没有客气地询问冯倩是否有空，陈胜太想见到冯倩，有太多问题想要问她。

"又想聊天了？今天聊多少钱的？"冯倩来到已经等了半个多小时的陈胜面前，露出一个俏丽的笑容。

"你儿子呢？"

"这么急，明天不就见到了。"

"你是真的有个儿子，还是只有个狗儿子？"陈胜不想再兜圈子，直接发问。

"我……你都知道了？"

"你为什么不告诉我你和你老公已经分居，你们的婚姻已经名存实亡？"

"这又不是什么光彩的事情，见人就说啊？"

"可是应该告诉我。"

"为什么应该告诉你，你和别人有什么不一样吗？"

"当然，因为我……"

"你什么？"

"那，冯倩，我现在很认真地和你说以下这番话，我现在的心情汹涌澎湃，有些话我必须采用最简单直接的方式来表达，所以可能缺乏一点浪漫气息，请你谅解……"

"你这么多废话还叫简单直接？"

"你别打岔，我想告诉你，20年前我没去后山，我非常后悔，我不想20年后再一次后悔，冯倩同学，我喜欢你，非常非常喜欢。"陈胜一口气说完，看着冯倩，他期待着冯倩能给予同样热烈的回应。

"然后呢？"冯倩却平静地问道。

"然后就等你回答。"

"你也没有问问题。"

"哦，我的问题是……你愿意再和我去一次后山吗？"

冯倩看着陈胜，眼神中似乎有一股冲动要喷薄而出，可那眼神却又逐渐暗淡下去。她用低得几乎听不见的声音说道："对不起，我不可以。"

"我知道，我知道，你现在还是已婚身份，我的意思是你愿不愿意在离婚后做我的女朋友？"

"对不起，我不能。"冯倩给出的依旧是否定答案。

"为什么，难道我的感觉又错了，我以为你是喜欢我的。"陈胜的内心很混乱，原本预想的局面都没有发生。

"这不是感觉的问题，这很复杂。"冯倩的声音显得很无奈。

"复杂？能和我解释一下吗？"

"陈胜，你给我点时间好吗？"

"当然可以，可你告诉我你要时间用来做什么？"

"好好想一想。"

冯倩看着陈胜，神情落寞得让他心疼。

"那好吧。"陈胜无奈说道。

陈胜坐在床上发呆已经一个多小时，吴广和陈若谷两个人一边闲聊，一边打量着陈胜。

"为什么？"陈胜突然说话了。

"你这个问题问得很有难度，什么为什么？"吴广说道。

"为什么她会拒绝我，你都能感觉到她喜欢我对不对？原本我以为她有婚姻的束缚、有孩子的羁绊，可实际上都没有，那是为什么？"

"你去向冯倩表白了？"

"对。"

"被她拒绝了？"

"对。"

"理由？"

"她说很复杂。"

"这就对了。"

"你明白？"

"这有什么难的，她的婚姻是名存实亡了，可是毕竟名还存呢，你跑去要求一个已婚妇女做你女朋友，不觉得很奇怪吗？在你一贯高标准的道德观里，第三者是不被允许的。"

"可是我没有要求现在，我希望的是在她离婚以后。"

"离婚不是一件小事，不是每个人都可以像若谷那样干净利落地就把婚离了，尤其是比较长时间的婚姻。其中牵涉的东西很多，很复杂。"

陈若谷眼睛滴溜一转，自己话都没说，怎么就躺枪了？

"复杂？对，就是复杂，冯倩说的复杂就是离婚很复杂对不对？那这样我就懂了，我可以等啊，我等她把复杂的婚离了，我现在去告诉她。"说着陈胜就套上外套准备出门。

"若谷，你觉不觉得你哥疯了？"吴广问陈若谷。

"是疯了。"陈若谷答道，"不过情有可原，20 年的相思，苦啊。"

"苦也要把他按住。"吴广说着和陈若谷两个人将打算出门的陈胜重新按回床上。

"你们做什么？我要去告诉冯倩我的想法。"陈胜挣扎着。

"冯倩已经知道了你的想法，她现在需要的是好好清理自己的想法，你不用这么着急。"吴广一边按着陈胜一边说道，"这家伙，第一次主动表白这么有激情，冷静，冷静！"

吴广和陈若谷按住陈胜，直到陈胜放弃挣扎，情绪彻底冷却下来。

"你今天是怎么了，这么激动？"吴广纳闷地看着陈胜。

"我也不知道，我就是不想再错过一段 20 年前就应该发生的感情，我不想再一个人走在这个世界上，孤单地面对所有困难，承受所有压力。我想有一个人能与我共同生活，相互依靠、相互扶持，我觉得这个人就是冯倩，我不能错过。"

"吴广哥，我哥这算不算是中年危机？"陈若谷在一边插话道。

"算吧，其实我也有这种症状，我一直怀疑这是中年危机。突然有一天睡醒，希望看到身边躺着的是同一个女人，能有一个孩子叫着'爸爸'和一条大狗一起跳上自己的床。说起来，真想有个属于自己的家。"吴广说着突然起身离开，"行了，我走了。"

"你去哪？"陈胜陈若谷一起问道。

"我去求婚。"吴广说完就消失在门口。

陈胜和陈若谷两人面面相觑，陈若谷指了指门口："他好像也疯了。"

艾琳在自家楼下看见吴广时很惊讶，因为吴广从来没有主动来自己的住处找过自己。在这段感情里，虽然一开始是吴广主动，后来却一直是艾琳在努力。

自从吴广吻了艾琳之后，两个人就像所有普通情侣一样，相约见面，逛街、吃饭、看电影，偶尔出去玩玩，感情似乎不咸不淡。艾琳又开始觉得看不懂吴广。

"你怎么来了？"艾琳掩饰着心中的欣喜。

"我，我来找你有点事。"

"什么事，说吧。"

"我没想好怎么说。"

"那你是回去再想想，还是在这里再想想。"

"在这想行吗，你等我一会儿。"

"嗯。"艾琳点了点头。

艾琳站在原地看着吴广，吴广低着头绕着艾琳转圈。艾琳忍不住露出微笑，从来没见过吴广这个样子，虽然吴广时不时有些神经病表现，但艾琳可以感受到他在面对问题时展现出的自信和沉稳，今天到底是什么事让一个成熟的男人像个孩子般手足无措。

"要不，上去坐坐，你接着想。"艾琳说道。

艾琳一个人住，但是吴广从来没有上去过，每次送到楼下就离去。艾琳也没有去过吴广的住处，两人相处到现在为止，已经大半年时间，两个人之间除了那一吻和逛街时手牵手之外，便没有了更亲密的接触。

"不，我还是在这想吧。"吴广答道。

"那好吧。"艾琳点点头，继续静静地伫立在原地。吴广接着一圈一圈绕着艾琳转悠。

时间一点一点过去，气氛却越来越凝重，艾琳也莫名紧张起来，吴广到底想要说什么？该不会是……

"对不起，"吴广终于开口说道，"原本在传统意义上，这应该是一件很浪漫的事情，但是我实在想不出有什么能够被世人传颂的经典名句，也没有准备可以营造气氛的场景。我原来有过一些设计，但是都不太成熟，希望你不要太纠结于形式，因为我……"

"你什么？"吴广的话中断时间太长，艾琳只好发问。

"嫁给我，行吗？"吴广问得很突然。

"好啊。"艾琳答得更突然。

吴广突然愣在原地，似乎不明白眼前发生的一切。

"我说的是让你嫁给我。"

"我说的是，好啊。"

"你一点犹豫都没有，答得这么干脆，我怎么有种上当的感觉。"

"我不管，反正你求婚了，我答应了，你就不能反悔了。"艾琳笑道。

"我求婚了？"

"你说呢？"

"我刚才好像被什么东西附身了，突然什么都不记得了。"

"没关系，我都录下来了，可以发给你好好回忆。"艾琳拿出手机在吴广面前晃晃。

"哦，好，那我还有事，先走了。"吴广说完拔腿就溜。

"记得来娶我。"艾琳冲着吴广高声喊道。吴广一趔趄差点摔一跤，艾琳看着吴广笨拙的样子，笑靥如花。

吴广坐在床上发呆已经一个多小时，陈胜和陈若谷两个人一边闲聊，一边打量着吴广。

"你怎么了？"陈胜开口问道。

"我求婚了。"

"真求了，结果呢？"

"她答应了。"

"恭喜啊，然后呢？"

"我就迷茫了。"

"你怎么不去死？我认识冯倩20多年，让她做我女朋友，却被拒绝了。你认识艾琳两百多天，她就愿意嫁给你了，你还迷茫个球啊。"

"她答应得太爽快了，我既没准备浪漫的场景，也没什么醉人的台词，甚至连戒指都没买，她就答应了。"

"你希望她怎么样？"

"我希望她对我什么都没准备很生气，拒绝我，然后我再精心准备一番，结合最浪漫的环境、最动人的话语，感动她。然后将N克拉专门定制的钻戒戴上她的手指，她幽怨地看我一眼，然后轻轻地说'我愿意'。"

"你有病。"陈胜、陈若谷两人一起说道。

　　"我看你'钱多闲得慌引发大脑思维紊乱综合征'又发作了，人家什么都不要就愿意嫁给你，那是真的爱你，你还不偷着乐，在这找不自在。"陈胜说道。

　　"我知道，可是现在的女孩尤其是年纪小的女孩都很虚荣，都向往物质生活，她怎么就不在乎？"

　　"那更说明她是个好女孩，这种女孩现在可不好找，你赶紧的吧。"

　　"我就是觉得很不真实，就因为这种不爱钱不爱虚荣的女孩太难找了，我做好了遭遇种种困难，经历千辛万苦的准备，甚至到头来一无所获的打击我也能承受。可是现在就去你们公司转了一圈，遇到了艾琳，然后……"

　　"你太高深了，我的智商没法理解你的想法。"陈胜说道。

　　"吴广哥的意思是，这种几乎绝迹的好女孩不应该看上他，他甚至觉得自己配不上这样的女孩子。"陈若谷插话道。

　　"对，对，对，就是这样，你弟的智商能理解我。"吴广说道。

　　在现在这个社会，找到如艾琳这般将聪明、漂亮、单纯结合在一起，又不爱慕虚荣生活的女孩，几率恐怕比中彩票还低，所以当你中奖的时候，你会不敢相信。陈胜一度也认为林姗姗是自己中的大奖，可事实证明他错了。冯倩，冯倩会是自己中的大奖吗？

　　爱情是发生在两个人之间的，若世间只有两个人，那他们的爱情一定是纯洁美好的。可是人本身是群居动物，任何人的生活里都不可能只有两个人存在，所以爱情本身就生长在一个不适合它生长的地方。

"陈胜。"

"倩倩。"

陈胜已经改变了对冯倩的称呼，冯倩还依旧叫着陈胜的全名。

"你找我有事吗？"冯倩问道。

"我就想问问你想得怎么样了？"

"想了很多，但还没想好。"

"你能别一个人想吗？有什么想法你和我说说。"

"我一个人想，就我一个烦，我告诉了你，你会跟着我一起烦的。"

"我宁愿烦也不愿意急，尤其是干着急比烦更伤身体。"

"那好吧，"冯倩看着陈胜急切的样子，忍不住露出一丝微笑说道，"你有想过我们如果走在一起，会面对什么吗？"

"我最大的缺点就是凡事想太多，什么事才刚开始，我就能想到结局。"

"那你想过你父母亲戚朋友可能会反对我们在一起吗？"

"为什么？"

"我是个已婚女人，离婚后就是离过婚的女人，而你是个没结过婚的男人。"

"这有什么问题？不会有人在乎这种事情的。"

"我和你都已经 35 岁，我还比你大半岁，你有想过我们可能会没有孩子吗？"

"你是不是电视剧看多被吓的？ 35 岁的女人怎么就不能生孩子？"

"那你有想过……"

"行了，我知道你有很多顾虑，我可以告诉你我都想过，我不在乎。"

"可是你父母会在乎。"

"我父母我了解，他们很开明，只要我喜欢的，他们就会支持，你相信我。"

冯倩看着陈胜不说话，但她的顾虑还是未能彻底打消。

"要不这样，你跟我回家见我父母，我们向他们说明情况，看看他们的意见，然后再做决定，总比自己在这里瞎琢磨要好，行吗？"

陈胜带女朋友回家，这对陈胜父母来说可是头等大事，等这一天等了 10 多年了。冯倩的出现更是带给陈胜父母说不出的喜悦之情，这姑娘长得这么漂亮，做事这么勤快，说话这么得体，真不知道陈胜这小子从哪淘的这么好的媳妇。

陈胜父母差一点没逼着两人第二天就去领结婚证。可是随着对冯倩的个人基本情况的了解，原本一片祥和的气氛开始有了变化。

"倩倩啊，你是哪个学校毕业？"陈胜的父亲是老一辈的读书人，对学历这件事相当看重。

"我……X 中毕业的。"

"大学呢？"

"我没上过大学。"

"没上过大学啊，那就是高中学历。"陈胜父亲的语气明显有些失望。

"冯倩原本是可以上大学的，只是因为家里的一些问题，才让她高中毕业就参加工作了。"陈胜在一旁解释道。

"女孩子学历没那么重要，"陈胜母亲出面解围，"倩倩你和我们家老大是怎么认识的？"

"我们是同学，初中同学。"

"同学？那你今年……"从冯倩的脸上是绝看不出她实际年龄的，所以陈胜的母亲很意外。

"我比他大半岁，今年应该算 35 了。"

"哦，35 了啊，那怎么一直没结婚？"

"结过。"

"结过婚啊。"陈胜母亲的声音里也出现了失望情绪。

随着答案逐步揭晓，原本融洽的气氛开始变得尴尬，冯倩似乎早就预料到这一切，反而是其中最轻松的一个。

站在陈胜父母家楼下，冯倩静静地看着陈胜，眼神似乎在说，"看吧，一切都和我想的一样"。

"你别这么看我，我爸妈第一次知道你的情况，总会有点惊讶。你长得这么年轻，他们想不到你的年龄。你谈吐这么得体，他们对你的学历当然有些意外。我不否认他们心里希望你没结过婚，可是并不代表他们不能接受你结过婚，你需要给他们一点时间消化。"

"我知道你是想安慰我，真的不用，我没事。"

"倩倩，你总要再给我一个和父母沟通的机会吧。他们有想法是正常的，只要我能够让他们明白你有多好，那些条件就不再是问题了。"

"陈胜，我不想勉强你父母，更不想勉强你，其实你值得更好的女人。"

"你说这话你自己觉不觉得假，什么我就值得更好的女人，在我眼中你就是最好的女人，除了你我谁都不要。"

"你别这么说，我没有你想象的那么好。"

"我们别在这自我贬低又互相夸奖了好吗，你再让我和父母沟通一下，给我点时间。"

陈胜牵起冯倩的手，冯倩清楚地感觉到一双温暖的大手握紧了自己的手，冯倩抬头看了一眼陈胜，他的眼神中满是坚定，冯倩无法拒绝，只好点了点头："嗯。"

陈胜送走冯倩回到父母家，陈胜父母也在等待着陈胜。

"开门见山，你们什么意见。"陈胜说道。他知道这是一场硬仗，平时那些绕弯耍赖的招数都没用，不如硬碰硬。

"我们不同意。"陈胜母亲明确给出意见。

"理由。"

"还用我们说？年纪太大，结过婚，学历低。"

"年纪和你儿子我一般大，结过婚算什么理由，学历低但素质高，谁说高学历和高素质有必然联系。"

"你不用和我说这么多大道理，你妈我不是不懂道理的人。"

"我也说你们是最通情理的父母，那为什么还反对？"

"通情理不代表不反对，这个弯我绕不过来。"

"我知道在你们眼里你们儿子我是相当优秀的，那你们就应该相信我，冯倩绝对比我更优秀，能找她当我老婆，那绝对是我赚大发了。"

"别说了，想说服我的几率为零，没任何可能。"

"那就是谈判破裂，要动真格的了。行，我要是非她不娶，妈你准备怎么对付我？"

"我以断绝母子关系要挟你。"

"没用，你舍不得，就算把我赶出家门，要不了一个月你就会去替我收拾房子。"陈胜对母亲的天性早已知根知底。

"那我就绝食,我看你个不孝子忍心看我饿死。"

"不是我不孝,就你的胃口,绝不了食,肯定会让我弟偷着送吃的,我不会相信的。"

"你个王八小子。"

"我可你生的,没人这么骂自己。"

"行,那我就去冯倩她父母家、她单位闹,搅黄了这事。"

"不会,你做不出那种撒泼的事,不相信你演示一个给我看看,那也是门技术活,一般人做不出,你就更不行。"

"你……"

"没辙了吧,投不投降?"

"我没辙,还有你爸呢。"

"爸,你打算怎么对付我?"陈胜看着自己父亲。

"你把我们都看透了,你妈对付不了你,我还能有什么招。"

"那就算投降了。"

"是,投降了,怎么办呢,当父母的疼自己儿子,自己儿子不在乎父母的感受,除了投降还能怎么办。"陈胜父亲长长地叹了口气,"唉,儿大不由娘啊。"

"爸,你能别这样吗?"陈胜天不怕地不怕,就怕老子叹气,父亲的叹息声就如重锤一样敲击着陈胜的心脏。

"我怎么样呢?我不都投降了。"

"你那叫投降吗,分明就是诈降,要是投降你就别叹气。"

"我心不甘又斗不过你,已经投降还不能叹气,唉。"

"你……"陈胜不知说什么好。

陈胜母亲说道:"行了,既然你爸都投降了,我也缴械,你不用考虑我们的感受,想怎么做就怎么做吧,谁叫你是我儿子呢。唉。"

陈胜无法招架父母两声长长的叹息，自己能做的也只有"唉"。

　　"唉。"陈胜又发出一声叹息。

　　"你能别再叹气了吗，叹得我的心情都低落了，到底什么事？"吴广在一旁问道。

　　"我爸妈不接受冯倩。"

　　"这种事最麻烦，就是一场父母对孩子的爱和孩子对父母的孝之间的角力。没有胜败输赢，赢了父母丢了孝心，赢了孝心丢了老婆，最终就是无解。"

　　"那这事怎么办？"

　　"你别问我，我没遇到过这种事，我爸妈只要我能带个女的回家，他们就能认作媳妇。唯一的要求是要有生育能力，尽早给他们生个大胖小子。"

　　"这么好，你是怎么做到的？"

　　"就是不断打击他们，让他们对我彻底失望，将所有的希望都放在我儿子，也就是他们孙子身上，我就解脱了。"

　　"你够狠的。"

　　"被逼无奈，不过你应该还有别的选择。"

　　"说来听听。"

　　"我是独生子，你有个弟弟，你可以让你爸妈把希望都放到若谷身上，你就解脱了。"

　　"没用，我爸妈绝不会因为我弟放弃对我的要求，同样也不会因为我放弃对我弟的要求，他们一直讲究两手都要抓，两手都要硬。"

　　"那就使用对比的方式。"

　　"说中文。"

"就是让陈若谷找个不靠谱的姑娘回家，让你爸妈深刻了解现在这世界上的年轻姑娘有多可怕，他们就会觉得冯倩是老天爷赐给你的仙女。"

"听上去怎么这么荒唐。"

"你管他荒唐不荒唐，结果最重要。"

"哥，你有病吧，我这刚离婚，又带个不靠谱的姑娘回家气爸妈，就算你还当我是你弟，爸妈还能当我是儿子吗？"陈若谷一脸鄙夷地看着陈胜。

"没那么严重，爸妈从小就宠你，再说你年纪小，他们允许你犯错误，你就当帮哥的忙还不行吗？我一定记得你这次的巨大付出，你嫂子冯倩也会记得的。"

"是吗，嫂子？"陈若谷看向一旁一直没说话的冯倩。

"谁给你出的馊主意？"冯倩瞪着陈胜。

"呐，他。"陈胜用头示意身边的吴广。

"我好心帮你，你还出卖我。"吴广说道，接着一脸诣媚地转向冯倩，"这不是没办法的办法嘛。"

"你同意吗？"陈胜问冯倩。

"我不同意，再说去哪给若谷找个不靠谱的假女朋友。"冯倩叹了口气说道。

"早准备好了，来。"吴广把身边的艾琳推到身前，"学过表演的，专演不靠谱，属于本色演出。"

"你再这么说我，我不干了。"艾琳抗议道。

"行，我错了，您息怒，那这事就这么定了？"吴广说道。

"什么就这么定了，我还没同意呢。"陈若谷一脸茫然。

"那投票。"吴广说道,"同意的举手。"

陈胜、吴广、艾琳举起手,冯倩摇摇头:"我反对。"

"行了,三票赞成,一票弃权,一票反对,通过。"吴广说道。

"怎么就通过了,你们完全忽视我啊,人家租个假女朋友回家是让父母高兴的,我这找个假女朋友回家就为了气爸妈?"陈若谷老不情愿。

"为了你哥和你嫂子今后的幸福,你就牺牲一点吧。"吴广说道。

陈胜的父母坐在沙发上,艾琳满屋子乱窜,陈母恶狠狠地瞪了陈若谷一眼,陈若谷只能把头低得更低。

"你们家就这条件,一共就三间房,这怎么住啊?"艾琳说道。

"怎么就不够住,我们一间,若谷一间,还多一间呢,他哥自己有房子,不用你操心。"陈母不满地说道。

"那保姆呢?要是生了孩子了,还有月嫂呢。哎哟,你看这沙发,多少年的老古董了,早该丢了吧,还有这装修,太土了,必须重新弄一次。"艾琳继续抱怨道。

"你是干什么的?来看房子的?那我告诉你,这房子不卖。"

"谁买房子,我是要嫁给陈若谷,我这是看自己的房子。"

"怎么是你自己的房子,这是我的房子。"

"我知道,可你不是若谷的妈吗,这房子最后还不是要给他,我这个人很大方,不介意你们在这住。你出去打听打听,这年头还有几个人愿意和公婆一起住的。"

"你……"陈母气得说不出话。

艾琳继续着她的表演,可以说把"不靠谱"三个字演绎到了极限,差点没让陈母用扫帚给赶出来,最后逼得一向和善的陈母骂出一个"滚"字。艾琳见好就收，"生气"地撒腿跑了。

　　艾琳向陈胜、冯倩、吴广汇报了演出成果，陈胜和吴广一致认为演出成功。紧接着陈胜就接到父母电话传召，他顿时感觉看到了曙光。

　　"爸，妈，发生什么事了？"陈胜一回家就装出一副人畜无害天然呆的样子。

　　"给我坐下。"陈胜母亲说道。

　　陈胜依言坐下，打量着父母的神情。

　　"老大你行啊，看我们俩身体都不错，想给我们找点病是不是？"陈母首先发言。

　　"妈，你说什么呢？"

　　"我说什么你不知道？"

　　"我真不知道。"

　　"哥，我已经叛变了，阴谋被揭穿了。"陈若谷从房间里探出头来说道。

　　"你……"陈胜不知说什么好。

　　"这不能怪我，爸妈根本不相信我能找个这么不靠谱的女朋友回来，那不符合我一贯孝顺的表现。"陈若谷说道。

　　"你给我回去面壁思过。"陈母把陈若谷赶回房间。

　　"呵呵，这里面好像有点误会。"陈胜没想到事情这么快就败露了，只能看着父母露出傻笑，希望能够逃脱和陈若谷一样的惩罚。

　　"有什么误会，给你个机会澄清。"

　　"这件事基本上和我无关，是吴广想的馊主意，并且提供自己的女朋友参加演出，我是想极力阻止来着，但是二子、吴广还有艾琳三人投票赞成，我一票反对无效。"

"哥，你真够狠的。"陈若谷在房间里叫道。

"谁叫你投敌的。"陈胜忍不住冲房间里喊道。

"投敌，好啊，我们是你的敌人是吧。"陈母瞪着陈胜。

"呵呵，"陈胜干笑两声，"妈，这个敌人是相对的，不是有伟人说过'父母和孩子在某种意义上就是敌人'吗？"

"哪个伟人说的，叫什么名？"

"名字我不记得了，但确实是很伟大的一个人。"

"还胡说，你真以为靠胡搅蛮缠能躲得过惩罚吗？"

"看情形好像……不行？"

"废话，我告诉你，二子全交代了，我现在再一次明确表态，我不同意你和冯倩在一起。"

"妈，你别生气，能平心静气地谈谈吗？"

"不谈，没什么好谈的了，你要是不想再做我儿子，你就随便，否则就老老实实再去谈个女朋友。"

"妈，你让我好好和你说说冯倩，你听完了一定会改变想法的。"

"我现在什么都不想听，你也给我滚蛋。"

"你怎么能这样，我一直认为你是个开明的家长，怎么这么不讲道理！"

"看看，现在为了女朋友，就开始教训我了？那我还就不讲道理了，你能把我怎么样？"

"我不能把你怎么样，反正你不让我和冯倩在一起，那我就终身不娶。"

"威胁我？没用，不娶就不娶，反正我不止一个儿子，孙子我是抱定了，你就孤独终老吧。"

"你也太狠了！"

"你逼的。"这下陈母彻底豁出去了。

陈胜、吴广、艾琳三人围坐在一起面面相觑。

"我真后悔当初听你的，都多大岁数了，还瞎胡闹，不仅没用，还激怒了我老娘。"陈胜瞟了吴广一眼。

"我充其量就是个谋士，只负责出谋划策，决定是你自己做的。"

"还有你，学了点表演没地方演，跑我家起哄。"陈胜对艾琳说道。

"我纯属友情出演，完全免费，你还好意思怪我。"

"那你们俩说现在怎么办啊？冯倩就是担心我爸妈会对她有看法。解决不了这个问题，我就没法和冯倩在一起，可我是真的想和她在一起。多少年都没这种心动的感觉了，对于一个35岁的男人，还能有这种如初恋般单纯的悸动，知道概率是多少吗？"

"还悸动呢……你这番肉麻表白应该去和冯倩说，对着我们说，一没用，二还会让我们不舒服。"吴广说道。

"不舒服也得听着，我今天必须找个途径宣泄一下我的情感。"

"那你去找冯倩啊。"艾琳说道。

"我这个人害羞，对着她我说不出来。"

"你对着当事人说不出来，对着我们俩倒能说？太奇怪了。"艾琳一脸疑惑。

"他就这样，你让他说吧，不然憋死他。"吴广说道。

"那好，你说。"艾琳说道。

"曾经有一份真挚的初恋摆在我面前，可是我没有珍惜，错过以后才追悔莫及。一般人除了在想起时再一次心痛之外没有其他选择，可是我有，我有了一次赢回那份初恋的机会，你知道这意味着什么吗？奇迹！一个人可以犯错，但是在同一件事上犯两次错是绝对不可以原谅的。当然，其实这些都不是重点。"陈胜说道。

"说了这么多都不是重点！"艾琳惊道。

"你别打岔，不然一会儿他又要从头开始。"吴广拦着艾琳。

"我刚说哪了？"陈胜问道。

"你说都不是重点。"艾琳抢先答道。

吴广无奈咂嘴："你得告诉他具体说到哪了，不然……"

"什么叫不是重点？"陈胜问道。

"你还是从头来过吧。"吴广说着转向艾琳，"看到没，记得，别打岔了。"

"怎么会有这种毛病？"艾琳小声问道。

"年纪大了都这样。"

"你不会也这样吧？"

"我还好，比他强点。"

"喂，你们俩干什么呢，现在我才是主角。"陈胜不满道。

"行，那你说吧。"吴广说道。

"从头开始。"艾琳提醒道。

"那我重新开始啊，"陈胜继续说道，"我错过了我的初恋，这让我后悔莫及，但是现在我有了第二次机会，我绝对不能再错过。一个人可以犯错误，但是在同一件事上犯两次错误是绝对不可以原谅的。其实这些都不是重点，重点是，当我重新遇到冯倩的那一刻，那份20年前错过的爱情被激活了。而让我惊讶的是，那份爱情就像一直被冷冻着，当它逐渐融化醒来之后，依旧像20年前那般纯真。我就像变回了那个只有十四五岁的小男孩一般，看到冯倩的笑容我就开心，能有她在我身边我就很温暖，随意聊聊天、说说话都会有幸福的感觉，偶尔会想牵一牵她的手，就这么牵着，牵着……"陈胜说着说着陷入了沉思。

"他想什么呢？"艾琳问道。

"还能想什么，牵手、接吻、上床三部曲。"吴广答道。

"咦，他不会在那幻想吧。"

"庸俗，你们两个的脑袋太庸俗，我想的只是牵手的感觉。"陈胜回过神来说道。

"那你就没想过要……占有她，和她发生亲密关系？"艾琳继续问道。

"这个……想要发生亲密关系并不代表这段感情不单纯。"

"没说你不单纯，就说你想没想吧。"艾琳不依不饶。

"你能不能管管你女朋友？！"陈胜瞪向吴广。

"我不是他女朋友，是未婚妻。"艾琳插嘴道。

吴广无奈地看着陈胜："你说这还管得了吗？只有她管我的份了，你还是说你想没想吧。"

"废话，我对待冯倩是十四五岁时候的心，可我现在是三十四五岁的身体。"

"那就是想。"艾琳替陈胜总结。

"我在这说纯洁的感情，你怎么总往歪道上引。"

"什么歪道啊，做爱那是感情的升华，是用行动去证明和享受真爱的感觉。我看你就是想太多，你去把冯倩约出来，告诉她你爱她，然后直接推倒，什么问题都解决了。扭扭捏捏的才讨厌，记住我说的，征服一个女人的身体和征服一个女人的心一样重要，一个女人愿意把身体交给你距离她把心交给你就不远了，当一个女人和你发生了亲密关系后她看待这种关系的角度就会发生很大转变。当然，现在有很多不拿自己身体当回事的女人，可冯倩不是那样的女人，对不对？"

"你女朋友……"陈胜看向吴广，"未婚妻很彪悍啊。"

吴广点点头："是，我也才知道，当初我说看见你的嘴就想亲，看见你的胸就想扯开你的衣服，看见你的屁股……那些话的时候，你不是还狠狠教训了我吗？"

"教训你是我必须做的事情，可是我也没有反对你的说法。"艾琳说道。

吴广一脸茫然地看了看同样茫然的陈胜，又看回艾琳说道："搞了半天，我这几个月来为了表示对你的尊重，违背自然规律强行抑制自己的原始冲动全是错的？"

"我还以为你是对我们之间的感情不确定，所以你才不愿意……碰我呢。"

"这什么事啊！走，媳妇，开房去！"吴广说着站起身，拉着艾琳就走。

"什么就开房啊，你还是不是我兄弟，你还是不是我兄弟的未婚妻？"

"那我们还是先帮帮他吧。"艾琳说道。

"好吧，那你说还要我们做什么？"吴广说道。

"想办法解决问题。"陈胜说道。

"办法就那几个，要不苦肉计。"吴广说道。

"具体点。"陈胜说道。

"就是回去和你妈说，你已经遵从懿旨和冯倩分开了，由于情绪低落所以搬回家感受家庭的温暖。然后每天在你爸妈面前像游魂一般，尽量表现得如同行尸走肉。"吴广说道。

"我认识几个帮影视剧做化妆的朋友，让他们帮你化妆，让你每天都比前一天显得更加憔悴，同时你又要在你父母面前强颜欢笑，让他们最终不忍看你如此折磨自己而妥协。"艾琳补充道。

"你们俩还能想点正常的办法吗？这不还是叫我回家去折磨我爸妈，他们多大年纪了，还得整天为我操心。让艾琳假扮若谷女朋友那是一锤子买卖，我尚且能接受，现在这是慢刀割肉，是长期煎熬，就算我受得了，也不能让我爸妈受那份罪。"

　　"那就真没办法了，你自己想吧。媳妇，走，开房去。"吴广说道。

　　"你这人……"艾琳脸上出现了红晕。

　　吴广拉着艾琳往外走，却迎面撞上了冯倩，陈胜背对着门口还不知道冯倩已经站在自己的身后。吴广看了一眼冯倩对陈胜说道："要不还有个办法，让冯倩去讨好你爸妈，感动你爸妈，只要冯倩持之以恒，总有一天能赢得你爸妈的好感。"

　　吴广说完拉着艾琳悄悄地离开了，留下冯倩独自站在陈胜身后。

　　陈胜没回头，只叹了口气说道："不能那样，那样对冯倩来说太苦了，怎么能让她受这份苦呢。"

　　"谢谢你，陈胜。"冯倩在陈胜背后轻轻说。

　　"倩倩？"陈胜回头看见冯倩，"你什么时候来的？"

　　吴广和艾琳逃到了大街上。

　　"你说，冯倩什么时候来的？都听到什么了？"艾琳问道。

　　"应该早来了，该听的都听到了。"

　　"什么意思？哦，是你们俩故意设计让她听到陈胜的深情表白的？"

　　吴广点点头："不是我们俩，是我一个人，陈胜不知道。"

　　"当初他就是用这招帮你对付我的，现在你又用这招帮他对付冯倩，你们俩还真默契。"

“呵呵，习惯了，从大学时候起就是这么配合的。”

“配合？其实你们知道对方在做什么，所以你们说的话根本不是心里话，是故意说给我们听的，对不对？”

“行了，咱不说这个了，先开房去。”

“开什么房啊，不说清楚，哪都别去。”

“是，也不是。我们虽然配合默契，但也不是什么时候都能知道对方在想什么，之前我说出那些和你有关的话，绝对不知道他开着手机，否则我也说不出什么嘴胸屁股，你说是不是？”

艾琳说道：“你太流氓了。”

“这能算流氓，你还说把冯倩直接推倒呢。”

“你这人……”

冯倩咬着嘴唇默默地看着陈胜。

“你怎么了？”陈胜站起身走到冯倩面前。

“对不起，都是因为我，如果我没结婚，如果我选择去上大学，如果我不是和你一样大就好了。我应该以一个更好的姿态出现在你和你的家人面前。”

“别傻了，你在我心里就是最好的。”

“不是的。”

“我的想法我做主，我说是就是。”

“你真的愿意和我一起面对以后遇到的所有问题吗？”

“我愿意。”陈胜肯定地回答。

“那我也愿意。”冯倩说道。

“你愿意什么？”

“你要赖。”

"是，我只是想听你说出来。"

"我愿意和你一起面对以后遇到的各种问题，也许帮不上什么忙，但是我会站在你身边握着你的手，就像这样。"冯倩说着握住陈胜的手，靠近陈胜，将头依偎在陈胜的肩上。

能够手牵着手和冯倩走在大街上，穿梭于各大商场中，对陈胜来说既幸福又显得那么不真实。坐在咖啡馆里，陈胜总是忍不住盯着冯倩。

"你总看着我做什么？"冯倩说道。

"你说一个人在20年后重新找到20年前心目中的女神，并且让她成为自己女朋友的概率有多大？"

"我可不愿做什么女神，现在女神还是褒义词吗？"

"那倒也是，有点胸有点样的，照几张搔首弄姿的照片在网上一发，就能说自己是女神。"

"你还没回答我你总看着我做什么？"

"我就是觉得一切来得太快，太不真实，你能不能给我点信心？"

"怎么给？"

"就说你对我一往情深，没了我活不了，这辈子非我不嫁什么的，我心里就踏实了。"

"人家都是女孩子喜欢听甜言蜜语，你一个30多岁的大男人还信这个？"

"信，说两句听听吧。"

"我不，我不会，要不你先说，我学习一下。"

"行，那我给你演示一下啊。倩倩，在这茫茫人海中，和你失散 20 多年还能够重逢，那是上天对我的眷顾，再次相逢时看见你的第一眼，我就知道我遗失了 20 年的……"

肉麻的表白戛然而止，陈胜怔住了。

"自己也说不下去了？"冯倩笑道。接着她发现陈胜的眼神越过自己投向了后方，冯倩转身看见一个女人站在自己身后。

女人身材颀长，虽然脸上只化了淡妆，但处处皆露出妩媚之息。女人看着陈胜，陈胜也看着她，两人明显相识，却又互不开口。

"这位是……"冯倩只好出声询问，她可以肯定这个女人和陈胜之间有着不寻常的关系。

陈胜没有回答冯倩的问题，倒是陌生女人先开了口："这么快就有了新欢，不打算给我引荐一下吗？"

"这位是林姗姗，我以前的助理。这是我女朋友，冯倩。"陈胜开口说道。

"助理，我只是你以前的助理而已吗？"林姗姗显然对陈胜的介绍方式很不满。人就是这么奇怪，虽然林姗姗背叛了陈胜，但却不愿看到陈胜这么快就"移情别恋"，这让林姗姗产生了强烈的嫉妒心。

"你还想是什么？"

"陈胜，你太过分了。"

"我不明白，也不想明白你的意思，如果没其他事我们还是各忙各的吧。"陈胜对林姗姗的怨气很深，但随着冯倩的出现，陈胜早已淡忘了这种感觉。今天在冯倩面前，陈胜只是不想和林姗姗有过多纠缠，而这种态度却激怒了林姗姗。林姗姗内心一直对陈胜抱有一丝愧疚，可当陈胜爱上了别人，甚至不愿提及自己时，林姗姗突然觉得不是自己背叛了陈胜，而是陈胜背叛了自己。

"看到你面前这个男人了吧，对待自己前女友就是这种态度，你可要当心点。"林姗姗阴阳怪气地对冯倩说道，她内心不自觉地想要报复。

"林姗姗，你想做什么？"陈胜说道。

"我不想做什么，我只是友好地给别人一些提醒，看一个人对待前女友的态度，就可以了解他的本性。"林姗姗继续说道。

陈胜还想说什么却被冯倩拦住，冯倩站起身仔细打量了一下林姗姗，微笑道："谢谢你的提醒，不过我相信什么事情都是有原因的，如果他这么对待我，我首先会想想自己到底有没有问题。"陈胜没想到一向温柔和善的冯倩也会针锋相对。

"陈胜，行啊，新女朋友嘴挺厉害。"林姗姗面对冯倩时不知为什么气势上弱了些许，所以她避开和冯倩交锋，继续针对陈胜。

"我不是陈胜的新女朋友，而是陈胜的女朋友，也是唯一的女朋友。你应该和陈胜谈过恋爱吧，似乎还很在意陈胜前女友这个称呼，可其实前女友就意味着现在什么也不是，对吗？"冯倩依旧站在陈胜身前，面对面直视着林姗姗。

林姗姗感觉到一种强烈的压迫感迎面而来，不知道是因为冯倩比自己高了三厘米的身高，还是比自己更俏丽的容貌，又或是眼神中透露出的那种淡定和自信，总之林姗姗有了兵败如山倒的感觉。

"好，你们俩真的挺适合，我祝你们幸福。"林姗姗只能恶狠狠地说道。

"谢谢，慢走。"冯倩却以轻松自如的神情回击。

林姗姗在冯倩面前似乎一下失去了所有力量，挫败感充斥着她全身上下，这让她越发懊恼。自己抛弃了陈胜，可内心却希望陈胜对自己一如既往，可现在不仅陈胜有了新欢，还是一个无论样貌还是能力都在自己之上的女人。最让林姗姗无法接受的是，她可以清楚地感觉到陈胜对冯倩的感情远超过对自己的感情。

陈胜很意外一向温柔的冯倩原来还有这么犀利的口才。

"是不是把你吓着了，破坏了我在你心目中的形象？"

"有一点。"

"那你可要当心，我还有很多你不知道的秘密哦。"冯倩笑道。

林姗姗选择了南宫小林，南宫小林也如愿赢得了总经理的职位。虽然物质上还没来得及产生巨大变化，但是已经看到希望了。林姗姗一直坚信自己是对的，可是当今天看见陈胜和冯倩亲密说笑时，林姗姗却有一种说不出的苦涩。

林姗姗并不因此后悔自己的决定，她始终认为陈胜应该为失去自己而后悔，为当初没有听自己的话，失去总经理位置而后悔，只有这样才能证明自己是正确的。

"亲爱的，你怎么了？"南宫小林回家看到情绪低落的林姗姗。

"你知不知道，陈胜新公司运作得很好，在中小型城市以及乡镇的业务拓展很快。"

"当然知道，这事在公司不是也讨论过，那些地域的市场份额很小，和我们目前的规模比起来根本不值一提。"

"现在他是不能和我们抗衡，可他不会仅仅满足于目前的市场，他不断推出新产品和服务，当他站稳之后，一定会和我们正面竞争。"

"就他公司的规模，人也不过十七八个，钱一共就五百万，怎么和我们竞争？"南宫小林自然是留心过陈胜的动向。

"你不能小看陈胜，我们一直以为拿到了他的经营计划书就掌握了他的全部，可是你看他现在推出的新产品和服务，根本就不在他原本的计划书中。现在想想，他早就留了后手，我们对他根本不了解，而他失去总经理位置之后依旧在公司待了 3 个月，多半是为了刺探我们。"

林姗姗想报复陈胜，可她的话却很有道理。如果不是今天遇见陈胜和冯倩，林姗姗和南宫小林会一直沉浸于"胜利"的喜悦当中，不会太在意陈胜，这样会给陈胜更充足的发展时间，可是现在林姗姗因为嫉妒而幡然醒悟。

"你说的有道理，我们必须想想对策，你有办法吗？"南宫小林看向林姗姗。

"模仿他的产品和服务，迅速推出，利用公司的实力，加大宣传力度，向中小型城市及乡镇拓展市场，挤垮陈胜。"林姗姗眯起双眼。她很清楚，南宫小林不配做陈胜的对手，但她可以。

山寨这种原本应该属于侵权违法的行为如今大行其道，导致中小型企业的创业环境极其恶劣。当有创新的概念和产品问世时，大型公司就进行复制，然后利用雄厚的资金和公司的实力进行市场掠夺。

陈胜早就预料到这种情况的发生，可是没料到因为林姗姗的嫉妒让这一切提早到来，而且来得如此迅猛，自己的经营计划书给南宫小林打下了一个很好的基础，让他可以在最短时间内完成山寨产品的研发。

"王八蛋，无耻。"吴广看着一路下滑的业绩报告愤然道。

"没办法，现在就是这样，也没有健全的法律保护。"

"我找人揍他。"吴广说道。

陈胜忍不住笑了笑："揍他让他别再抄袭我们？"

"他当然不会听。"

"那有什么用？"

"解气啊。"

"打人违法。"

"少跟我来那套君子动口不动手的道理，我就是小人，恩怨分明的小人，谁让我不爽，我就揍他。再说他抄袭剽窃不违法？不也是在钻法律漏洞，我揍他也一样。"

"你揍他那是明确违法，没漏洞钻。"

"所以你这个人就是迂腐，我只叫他疼，不伤他，验不出伤能把我怎么样？"

"还有只叫他疼，却不伤他的办法？"

"多了去了，你要不要试试。"

"谢谢，我不用，你现在可以去揍他了。"

"我……你真同意我揍他？"

"当然，你不记得他之前怎么对我，我早想揍他了，就是怕被警察抓，才一直忍到现在。"

"行，那我现在就打电话找人。"

吴广拿起电话听了听，又挂断电话："关机了，明天再揍他。"

陈胜笑着摇摇头："那还是谈正事吧。"

"你有什么好办法？"

"本来我们的新产品就在不断开发中，现在看来需要加快速度，用不断的创新去对抗他们雄厚的资金。"

"那有什么用，你推一个，他抄一个，市场始终培育不起来，你倒成了他们免费的研发部门。"

"只要能始终保持创新上的领先，应该还是能抢占一定市场。"

"你当创新的概念这么容易，上趟厕所就能有俩？我知道你有一些想法，但那也是你在这行浸淫了十多年积累下来的那一点，都拿出来能撑多久？"

"能撑多久算多久，不然也没更好的办法。"

"谁说没有？不就是比烧钱吗，他们公司的实力你最了解，能烧多少？我们和他们拼了。"

"拼什么，拼烧钱？哪来的钱？"

"我有啊，我把房子股票基金黄金什么的都卖了，跟那孙子拼到底。"

"好了，今天的讨论到此结束，明天让研发部门加快新产品的研发。"

"哎，别走，我没说完呢。"

陈胜离开了，留下吴广一个人。吴广知道陈胜不会接受自己的建议，但是吴广却很想这么做，不仅是为了吴广和陈胜之间的兄弟情义，也因为吴广相信陈胜目前所做的事情有可能成就更大的事业。

吴广和陈胜不同，18 岁就开始创业，到今天已经快 20 年了，早已没了往日的激情。尤其随着自己的身家越来越富足，更是没有了动力。每天吃喝玩乐，换着不同的女人，让吴广越来越迷茫。

人为什么活着？这确实是个无解或者说有很多不确定答案的难题，每个人走到人生的某个阶段都会不自觉地去思考这个问题，尤其是在失去了方向和目标之后。也许目前的陈胜比吴广更幸福，因为陈胜还在奋斗中，有着明确的目标和希望，没有太多时间去思考这个容易让人发疯的问题。

陈胜和南宫小林掌控下的两家公司就在研发与山寨的状态下竞争着。陈胜想尽办法提高技术壁垒，延缓南宫小林抄袭的进度；南宫小林则穷尽心思，全力专注于抄袭陈胜。陈胜辛辛苦苦利用新创意产品营造的市场优势转眼就会被南宫小林用钱填平。

人和人之间是有缘分的，陈胜却没想到自己和林姗姗这么有缘。在南京这座居住了20多年的城市中，陈胜能一眼认出来的人也就刚过百，偶遇的几率更是极低，但他在短时间内却与林姗姗偶遇两次，这次还捎带了一个南宫小林。

在一个朋友的婚礼上，陈胜和冯倩面对面撞上了南宫小林和林姗姗。

"陈总，最近还好吧。"南宫小林用一贯令人讨厌的表情假惺惺地迎上陈胜说道。

"谢谢关心，我很好。"

"我听说可不是这样子，你们公司目前状况很不好。怎么说我们也是同行，作为业内老大，对于你这样的小公司还是有义务扶持的，你有什么困难可以和我说，我会考虑帮忙的。"南宫小林说着还配合两声冷笑。

"又是这种无聊的讥讽式对话，有意义吗？"

"有啊，当然有，这是胜利者炫耀战果的最佳途径之一。虽然老套了点，但对我很受用，看到失败者灰溜溜的样子和餐后甜点一样，不可或缺。"

"离我远点，别把你的脸贴过来，放大了看恶心。"陈胜毫不掩饰地将厌恶之情呈现在自己的面部。

"你一直说我这张脸让你恶心，我倒挺高兴的，我可以在家多多练习。"南宫小林毫不在意地继续刺激着陈胜。

"南宫小林你有没有想过你为什么那么恨我？"陈胜突然问道。

"我……"南宫小林没料到陈胜会突然有此一问，愣了一下，不过很快就恢复过来继续说道，"你是想说因为姗姗？对，她曾经把你当作第一人选，可最后赢的人是我，我依然是那个胜利者。"

“是吗，一般都是失败者恨胜利者，你都赢了为什么还恨我？”

“我没有恨你，我只是在羞辱你。”

“你不恨我，为什么要羞辱我？”

“我……总之现在姗姗是我女朋友，而你只能搂着一个老女人。”南宫小林被陈胜戳中软肋，自己只是林姗姗的备胎一直困扰着南宫小林，这也是他憎恨陈胜的最大原因。由于最近和陈胜展开全面的竞争，南宫小林调查过陈胜身边的人，他知道冯倩是陈胜的初中同学，比陈胜大半岁，南宫小林在恼羞成怒之下用恶毒的言语攻击了冯倩。

“你说什么？”一直保持冷静的陈胜被激怒了，他可以忍受南宫小林用任何言语攻击自己，但不能容忍他如此恶毒地攻击冯倩。

“怎么了，我说错了吗，她不仅是个老女人，而且还是结了婚的老女人。她还没离婚，你们就出双入对了，那叫奸夫淫妇。”

陈胜按捺不住心中的怒火，想使用最简单直接的暴力，可他没有使用的机会，新郎新娘走过来将四人一起拉去合影了。陈胜不能破坏朋友的大喜之日，只好压抑着心中的愤怒，忍受着和南宫小林一起合影的恶心感。

新郎新娘显然和南宫小林的关系更近，他的席位被安排得更靠主桌，而陈胜则被安排在角落里。南宫小林脸上的得意之色更浓了。

“还在生气？”一直没说话的冯倩问道。

“他说你……”

“老女人？我是比林姗姗大了 10 岁。”

“你别这么说自己。”

“你介意我比她老吗？”

“当然不。”

"那你还生什么气？老又不是贬义词，只有那些怕老的人，才会觉得老是骂人用语，最可悲的是，他们一样会老去。"

"可他太让人生气了。"

"要不要我教教你怎么和人吵架？"冯倩笑着说道。

"你教我吵架？"

"嗯，我问你，吵架的目的是什么？是让自己痛快，还要让对方不舒服，对不对？"

"对。"

"所以一般人就想用各种恶毒的词汇、攻击性的语言去让对方不舒服，可是忽略了更重要的一点，那就是自己要痛快。无论对方怎么攻击你，你一点都不在意，这样最能令对方不舒服。"

"好像有点道理。"

"这就对了，吵架吵得双方都一肚子气，那叫两败俱伤，只有自己不动气、别人生气那才算赢。所以你下次和人吵架，无论别人怎么说，你都别动气，那就立于不败之地了，然后再尽情地用言语戏弄他，直到他崩溃，想想多开心。"

"看不出你这么会吵架。"

"那当然，不记得我上次怎么气走你前女友了？"

"行，我现在就去找那王八蛋再吵一次。"

冯倩拉住陈胜笑道："人家结婚，你结仇，等下次吧。"

陈胜沉浸在幸福之中，有冯倩在自己身边，无论面对什么样的困难，无论承受什么样的压力，他都能坦然面对。陈胜现在对"不在乎终点，在乎的是路上的风景"这句话有了更深切的体会。

如果冯倩离开自己，自己会怎么样？陈胜脑海里偶尔闪过这样的念头都会被他及时驱散，这个问题不能想也不敢想。

"真打算结婚了？"陈胜看着吴广问道。

"婚都求了，人也推倒了，总要负责任。"

"那怎么这种表情？艾琳绝对是个难得一见的好女孩。"

"我知道。"

"那你在烦什么？"

"我到现在还没告诉她我的真实情况。"

"你不是说她知道你有钱，只会锦上添花吗？"

"可艾琳不一样，这姑娘真的太好了，她说她最喜欢看我和你一起肩并肩共同奋斗的样子，现在有钱反倒成了累赘。"

"那你打算怎么办？"

"要不我把我的钱都给你吧。"

"行，我账号你知道，明天打我账上。"

"给了你，你准备怎么用？"

"有了那么多钱，公司也不用再继续了，给员工发笔遣散费，然后我就带着冯倩周游列国去。"

"公司关了，那我怎么办？"

"娶了艾琳，然后等我周游回来再说。"

"那还是算了，钱我自己留着。"

陈胜笑了笑："行了，找个机会向艾琳坦白，求得她的谅解，然后娶了她，从此你们幸福地生活在了一起。"

吴广叹了口气："让我再想想。"

南宫小林现在踌躇满志，当上了许多人梦寐以求的总经理，拿着年逾千万的收入，得到了自己一直喜欢的女人林姗姗。原本应是完美的生活，但他总觉得哪里有些缺憾。

"这是怎么搞的？"林姗姗没敲门就闯进了南宫小林的办公室。

"怎么了？"

"为什么撤掉事先决定好的广告？"

"哦，我觉得乡镇一级的市场实在太小了，我们的投入和产出根本不能平衡。"

"我们现在要的不是赚钱，而是打击陈胜。"

"我知道，可这么做是打击了陈胜，我们的代价也不小。"

"还要我和你说多少遍？不能给陈胜一点机会，他对这行的了解，对你的了解，对我们公司的了解，这一切都注定了他将以击败我们为目标。给他喘息的机会，他就会成为我们日后的大敌，所以现在必须不惜代价打垮他。"

"怎么感觉你比我还恨他。"南宫小林不知道林姗姗曾经偶遇过陈胜和冯倩，还被冯倩奚落了一番。

"我不是恨他，而是关心我们的将来，我们不能让到手的幸福被他破坏。"林姗姗说了南宫小林最想听的话，这招百试百灵。

也许老天在和陈胜开一个很大的玩笑，给予陈胜巨大的幸福，然后再将它收走。面对林姗姗时，陈胜还处于准备卸下心防的状态，而这次面对冯倩，陈胜已经完全投入其中。

但冯倩突然间失去了联系，手机关机，家中没人，就这样凭空消失于陈胜的生活中。陈胜心中的不安和恐惧日渐加重，他没有忘记，林姗姗就是在突然消失了几天后做出那个令陈胜心痛的决定，现在冯倩又如这般消失了。

"别紧张，说不定就是临时有事来不及通知你，等两天就有消息了。"吴广知道陈胜内心的不安。

"你说会不会遇到什么危险了？被人绑票了？要不要报警？"

"哪那么多绑票的，要绑也绑我，我比她有钱。"

"那你说现在科技这么发达的情况下，她怎么就不联系我？"

"我不知道为什么，可是我知道我们现在还有事要做。看看，南宫小林已经全面进入中小型城市及乡镇市场，这是要把我们往死路上赶。"吴广递给陈胜一份最新的业绩报表。

"亏这么多。"陈胜看着报表上的数字很是惊讶。经过几个月的培育期，原本公司已经能够做到收支平衡，可是上个月一个月的时间就亏了四十多万。

以陈胜对原公司的了解，南宫小林应该没有足够的实力在所有市场全面打击自己的能力，这也是陈胜一直以来相信自己能够挺过这个艰难阶段的原因，现实却与陈胜的预想背道而驰。

"他这是不惜代价地打击我们，杀敌一千自损两千，他亏的应该更多。"陈胜说道。

"没错，可他耗得起。"

"他一直在抄袭我们的产品，收益不小，为什么放弃我们这个免费的研发部门？"

"彻底打垮我们，接手我们培育的市场，没有了竞争对手，产品的创新就不那么重要了。"

"为什么选择现在？"

"也许觉得时机到了吧。"

冯倩失踪，公司亏损，陈胜纳闷事情转变的速度怎么可以这么快。前两天自己还沉浸于幸福的喜悦中，觉得天蓝水清，阳光都如此七彩炫目，怎么一下子就被打落低谷。

面对一个无论资金规模、市场渠道还是人员配备都强于自己的对手，若是对方不惜一切代价打击自己，要想生存下去实在是一件困难的事情。无数初创的企业都会面对这种困局，要么死拼到底，寄望奇迹；要么举旗投降，期待收购。

南宫小林是不会选择收购陈胜的，他不会给陈胜拒绝自己的机会。陈胜剩下的只有死扛到底这一条路，可是这条路走通的几率有多大？吴广拿出的五百万启动资金，已经花去了三百多万，剩下那点钱还够支撑几个月？

"我去找他谈谈。"陈胜说道。

"找谁谈？"

"南宫小林。"

"你找他能谈什么？"

"讲道理，让他放弃这种两败俱伤的方式，看能不能找到双赢的办法。"

"你认真的？"

"当然。"

"行，那你和他约时间，我陪你去。"

陈胜又一次走进他工作了 5 年多的公司，地方还是那个地方，人还是那些人，却多了一点陌生的感觉。大半年前的陈胜原打算为这家公司贡献自己的全部才华，如今却作为竞争对手站在这里。

同事们对陈胜的态度很谨慎，想热情地和陈胜打个招呼，又有些顾忌。

林姗姗明显精心打扮过自己，越发明艳照人。

"陈总找我什么事？"南宫小林问道。这间总经理办公室被重新装修了一次，比以前更加奢华、气派。

"我就想找你聊聊目前我们两家公司的竞争。"

"好啊，想说什么？"

"情况大家都明白，就不多废话了，我就想问你能否稍微做出一些让步？"

"给我理由，说服我。"

"目前两败俱伤的格局，就算你能挤垮我们公司，你的亏损也不会小。"

"这些我们都已经考虑过了，我们承受得起，你还是说些更实际的吧。"

"好，那我就说实际的，如果你一意孤行，我会向法院起诉你侵权，相关证据我们已经收集了两个多月。"

"没关系，对我们来说不是坏事，我们有专门的法律部门来处理这些事，打官司说不定还能起到宣传效果，我乐意奉陪。只是这种官司怎么也要一年半载，你们公司耗得起吗？"

"我告诉你，我的确很难击败你，但我绝对有能力让你损失惨重。"

"我信，可这些也都在我们的考虑范畴之内，正因为你有能力，所以我们才不能给你机会，现在打垮你远比以后容易得多。"

"我可以保证你今年完成不了集团公司要求的盈利指标，甚至明年都未必填得上这个坑，你不怕集团公司撤了你？"

"我当然怕，可是我已经取得了集团公司的支持，这还得感谢你，是吴总一力促成了此事。"

陈胜没想到吴胖子到现在还记恨自己，南宫小林一席话浇灭了他所有的希望。集团公司同意南宫小林以亏本的方式来彻底打压自己，那他要面对的就是集团公司雄厚的资金支持，而非南宫小林一人了。

真的没有办法了，自己的第二次创业就这么草草收场，还浪费了吴广五百万的投资。陈胜直视南宫小林，对方的眼神中尽是奚落和嘲弄。

"还有什么想说的吗？没有的话就请回吧，早点关了公司，还能剩点钱，做点小买卖应该还是够的。"南宫小林说道。

"你算过账吗？目前这种恶性竞争的方式，我们每亏一分钱，你就得赔上两分，甚至更多。"一直没说话的吴广冷不丁冒出一句。

"我知道，我更知道你们公司总资金只有五百万，现在剩下的应该还不到两百万。几百万的损失，我们根本不在乎。"

"那要是一亿呢，十亿呢？你还承受得起吗？"

"十亿？"南宫小林冷笑道，"那你先得有五亿，你有吗？"

"我当然有。"

南宫小林和林姗姗一愣。

"首先，去查查我是谁。"吴广的脸色阴了下来，他本就不是慈眉善目的角色。

南宫小林和林姗姗面面相觑。在他们的眼中，吴广就是一个不上进、靠着陈胜混日子的人。但现在，他们犹豫了。等回过神来，吴广已经领着陈胜走出了公司。

"这下你爽了，可没有回旋余地了。"走出原公司大厦，陈胜说道。

"你以为我不那样就有回旋余地？你还看不出南宫小林不整死你不罢休的态度？"

"我真没想到自己这么遭人恨。"

"别抬举自己，别小看南宫小林，就是小看他，也别小看你们集团公司。既然他得到了集团公司的支持，那就不可能只是为了私人恩怨。他的行为倒给我提了个醒，这两天我找关系好好了解一下各方消息和国家政策，看来这一行要有大动静。"

陈胜是个有才华的人，但和吴广相比，吴广才是真正的商人。他对商机的敏锐度远高于陈胜，这也是他身家过亿，而陈胜依旧是个高级打工仔的原因。

陈胜已经一个星期没见到冯倩了，即使再忙，陈胜每天也会在冯倩家楼下等上一个小时，希望可以遇见她。

今天是第八天，时间已经是深夜一点零一分。就在陈胜想要离开时，一辆车驶了过来，冯倩出现在了陈胜的视线中。

冯倩看见陈胜的第一眼远比陈胜看见她时更加惊讶，在陈胜还没来得及做出反应之前，车上又走下一个男人。

冯倩没有和陈胜说话，而是和那个男人一起从陈胜身边走过，一起进入了冯倩家所在的大楼内。

陈胜曾看过男人的照片，他就是冯倩的丈夫顾同书。

顾同书的出现让陈胜心中产生了复杂的情绪，虽然陈胜已经做好了面对顾同书的心理准备，但当看见冯倩与顾同书同出同入时，心中依旧有着强烈的嫉妒情绪。

冯倩和顾同书在一起待了一个星期，他们到底做了什么？陈胜等着冯倩给他一个解释。

冯倩第二天一早就出现在了陈胜的住所门口。

"对不起。"这是冯倩的第一句话。

"不用说对不起，我明白你的处境，可我也想知道目前的状况，希望能帮上忙。"

冯倩感激地看着陈胜，将这一个星期来所发生的事情都告诉了陈胜。顾同书回国已经有半年多时间，只是一直没有和冯倩联系。一次，他在街上碰巧看见冯倩和陈胜的约会，两人的亲密举动引起了顾同书的注意。之后，顾同书请人专门跟踪陈胜和冯倩，拍摄了大量两人见面约会的照片，并以此要挟与冯倩商谈离婚时的财产分配。

"这个星期你一直在和他谈离婚的事情？"陈胜问道。

"嗯，"冯倩点了点头，"我一再让步，可他却不满足，我每一次的让步反而让他觉得是我心虚，他提的条件就越发苛刻。"

"他想怎么样？"

"他想要百分之八十以上的财产。"

"凭什么？"

"凭的就是我是有过错的一方。"

"因为那些照片？可我们是清白的。"

"我们真的清白吗？"

冯倩的反问使陈胜一怔。确实，什么是清白？仅仅因为两人没有发生亲密关系就算清白吗？陈胜清楚自己和冯倩是相爱的，两个人就是在交往之中，身边的朋友都清楚，连公司的同事也一直将冯倩当作老板娘看待。

陈胜意识到自己确实忽略了这个问题，沉浸在和冯倩交往的幸福中，一度让他忘记了冯倩是个有夫之妇。

"法律不是规定因感情不和分居两年就可以自动离婚吗？"陈胜依稀觉得有这么条法律。

"可……我们分居没有两年，我也没有正式提出过离婚。"冯倩说道。

"那……那就让给他，百分之八十就八十。"陈胜只想让冯倩尽快结束这段婚姻。

"你知道这笔钱的数目吗？"冯倩沉默片刻说道。

"多少？"

"一亿两千万。"冯倩报出一个让陈胜惊讶的数字。

这三天的时间就已经有两个人报出过亿的身家，陈胜内心苦笑，自己这个穷人原来一直被富人包围着，一个是自己最好的朋友，一个是自己的女朋友。

"百分之二十也有三千万，不够吗？"陈胜犹豫了一下问道。

"没有三千万，家里的钱一直由他掌控，自从我和他感情破裂之后，他就一直在偷偷转移财产，他愿意分给我的只有我现在住的这套房子，其他一分钱都没有。"

"那就和他打官司。"

"这个官司打起来会很漫长。"

"没关系，我可以等。"

"等多久？一年，两年……十年？"

"多久我都等。"陈胜缓缓说道。

冯倩注视着陈胜的眼睛，许久终于露出一丝微笑说道："谢谢你，陈胜。"

陈胜和冯倩约定，他专心于事业，冯倩去处理自己的离婚事宜。为了避嫌，这段时间两人尽量减少接触。这是陈胜和冯倩的打算，却不是陈胜父母的。当陈胜父母得知陈胜依旧甜蜜地和冯倩在一起，而大嘴巴的陈若谷又不小心将冯倩丈夫回国的事情透露给父母之后……

"老大，你到底在做什么？"陈胜母亲以少有的严厉口吻问道。

"妈，你听我解释。"

"解释吧，我听着。"

"冯倩是没离婚，可是她和丈夫的婚姻已经名存实亡了，他们早在两年多前就没有了感情，剩下的就只是离婚手续。"

"可她还是有夫之妇。"陈胜父亲说道。

一向在父母和陈胜的谈话中，都是由母亲主要发言，父亲只是旁听及最后总结，可今天才两句话父亲就忍不住开口了。陈胜是父母教育大的，他有着比许多人更为传统的道德观，而这种道德观来自于陈胜的父亲，他绝难容忍自己的儿子和一个有夫之妇交往。

"爸，你听我说。"

"没什么可说的，分手。"父亲自陈胜成年以来就没有再用过命令式的口吻。

"妈。"陈胜知道父亲的性格，只能求助于一向口硬心软的母亲。

"你别求我，这一点上我和你爸绝对是统一战线。"

"可是冯倩现在已经在办离婚，我们也说好这段时间减少来往，等她正式离婚以后再重新开始。"

"什么正式离婚？别说了，现在就分开。"父亲不听陈胜的解释。

"妈，爸他不讲理。"陈胜只得再度求助母亲。

"老大，不是你爸不讲理，是你头晕了，你说他们夫妻感情破裂已经两年多了，可是他们怎么到今天还没离婚？人家夫妻之间的事情，只有人家最清楚，这里面有很多复杂的事情，你没结过婚，你不了解。"母亲语重心长地说道。

"他们俩都已经不想再和对方在一起了，我和冯倩彼此相爱，他们离婚，我们结婚，这能有多复杂？"陈胜不理解母亲的想法。

"他们都不想和对方在一起了，这是冯倩说的？冯倩也许是不想和对方在一起了，可她丈夫呢，你又怎么知道她丈夫也这么想，是冯倩说过，还是她丈夫自己说过？"

陈胜被问住了。一直以来他都认为冯倩和丈夫的感情破裂是双向的，冯倩已经放弃了这段婚姻，但顾同书怎么想，冯倩从没提过。

"虽然没说过，可现在是她丈夫提出离婚的啊。"

"提出离婚的一方一定就是想离婚的一方吗？他说不定在离婚的时候提出什么过分的要求，目的就是不想离婚呢？"陈胜母亲说道。

母亲只是站在自己的角度随口举例，却足以让陈胜陷入沉思。确实，顾同书在离婚条件上非常苛刻，到底是因为钱，还是因为不想离婚？

"被老爷子教训了？"吴广看着陈胜问道。

"嗯。"

"没什么大不了的，父母永远是父母，父母爱自己的儿女这一点是永远不会改变的，过几天等他们气消了就没事了。"吴广开解陈胜，"冯倩呢，还好吧？"

陈胜长叹一口气："有几天没见了，也不知道怎么样。"

他心里想起母亲说的话。顾同书到底是什么想法，他是否真的想和冯倩离婚？

"烦心事真不少。"吴广说道。

"还有什么事？"陈胜没缓过神，茫然地看着吴广。

"当然是公司的事，南宫小林看来没被吓住，还在疯狂打压我们。"吴广说道。

"你说去了解一下这行的动态和相关政策，有消息了吗？"

“哪有这么快，正在收集情报。”

“那我们现在怎么办？”陈胜的思维还被自己和冯倩的事情牵扯着，无法正常运转。

“光靠嘴是吓不住的，看来必须用点实际行动给他看看。”

“你该不会真想拿你的五亿身家和他对赌吧？”

“我不介意，就怕你不同意。”

“我当然不同意。”

“我知道你不会同意我拿全部身家来赌，但是你必须同意我注资，要让南宫小林感受到压力，相信我们不惜破釜沉舟。”

“可是……”

“行了，这是我的公司，我说了算。我现在命令你，资金的事你就别管了，专心把钱用在刀刃上，想办法给南宫小林造成最大的压力，明不明白？”

陈胜还想说什么，吴广却大手一挥：“少废话，去做事。”

如果换作平时，陈胜一定会和吴广“纠缠”下去，但此时陈胜的脑袋里想得更多的是冯倩和顾同书的婚姻以及自己和冯倩的将来，于是便应了吴广的要求。

第六章　秘密

"我看过她的照片，初中时的毕业照和最近若谷用手机拍的照片，我确定是同一个人。"
"不可能，我不相信。人有相似，这都多少年前的事情了，你一定是认错了。"

随着陈胜的公司拉开反击大幕，南宫小林也感受到了巨大的压力。从反击势头来看，他们绝对不是一家只有五百万资金的小公司。

"吴广这个人调查清楚了吗？"南宫小林问道。

"基本上清楚了，他是陈胜的大学同学，从大学时代就开始创业，在校时期做过一个名为'第九流'的网站，以千万价格出售给了腾易公司，毕业之后……"林姗姗汇报着对吴广的调查。

"我不要听他的创业史，我只想知道他是不是真有五亿身家。"

"没办法确定具体数字，不过根据对他的资产调查以及从周边人了解到的信息，估计他的身家在两三亿左右，应该没有五亿那么多。"林姗姗轻声说道，她心中有些闷气。

"即使只有两三亿，对我们而言也是巨大的压力，集团公司不会允许我们以亏损五六个亿的代价去击垮对手。看来我们只能考虑他们的建议，选择合作了。"南宫小林说道。

"不行，绝对不行。"林姗姗坚决反对道，"就算他有两三亿的身家，大部分也应该在不动产和其他投资上，他手上的流动资金能有多少？他不可能拿全部身家和我们对赌。"

"但他们现在的反击力度已经让我们很吃紧了。"

"正因为如此，才更说明他们是虚张声势，真有五个亿需要这么心急吗？"

"你的想法是……？"

"和他们斗下去，看谁先撑不住。"林姗姗语气决绝。

林姗姗绝不容忍两者合作，如此便压不住陈胜崛起的势头，就算陈胜最终不能击败南宫小林，两人分庭抗礼，那也是林姗姗的失败。因为南宫小林不过是个拿薪水的高级打工仔，陈胜却拥有自己公司一半的股权，那意味着林姗姗的选择从一开始就错了。

恶性竞争导致两家公司进入了"烧钱"的状态，每个月的开支呈几何级数增长，且没有消停的迹象。吴广最清楚资金的消耗情况，每个月的投入几乎是上个月的三四倍。

吴广的手机响起，他稍微侧身，避开艾琳，小声和对方说着什么。但艾琳还是依稀听见了几句话："税款可以我付，尽快联系买主，这个区的房子卖这个价已经很低了……"

吴广挂断电话，艾琳问道："谁的电话？"

"没谁。"

"是不是房产中介，你要卖房子？"

"啊？哦，我帮朋友问的。"

"你真的打算拿所有资产去赌这一把？"

"没有，我……等等，你说所有资产是什么意思？"

"就是你所有的资产，你不觉得这个赌注太大了吗？"

"赌注太大，你知道我有多少资产？"吴广的神经不自然地紧绷起来。

"不是你自己对南宫小林说你有五亿吗？他们也对你做了调查，认为你的资产应该在两三亿之间，没有五个亿那么多。林姗姗看我的眼神别提多怨毒了，就好像那些钱是我的一样。"

自从吴广确定自己爱上艾琳以来，他都想找个合适的机会告诉艾琳自己的真实情况，可一直不知道该如何开口，却没想到自己为了恐吓南宫小林和林姗姗竟阴差阳错让艾琳知道了真相。

吴广欺骗了艾琳，不仅没有主动向艾琳坦白，还让艾琳从其他渠道得知了这个消息，这一切让吴广觉得心中有愧，他有些局促："艾琳，你听我说，我其实早就想告诉你的，只不过……"

"没关系的，我不怪你。"艾琳说道。

"真的，你真的不怪我骗了你？"吴广喜出望外，一直以来他都为这件事心神不宁，原来是他多虑了。

"其实我应该向你道歉的。"艾琳说道。

"为什么？"吴广疑惑地问。

"我早就知道你的实际情况了，可一直没有告诉你。"局促的情绪突然转到了艾琳身上。

"你早就知道了？什么时候知道的？"

"就是你和陈胜辞职以后，陈胜忙着找投资创业，你却什么都不做，我有些担心，所以就查了一下你的资料。"

"你查我？"

"我只是想了解一下你的履历，看能不能帮你投些简历找份好工作，谁知道查了之后才知道你为什么不着急找工作。"

"可是我记得你说过，你不在乎，你相信我不是跟着陈胜混，那是在你知道真相之前还是之后？"

"之后，我原来……"

"你说你喜欢看我和陈胜一起奋斗的样子，是在知道真相之前还是之后？"

"之后，可我是真的……"

"那你觉得你爱上我，是在知道真相之前还是之后？"

"之后，那是因为……"

"你那么爽快地答应嫁给我，是在知道真相之前还是之后？"

"之后，你别这样，让我把话说完好吗？"

"我不想听，"吴广没给艾琳解释的机会，站起身说道，"我先走了。"

艾琳想叫住吴广却叫不出口，她从没见过吴广如此落寞的神情，只能眼睁睁看着吴广离开，心里阵阵作痛。

艾琳的话摧毁了吴广心目中这份感情的基石，所有的一切都发生在艾琳知道自己是有钱人之后，这让吴广丧失了判断这份感情的能力。

"你怎么了？"陈胜见吴广神色不对，这段时间一直都是陈胜状况不断，吴广负责开导陈胜，今天角色却发生了调转。

"我和艾琳完了。"吴广的话令陈胜十分惊讶。

"发生了多大的事，让你说出这句话？"

"她知道我有钱。"

"你和她说了？她很生气是不是？这是正常反应，不过我对你们的感情还是很有信心的，我对艾琳这个姑娘也是很有信心的，过两天让她平静平静再好好哄哄，应该没问题。"

"不是她有问题，是我有问题。她早就知道我有钱，在她喜欢上我之前，在她说愿意嫁给我之前，在她说不介意我游手好闲跟在你屁股后面混之前，所有所有的一切都是在她知道我有钱之后才发生的。"

"就这样？所以你就对她失去信心了，你就觉得她是因为喜欢钱才喜欢你？"陈胜有些气恼，"吴广你知道吗，一直以来我和你的观点就有很大差异，但是我很羡慕你，因为我觉得我自己有病，又没法治，活得太累。而你一向不受束缚，活得自由自在，但你为什么总在这件事上纠结？"

"那是因为我在成为有钱人的道路上，看到过太多因为钱而发生的丑恶事件，在我有钱之后，看过太多因为钱而呈现出的丑恶嘴脸。我清楚地知道自己面对的是一个怎样的世界，但我希望我最亲近的人，我的妻子、我最好的兄弟，他们和钱没有关系，你做到了，可艾琳……我不知道。"

"你太抬举我了，你怎么知道我不惦记你的钱，现在公司可是最需要钱的时候。"

"我愿意你惦记着，你需要多少钱，我都可以给你，我很清楚无论你问我要多少钱，我们的关系都不会被钱影响。"

"那你也应该这样去相信艾琳。"

"我做不到，我们之间的交情，是十几年来一点一滴浇注起来的，过命的交情。我对幸福人生的定义，就是有三五个好友，一个过命的兄弟，一个荣辱与共的爱人，和他们一起向高峰攀爬。

不论期间有多辛苦，有多困难，也不管最后能否登顶，要的只是在有空的时候能坐在一起回头看看，那些曾经的经历都是最美好的回忆。"

"三五个好友，一个过命的兄弟，一个荣辱与共的爱人……"陈胜默默念着吴广的话，每个字都触动着他的神经，原本混沌的未来也逐渐清晰起来，吴广一直先他一步，无论是行事还是思想。

陈胜不再劝说吴广，因为吴广比他想得更清楚、更透彻。除了吴广自己，没人能让吴广对艾琳生出信心。

竞争到如此关键的时刻，两个在情感上遭遇挫折的男人很自然地将精力全部投入到工作中，这是一种情绪上的转移。

"南宫小林似乎完全没有退缩的意思。"陈胜看着吴广说道。

"必须给他更大的压力，钱这方面我来负责，可是你必须想办法提高他们的消耗比例，我们每花一分钱要让他们花更多的钱来弥补差距。"

"南宫小林已经让他的技术部门停止了自我研发，全力抄袭我们的产品及服务。我们每项产品及服务推出不到一个月的时间，他的山寨产品就会发布，我们的人力资源已经达到极限了。"

"你有没有什么办法？"

"有，挖人。这样不仅可以弥补我们人力上的不足，还可以有效削弱对方的实力，一举两得。"

"你不是一直不同意挖人？"

"南宫小林都把我们逼到这份上了，还管得了那么多？"

"你知不知道我等你这句话等了多久，总算让我盼到了。"

陈胜开始对原公司进行大规模的挖掘行动，人员主要集中在研发、市场、销售等一线部门，陈胜利用自己在原公司建立起的威信和人缘，在短时间内挖走了一部分原公司人员。

"不够，远远不够。目前挖来的人员一共才十几人，核心人员更少，对南宫小林形成不了太大打击。"吴广说道。

"这和我的预计相差很远，很多我认为一定能成功挖来的人都在犹豫。来的人说，南宫小林在公司内部表示已经取得了集团公司的全力支持，准备加大对公司的投入，很多人因此对我们不抱信心。"

"说到底，钱是信心来源，必须让别人知道我们也有钱，就以我名下的投资公司和公司签订投资意向，对外宣布投资两亿，先期第一笔四千万立刻到账。"

"你不会真要赌上自己的全部身家吧？"

"我给你四千万，又没叫你全花了。我说过，钱的事你就别管了。"

两亿投资，四千万资金进入账面的消息，对南宫小林的公司造成了巨大冲击，公司人员开始犹疑起来。一直以来，公司的大部分员工就更信赖陈胜，而唯一阻碍他们跳槽的就是双方公司的实力对比。如今四千万虽然还不足以抗衡南宫小林，但差距已经被大大缩小，何况还有两亿总投资的消息在传播。

所有人都清楚，一直以来公司都在山寨陈胜公司的产品及服务，由于推出新产品服务的时间总是落后于陈胜公司，在推广宣传上的投入一直是对方的两倍甚至三倍，如今陈胜的公司有了足以匹敌的资金，那么……

"员工的心态很不稳定，今天又有三个人辞职了。"南宫小林面色焦虑地说道，"我已经查过了，陈胜公司确实有四千万到账，看来吴广不只是虚张声势。"

"那我们也不能退，这个时候认输和他们谈合作，我们就失去了主动权，他们一定会趁机狮子大开口，绝不能给他们这个机会。"林姗姗说道。南宫小林不是傻子，他也很清楚眼前的局势，到这个份上谁都无法退场了，否则就是输家。

"那我们怎么办，你有好办法吗？"南宫小林问道。

"我还是不相信吴广有五亿身家，更不信他敢拿全部身家来赌。我们可以在公司内散布消息，就说对吴广已经做了详细调查，结果表明吴广全部身家不足一亿，现在的四千万是吴广能动用的全部资金。另外，我们已经获得集团公司的全力支持，集团公司近期就会正式宣布消息。"

"可是集团公司那边还没有……"南宫小林一顿，"我明白了，就这么做。我们晚上就去见吴总，告诉他省里已经……算了，还是先别说这个，先散播消息，务必让所有人都能获知。"

"放心，这个我擅长。"

林姗姗散布谣言的能力可谓超群。很快，公司员工就开始对吴广的身家产生质疑，更对吴广倾尽所有来支持陈胜不抱希望。

在普通人的思维模式以及对这个世界的认知中，即便是朋友，也不可能好到倾其所有的地步，何况这个"所有"意味着过亿的财富。这个世界上，朋友仅仅是可利用的对象而已。

双方针对人员的竞争就如拔河一般，对方一使力，己方就能清楚地感受到。

"南宫小林这招不错，动摇的人又开始犹豫了，他让所有人相信我们有四千万，同时又让所有人相信四千万是我们的全部。"陈胜说道。

"还真没想到，四千万都打不动他，这下把我难倒了，一时间我也拿不出更多的资金。"吴广眉头紧锁。

四千万没能取得应有的效果，眼看这场以心理战为基础的挖脚行动就要落败。南宫小林不仅稳定了内部局面，甚至开始反击，尝试对陈胜公司的员工进行反挖角。

陈胜和吴广整个周末都待在公司商议对策，两人最终决定放弃挖人行动，虽然此次行动的成果有限，但有效延缓了南宫小林山寨的速度。陈胜预备在产品上进一步加快推新速度，赢得更多的时间成本。

"这次挖角行动又一次让我见识到了钱的魔力，如果不是南宫小林背靠着那个上百亿资产的集团公司，我相信我可以挖走他一半以上的员工。可是在钱的面前，我花这么多年建立的人缘和威信根本不堪一击。"陈胜说着。

"你这么说，对那些已经选择加盟我们公司的人不公平。"

"现在的人都梦想着能够发财，成为真正的有钱人。你当有钱人也好些年了，能不能告诉我那到底是种什么感觉？"

"我的感觉代表不了其他有钱人。"

"我不管其他人，就想知道你的。"

吴广思考了一下说："在初期是兴奋，非常兴奋，花钱买一切钱可以买到的东西来满足自己各方面的欲望，不断希望别人知道自己是个有钱人，穿戴最贵的东西，出入最贵的场所，身边带着最漂亮的女人……和大部分暴发户差不多吧。不过这段时期对我来说很短，很快我就觉得很无聊，一种说不出的空虚感，生活失去了方向，不知道每天起床的目的是什么。"

吴广看了一眼陈胜，陈胜一脸茫然，因为陈胜无法体会吴广叙述的这种感觉。陈胜每天都知道自己起床后要面对什么，甚至在前一天睡觉前就已经知道。

　　"好吧，还是换一种说法，"吴广说道，"我们应该是第一代伴随游戏机长大的孩子，就拿游戏来打比喻吧。不说现在的网络游戏，说以前的单机游戏，为了通关我们坐在游戏机前通宵奋战，看着自己的人物一点点变强，闯过一个又一个的难关。有时候会卡在一个关卡几天都无法通过，郁闷焦躁。突然有一天有了修改器，瞬间我们操作的人物就可以秒杀一切，所有的难关都不复存在，所有的怪物都变得孱弱，原本可能需要几个星期时间的游戏，几天甚至几个小时就可以从头到尾走一遍。在刚刚把人物修改到无敌状态的时候，你会有一种说不出的畅快，可是随着一次次重复着机械的操作，那种秒杀一切的快感很快就消失了，你甚至开始厌倦那种感觉，因为那远不如经过不断努力闯关成功所获得的喜悦感。这个时候我们一般有两个选择，一是放弃这个游戏，二是放弃修改器，重新开始玩这个游戏。"

　　"我开始有点明白了。"

　　"如果把现实生活比作游戏，有钱就像是无敌状态，初时会有无比兴奋的快感，很快就会觉得无趣。我没法放弃生活，所以只能选择第二种，重新再来。"

　　吴广说完看着陈胜，陈胜则静静地回味着吴广的话。虽然他无法体会有钱人的感觉，但那种游戏被改成无敌状态后的无聊感，他非常清楚。

　　吴广继续说道："还有，即使是单机游戏，有兄弟一起玩也比一个人玩要有趣多了。"

　　"行，那就让我们一起玩这个游戏，闯第一个难关，南宫小林。"

陈胜清楚吴广的意思，他不再纠结是否动用了吴广的四千万，因为他已经能够体会到吴广的心情。既然两个人选择了开战，那就没了退路，只有坚持到底。

　　以四千万去搏背靠百亿集团公司的南宫小林，这一关的难度的确大了些。

　　周一，公司大门刚打开，意外情况出现了，大批原公司人员跳槽加盟，令陈胜吴广都感到诧异。

　　"怎么回事？局面不是稳定住了，怎么一下子这么多人辞职？"南宫小林看着厚厚一叠辞职信，心中愤怒又疑惑。

　　"我调查过了，好像和艾琳有关。"林姗姗说道。

　　"艾琳能做什么？"

　　"艾琳是吴广的女朋友，她对公司一些员工说她已经和吴广分手，原因是她反对吴广用全部身家去支持陈胜，艾琳还说吴广在近一段时间内大笔抛售自己名下的物业股票基金黄金以换取资金，准备不惜代价和我们决战到底。这个消息很快就在公司内部散播开了。"

　　"艾琳说的话他们都信？"

　　"结果是他们已经信了。"

　　一个分手女友的话有时候是很有说服力的，因为女朋友最了解吴广的实际身家，不顾女友的反对甚至不惜分手更彰显了吴广的决心，抛售名下所有资产的举动更是有力证据。艾琳在最关键的时刻给了吴广最大的支持。

　　可结果是，艾琳被南宫小林辞退，失去了自己的工作。

陈胜看着站在窗前发呆的吴广，知道艾琳的行为触动了吴广，陈胜也没想到艾琳居然在这么关键的时刻做出如此举动。这不仅证明了艾琳对吴广的感情，更说明艾琳一直在关注着吴广，才能清楚地知道当前发生的事情。

"艾琳帮了我们。"陈胜说道。

"嗯。"

"可她丢了工作。"

"嗯。"

"失恋又失业对一个女孩子来说，是个不小的打击。"

"你知不知道你的话让我本来就很难过的心情更加纠结。"

"那就别再纠结，去找她。"

"我不能去，我还有些事情没想清楚。"

"就你现在思考问题的速度，我怕等你想清楚了，艾琳已经是别人的老婆了。"

"如果我们注定是这样，那只能说明我们之间无缘。"

"狗屁，你什么时候是信缘分的人了，你知不知道我现在看着你像看什么？"

"什么？"

"我，那个优柔寡断、遇事总是想太多的我，那个一直以来你最烦的我，而现在你就是我。"

"近墨者黑，和你认识十几年，终于还是被你给污染了。"

"去你大爷，问题是我现在不这样了，我变得更像以前的你了，不再畏缩、思前想后。就像你说的，做人做事就图个痛快，想那么多，累。"

"我明白了，是我们俩之间的能量转换了，所以我变成你，你变成我了。"

"你能正经点吗，我可没你那神经质的毛病。"

"那个部分没转换过来，"吴广看着陈胜，感觉到陈胜眼中投射出的无奈，叹了口气说道，"好了，我明白你想说什么，再给我点时间想想。现在我们还是讨论一下怎么乘胜追击，好好修理一下南宫小林。"

虽然和对手的竞争已经进入了最激烈的阶段，陈胜还是抽出一个下午的时间坐在咖啡馆里，他在等一个人。

艾琳施施然走入门内，坐到了陈胜的对面。

"找我有什么事？"艾琳直白地问道。

"首先想谢谢你。"

"我不是帮你们，我只是看不惯南宫小林和林姗姗。"

"否定没有意义，不会改变既定的事实。"

"那我承认我是帮你，不是帮他。"

"你很清楚，帮我就是帮他。"

"你这人……那我接受你的感谢。还有其他事吗？"

"我还想和你说说我了解的吴广。"

"我不想知道。"

"那我们就随便聊聊，我随便说，你随便听。你曾经是我最好朋友的女朋友，又是对我有过好感的人，这点面子总要给我的。"

"你怎么变得和他一样……讨厌。"

"用他的话说，我和他之间的能量最近发生了转换，现在的我更像他，他更像我。"

"你没他那么神经。"

"那个部分没转换过来。"

艾琳忍不住露出一丝微笑，旋即又恢复严肃的神色："可我确实不想听你替他解释，我也不想替自己解释，我觉得如果他对我们这份感情没信心，解释都是多余的。"

　　陈胜回味了一下艾琳的话，点头说道："你说得有道理，我不替他辩解，说说其他事情吧，我们公司目前急需人才，你能不能考虑……"

　　"不能，你真觉得现在我和他在一家公司出现是好事？"

　　"那就不出现，你的能力我很清楚，在人力资源方面很有经验，南宫小林明知道你是吴广的女朋友都舍不得辞退你，要不是这次事件，他也会睁一只眼闭一只眼。我们公司目前急需人力，希望你能帮我们多挖掘一些人才，不仅是从我们俩以前的公司。"

　　"有薪水吗？"

　　"当然，按照我们公司人力资源部主管的薪水级别，而且你不用去公司上班，这么好的条件，你没有拒绝的理由。"陈胜说完等着艾琳的决定。

　　"好吧，不过说好了，我这是帮你，不是帮他。"艾琳犹豫了一下说道。

　　"行。"

　　大批员工跳槽，让南宫小林陷入了困境，山寨的速度也慢了许多。陈胜持续努力，在高压之下迸发出的潜力更是不断强化了这一胜果。南宫小林所在公司不仅在市场占有率上不断下降，为了保持市场占有率的投入也大大增加。

　　"人员招聘情况如何？"南宫小林问道。

　　"不太理想，就是高价找来的几个高手，也都需要一个熟悉的过程，达不到原来那批老员工的效率。"林姗姗说道。

"资金方面呢？"

"已经很紧张了，为了维持优势地位，投入更大了。一定要想办法解决，不然我们撑不了多久。"

"他们挖人，我们就挖产品。"南宫小林沉吟片刻说道。

"挖产品？"

公司推出的产品升级仅仅5天后就被南宫小林山寨，这完全超乎了陈胜的预料，对于这一次的产品升级，陈胜原来有把握让南宫小林一个月内都无法完成抄袭，原本想要借助这一次的产品升级进一步打击对手，可是现在……

"5天，南宫小林他们用了5天的时间就山寨了我们的产品，看来他们找到了一支非常强的团队。"这是陈胜能想到的唯一解释。

"你总是按照事情常态考虑问题，并且假定所有的人都是好人。"

"什么意思？"

"什么样的团队5天内就能复制我们的产品？"

"实力绝对超一流，起码要3个和王志远技术水平相当甚至更高的人牵头负责，还要配置6名……"

"你还真回答？我告诉你正确答案，没有，起码南宫小林的公司没有。"

"不能说完全没有，只要有足够水平的……"

"闭嘴吧，你怎么就不开窍呢，且不说短时间里去哪里找这么一支团队，就算找到了，那要多少薪水，你知道王志远薪水多少吗，还3个？南宫小林才不会像你这么笨。"

"那他们怎么做到的？"

"很简单，内奸，成本最低、效率最高的手段。"

"不会，如果真的是从我们内部拿到资料，没必要等 5 天再推出。"

"这就是南宫小林聪明的地方，也是最笨的地方。聪明在于他故意推迟 5 天，不想让我们怀疑内部出了奸细。笨就在于推迟 5 天太少，如果推迟两个星期，恐怕我都不会怀疑他是从我们内部窃取的资料。"

"如果真是这样的话，不是南宫小林太贪心，就是他的资金也出现了问题，推迟两个星期的损失已经让他无法负担。"

"看来恢复了点智商。"

"那我们该怎么应对？"

"很简单，抓奸。"

"抓奸？"

"就是抓奸细，想什么呢！"

陈胜公司即将推出一个重量级的产品，这一次不像以往只是原有产品的升级，而是自公司创立以来，一直都在秘密研发的、足以改变市场格局的全新产品。这个消息在陈胜公司里传播开来。

夜晚，陈胜和吴广挤在杂物房里啃着苹果，准备着这一次的抓奸行动。

"你说会有人来吗？南宫小林应该会怀疑这是个陷阱。"陈胜有些担心。

"可以改变市场格局的全新产品，说明这个产品的重要性；自公司创立就一直秘密开发，说明在短时间内无法抄袭。南宫小林就算怀疑，也不敢坐视不管。"

"你没穿鞋？"陈胜突然问道。

"穿了，拖鞋。"

"你有病啊，脚这么臭还穿拖鞋。"

"就是脚臭才穿拖鞋，不然会更臭。"

"你能有点公德心吗，你……"

"嘘……"吴广阻止了陈胜的抱怨。

门外有了动静，隔着门缝，陈胜可以清楚地看见一名员工进入了公司内部机房。陈胜和吴广从杂物房出来偷偷跟在这名叫钟毅的员工身后，可以清楚地看见他正在复制源代码。

钟毅一扭头看见陈胜和吴广，脸都吓白了，呆立当场，手足无措。

"第几次啊？"陈胜问道。

"第一次。"钟毅用有些颤抖的声音答道。

"第几次？"吴广又重复了一遍问题。

"第二次。"

"你知不知道这么做会给公司带来多大损失，你知不知道这属于违法行为？"陈胜问道。

"我知道，我也不想的。"

"不想为什么还做？"

"因为，因为……"

"因为钱是吧，"吴广替钟毅答道，"别告诉我你家庭困难，上有老母、下有幼童，还有个瘫痪在床的妻子。你和我一起喝过酒，你的底细我清楚，你就是贪钱。"

"对不起，对不起，饶我这次吧。"钟毅哀求着。

"饶吗？"吴广看向陈胜。

"饶了吧。"陈胜说道。

"那行，这次就饶了你。"

"谢谢吴总，谢谢陈总。"钟毅连忙道谢。

"这次没造成损失就算了，那算算上一次的账。"吴广继续说道，"说吧，打算坐牢，还是赔钱？"

钟毅刚落下的心又悬了起来。

"算了，别耍他了。"陈胜说着，望向钟毅，"给你两条路，一是明天自己辞职走人，二是继续留下来专心工作但是 3 个月没薪水，自己选吧。"陈胜说道。

"我愿意留下来，真的。"钟毅低下头说道。

"好，那你走吧。"陈胜说道。

钟毅愣了一下，没有想到陈胜会这么简单地饶过自己。

"等会儿，你告诉我，南宫小林到底给了你多少钱？"吴广拉住准备逃走的钟毅问道。

"三万块。"钟毅老实交代。

"三万块？！你真出息，滚蛋！"吴广朝着钟毅的屁股端了一脚。

"钱，又是钱，三万块就出卖公司，真不知道能说什么。"陈胜叹气道。

"这也有你的错。"

"和我有什么关系？"

"因为所有员工都知道你心软，就算被发现也不会严惩，否则三万块买不来这么大的胆。"

"那我刚才对钟毅的处罚太轻了？"

"太轻。"

"那你也没反对。"

"我反对有意义吗？再说你是总经理，员工面前我必须尊重你的意见，和你保持步调统一，树立你的威信。"

"听上去你挺委屈的。"

"何止是委屈，你就偷着乐吧，没有我，你这个公司早开不下去了。"

吴广说的一点没错，陈胜打心底庆幸自己一直有吴广的帮助。

就当陈胜吴广"抓奸"成功，乐呵呵地离开公司之后，又一条人影进入公司，和钟毅一样摸进了公司内部机房。

南宫小林满面春风地进入公司，迎面撞上一脸焦急的林姗姗。

"拿到了？"林姗姗急切地问道。

"当然，"南宫小林得意地说，"我早料到他们会发现有内奸，可他们想不到会有两个，而我愿意主动牺牲第一个。"

"这次陈胜他们公司推出的新产品真有他们说的那么好吗？"

"已经交给技术部了，很快就知道了。"

"这一次你还打算延后推出？"

"那要看这个产品到底怎么样，如果真的很出色，我们就抢先推出，不仅让他们这么长时间的努力白费，还能帮我们抢回之前的损失。真想看看陈胜到时的表情。"南宫小林说着得意地笑了起来，脸上尽是掩饰不住的喜悦。

在南宫小林得意的时候，陈胜则一脸凝重地盯着吴广："这到底怎么回事？"

"你不都知道了，南宫小林派了不止一个内奸。"

"损失有多大？"

"反正不小，王志远的技术水平你应该很清楚。"

"为什么不早告诉我？"

"告诉你，你能同意吗？我不想再和你就道德底线的问题进行讨论。"

"可这实在太损了点。"

"这叫自作自受。我说，你就真的一点不高兴？"

"挺高兴的，就是不想太得意。"

陈胜吴广相视大笑，这绝对不是南宫小林想看到的表情。吴广早料到内奸可能不止一个，这么重要的资料，南宫小林一定不会只派一个人来窃取。吴广故意抓住钟毅，却放过第二名内奸，事先让王志远在假的源代码中嵌入病毒。南宫小林不仅没有窃取到资料，反而让自己公司的系统感染病毒，遭受了不小的损失。在玩手段方面，南宫小林加上林姗姗都不是吴广的对手。实际上，如果没有陈胜对吴广的限制，现在的局面可能会是两个样。

南宫小林一脸铁青地站在技术部办公室里，咬牙切齿地说："我要告他们！"

"告他们什么？在我们偷的代码里放置了病毒？"林姗姗皱眉说道。

"他们利用这种卑鄙的手段，难道不应该受到惩罚吗？"

"你好像不记得是我们有错在先。"

"你什么意思，你现在帮谁说话？"南宫小林扭头瞪着林姗姗。

"我说的是事实，你总想用旁门左道来对付陈胜，这一次完全是自作自受。为什么你就不能光明正大地竞争？"

"光明正大？什么是光明正大，陈胜光明正大？所以他丢了总经理位置！"原本就在气头上的南宫小林差点跳了起来。

"可他凭着自己的能力，依然是你最大的威胁。"

"他凭什么能力？凭的不过是个有钱的朋友罢了，没有吴广他什么都不是。"

"可吴广为什么那么支持他，那也是因为他值得信任，你怎么没有这样的朋友。何况你背后还有整个集团公司在支撑。"

"你到底想说什么，是不是现在后悔了，还想找陈胜，那你去啊，我不拦着你。"

"你……"

林姗姗无话可说，她是开始后悔了。她没有想到陈胜失去总经理的位置之后可以自立门户和原公司分庭抗礼，甚至在竞争中占据优势。如果吴广真有两三亿身家，而南宫小林又失去集团公司的支持，那么战局将彻底扭转。

"有事找你，"陈胜走进办公室说道，"虽然你不让我管钱方面的事，可我还是看了一下账，现在每个月消耗五百多万，这实在太多了。"

"我知道，但现在已经骑虎难下，只能硬着头皮往前闯。"

"我开始怀疑，你是有计划地一步步促成了目前的局面，让我无路可退。"

"是，不过我也很清楚在压力下你能迸发出的潜力。你不会还在为钱的事和我纠结吧？"

"不了，反正你愿意投，我就愿意花，只要你不怕亏了就行。"

"我喜欢你这样。"吴广笑道，"不过我绝对不是盲目投资。我收到消息，省里准备大力扶植这个行业，计划在现有的企业中选一个最有潜力的公司给予政策上的支持。你知道这意味着什么吗，有了省里的扶持一切都会变得不一样。"

"可现在南宫小林他们才是这行的老大。"

"老大未必就是最好的，更不是最有潜力的。这么和你说吧，我已经多方打听过了，目前省里最关注的公司就是我们和南宫小林两家，这还要感谢之前这段时间和南宫小林之间的火并，让省里的人留意到我们这家新成立的公司，在资金劣势的情况下还能和对手分庭抗礼，甚至占据优势。现在只要我们能击败对手甚至只要能和对手打平，我们就有很大机会获得政府的好感。"

"可要是我们败了……"

"那个扭扭捏捏、畏首畏尾的你可千万别回来了。败就败，有什么了不起。"

　　陈胜不再为是否花吴广的钱而纠结，他们开始全力应对竞争，从南宫小林手中一点一点抢夺着市场份额。虽然艰难，但都在朝着好的方向发展。但对手不是游戏里的 NPC，而是同样会做出改变的人。

"艾琳？快请进。"陈胜看着出现在自己办公室门口的艾琳说道。

"嗯。"艾琳点点头，看了一眼陈胜身边的吴广走了进来，"我今天来是想告诉你一个消息。"

"你说。"

"集团公司已经决定正式支持南宫小林，将增加一亿的投资用于和你们竞争。"

"看来他们也确定了省里的消息。"吴广在一旁说道。

"我就是来告诉你们这件事的，没什么事我就先走了。"艾琳说完转身准备离开。

陈胜用眼神示意着吴广，可吴广却犹豫不决，陈胜只得说："艾琳，我有样东西要给你，我去拿，你等一下。"

陈胜说完离开办公室顺手把门带上了。

艾琳很清楚陈胜的意图，但她不知道自己该走还是该留，一时间只能伫立原地。

吴广的情况不比艾琳好多少，因为到现在他都没想清楚自己到底应该如何面对艾琳，唯一清楚的就是随着时间推移，自己越来越想艾琳。

"你，还好吧？"吴广终于先开口说道。

"不好。"艾琳毫不客气地回应。

"对不起。"

"为什么对不起？"

"因为你说你不好。"

"我不好和你有什么关系？"

"我觉得是我造成的。"

"别臭美了，你影响不到我。"

"那不是我，你因为什么不好？"

"因为我认识了一个自以为是的王八蛋，有几个破钱就觉得了不起，整天以为别人惦记他的钱。"

"那还是我。"

"你是自以为是的王八蛋吗？"

"我觉得自己不是。"

"那就没什么好说的了，我走了。"艾琳说完转身出门。

吴广紧随艾琳身后也跟着出门。大街上，艾琳走在前面，吴广跟在后面。艾琳走，吴广走；艾琳停，吴广停；艾琳回头瞪吴广，吴广就仰头看天。

"你到底想做什么？"艾琳无奈之下只得停下脚步，回身走到吴广面前问道。

"我也不知道。"

"那你干吗跟着我？"

"我就想看看你。"

"有什么好看的？"

"鼻子、眼睛、嘴巴，五官都挺好看的，屁股也很好看。"

"吴广，我和你已经没有任何关系了，你这是骚扰。"

"我们好像没正式分手。"

"没分手吗？没分手，我生气，你不道歉？没分手，两个多月我们都不见面？"

"那是因为这段时间没日没夜地和南宫小林那王八蛋缠斗。"

"所以没时间给我打一个电话，甚至发一条短信，是吗？"

"我是没想清楚。"

"没想清楚什么？没想清楚我是不是爱你的钱？"

吴广点点头，这个举动令艾琳怒火中烧，气呼呼地对吴广说道："行，那我告诉你，我就是爱你的钱，行了吧？"

"不行，你这是气话，不是真心话。"

"那你到底要我说什么？"

"你说什么不重要，重要的是我自己怎么判断。"

"你！你别跟着我。"艾琳被吴广弄得快崩溃了，却又无从发泄。

艾琳走，吴广继续跟。

"你再跟着，信不信我冲出马路让车撞？"艾琳突然停住，冷冷说道。

"那我走了，你注意安全。"吴广说着一步步向后退去，不小心撞到身后的垃圾桶，被绊了一跤，爬起身时艾琳已经没了踪影。

吴广茫然地四处张望了一圈，深深叹了口气离开了。就在不远处的柱子后面，艾琳心中五味杂陈。

陈若谷没想到离婚快半年后，第一次遇见韩露露会给自己带来如此大的冲击。韩露露明显消瘦了，原本有着可爱圆脸的姑娘变成了现在整容最流行的尖下巴。

两人在狭窄的小路上相遇，注定不能如路人般擦肩而过。

"你，还好吗？"陈若谷以无奈的口吻作为开场白。

"不好。"韩露露说着幽怨地看了陈若谷一眼。

"对不起。"

"说对不起有什么用？你还不是那么狠心。"

"我们还是说点别的吧。"

"我不想说别的，我和你也没有别的好说。"

"那就不说了，我走了。"

"陈若谷，你站住，到现在你都不觉得自己有错吗？"

"觉得。"

"那为什么不认错？"

"不知道该怎么说。"

"那我说，你跟着说。露露，对不起，是我错了。说。"

"露露，对不起，是我错了。"陈若谷跟着韩露露说道。

半年的时间，陈若谷早就没有了一时之气，虽然依旧无法原谅韩露露母亲的行为，但是对于韩露露就只剩心疼和想念，无论韩露露让自己怎么做，陈若谷都会去做，只要她能感觉舒服一些。

"我是个负心汉,辜负了你。我每天都后悔和你离婚,我每晚都会梦到你,每次从梦里醒来,心都会刺痛。看到身边没有你,我的心都会空空的,不断下沉,一直往下,掉进一个没有底的深渊。我做什么事情都提不起兴趣,整个人就像幽魂一样,离婚的头一个月我就瘦了 15 斤,再也没有胖回来。我现在还住在家里,我们的家里,就是想等你回来……"

韩露露的话猛烈地敲击着陈若谷的心脏,这根本不是韩露露让陈若谷认错,而是韩露露在诉说自己。她还住在两人租的新房里,等着陈若谷。

"露露。"陈若谷的声音有些哽咽。

"今晚,你回家吃饭吗?"韩露露的话几乎撕碎了陈若谷的心。

韩露露已经放下了所有矜持和自尊,问出这句可以让两人重新走到一起的话,可是她没有等来她想要的答案。陈若谷在沉默许久之后说:"对不起。"

这段时间没日没夜的忙碌确实让陈胜的体力透支了,他居然在和冯倩难得的约会时睡着了。当他从座位上悠悠醒转时,发现冯倩正专注地看着自己,就像母亲看着熟睡的孩子般温柔。

"我睡了多久?"陈胜问道。

"没多久,只不过人家要关店了。"冯倩笑道。

两人吃完晚饭就来到家附近的咖啡馆,现在已经到了这家营业至凌晨两点的咖啡馆收铺的时候。

"真对不起,不小心睡着了。"

"不用和我说对不起,和人家服务员说吧,害得人家晚下班。"

喧闹的城市终于有了一丝安静,空气中飞舞的尘土此时也少了许多，两人牵着手走在深夜无人的街道上。

"你这段时间真的太辛苦了，要注意休息，注意自己的身体。"冯倩心疼陈胜。

"没事，年轻，顶得住。"

"还年轻呢，别总以为自己还是小孩子。"

"我是不是有时候很幼稚？"

"怎么说呢，现在的男人都不肯长大。"

"其实我很努力地在成长，只是不知道为什么总是很难表现出成熟的气质。"

冯倩看了陈胜一眼没有回答，但是冯倩心里清楚，这是因为陈胜的心比很多人都更坚持，所以他虽然在社会上打拼了十几年，却没有沾染过多的社会习气，使他整个人显得单纯了许多。可自己却不同，只有在陈胜面前才会勾起心底里那份简单纯净的感情，面对其他人时……

"你呢，和……他谈得怎么样？"陈胜问道。

"没什么进展，最近我也没怎么见他。"冯倩不想谈论这个话题。

"那就不说他了。来，在这坐一会。"陈胜看出冯倩的想法，不再追问这个话题，而是在小区内的公共健身场所找了个跷跷板让冯倩坐下。

"你好重啊，都压不动。"冯倩坐在跷跷板的另一头，已经尽量坐在最后端，可陈胜依旧岿然不动。

陈胜突然双腿用力令身体弹了起来，突然的下落让冯倩吓了一跳。

"哎呀，讨厌。"冯倩撒娇似的嗔了陈胜一眼。

"你说为什么没秋千？"陈胜问道。

"因为秋千不能健身。"

现在很多小区都有公共健身场地，可惜没有秋千。陈胜一直想找个有秋千的地方可以让自己推着冯倩荡荡秋千，因为在十三四岁的年纪，陈胜就推过冯倩荡秋千，现在他还能够记得冯倩一边害怕尖叫，一边又开心大笑的样子。

　　"谁说的，推的那个人可以。"陈胜说着忍不住笑了笑。

　　"你笑什么呢？"

　　"我想起以前推一个女孩荡秋千，用很大力气把她推到最高处时，她吓得大声乱叫的画面。"

　　"还好意思说呢，你知不知道那次我都受伤了。"冯倩知道陈胜说的是自己。

　　"受伤？"

　　"嗯，你把我推得那么高，我害怕掉下来，所以只能紧紧抓住绳子，结果被绳子磨得皮都破了，手也出血了。"

　　"我怎么不知道？"

　　"因为我不想你知道。"

　　"为什么？"

　　"因为我知道你知道了会心疼的。"

　　陈胜忍不住走到冯倩面前蹲下，将冯倩紧握的手掌摊开，抚摸着冯倩的手心，那里的皮肤柔软光滑。

　　"那时候你就喜欢我，对吗？"陈胜轻轻问道。

　　"嗯，我喜欢你，"冯倩终于亲口承认了那个事实，"初中毕业之后，我没考上本校的高中，可我还是回学校找过你。"

　　"我怎么不知道？"

　　"因为你不在，我遇见黄驰，就请他帮我转告你，说我在那次下雨时你给我送伞的地方等你。"

　　"可他从来没告诉过我！"

"嗯，我在那等了你很久，可你没有来，我以为你不想再见我，直到高中毕业后我才知道是黄驰那个该死的家伙忘记告诉你了。"

陈胜诧异地看着冯倩，20年前冯倩不仅喜欢自己，还曾经回学校找过自己，可是被黄驰那个王八蛋给忘记了，就因为那个王八蛋的失误让两个人错过了20年前的初恋。

"这家伙真是的，我一定要找他算账。"陈胜心中有一千万头草泥马正从黄驰的身上踩过去。

"都过去了，我们现在不是在一起了嘛。"

"那也害我等了这么多年。"

"这么多年你闲着了吗，一个女朋友接着一个女朋友的。"

"这个……也没那么多。"陈胜无奈地挠挠头。

"傻瓜，没关系，不对的是我，如果我……没结婚，我们现在就没这么多麻烦了。"

"别胡思乱想，总之我现在抓住你了，我就再也不会放手了。"

陈胜说着重新将冯倩的手握成拳然后将自己的手掌覆了上去。

南宫小林高调宣布获得了集团公司一亿元的资金支持，开始新一轮针对陈胜的猛烈攻势，逼迫陈胜吴广进一步加大投入，要在最短的时间内分出胜负。

原来的四千万资金消耗得很快，吴广再度注资了两千万用于对南宫小林的决战。陈胜明白自己已经没有了退路，要做的就是最大化地体现这两千万的作用。

公司的员工也激增到一百多名，即便如此，陈胜吴广每天依旧工作超过十四个小时。

"和艾琳到底怎么样？"陈胜停下手中的工作揉了揉眼睛问吴

广，聊天已经成了两人间唯一的娱乐活动。

"还那样，她不愿意见我。"

"那你自己到底想明白了没有？"

"没有，我自己根本不知道自己到底该想什么。"

"所以你每天和我一起耗在公司十几个小时，是想利用工作逃避吧。"

"对，暂时不想去思考其他问题，年纪大了，大脑负荷不了。"

"假设我们失败了，你成了穷光蛋，艾琳还愿意和你在一起，你是不是就不用想了？"

"还是要想，想我到底配不配得上她，想我能不能够……算了，不说我了，你和冯倩怎么样？"

"我们很好，我专心事业，她处理离婚的事情，等她离婚我就娶她。"

"你好像忘记你爸妈还不同意呢。"

"这些都是小问题，只有电视剧才会把这些问题无限放大，制造一些煽情的剧情。我爸妈也许一时接受不了，但只要我让他们明白我和冯倩是真心相爱，他们是不会反对的。"

"唉，希望一切都顺利吧，继续干活。"

现实生活有时候就如同电视剧一样，也许没那么煽情，但需要面对的问题绝不会凭空消失。

"老大，你回来一趟。"陈胜母亲在电话里用非常严肃的口吻通知陈胜。

陈胜不清楚到底发生了什么事情，但从母亲的口气也能感受到事情的严重性。他推开家门时，看见一个男人正坐在沙发上。

"刘斌？"陈胜露出欣喜的神情。

刘斌是陈胜的表弟，比陈胜小一岁，两个人小时候经常厮混在一起，关系很好。只是随着年龄增长，两人在性格和志向上都有了很大差异，刘斌义无反顾地奔向演艺圈，而陈胜则成为了一个普通上班族。两个人最近一次见面已经是三年前。

刘斌也和陈胜热情地拥抱了一下，但整个房间的气氛并没有因为两个人久别重逢而变得欢快起来，陈胜父母、陈若谷的脸上都带着凝重的神情。

"到底怎么了？"陈胜也察觉到这种异样的气氛。

"让斌斌说吧。"陈胜母亲说道。

"呐，以下说的这些话，是我知道的事实，我只是重新复述一遍。"刘斌显得很为难。

"是我让你说的，斌斌你就直说。"陈胜母亲说道。

"陈胜，我认识你女朋友冯倩。"刘斌说道。

刘斌的话让陈胜紧张起来，刘斌现在已经是个小有名气的演员，可是当年还没成名之前到处流浪，高中毕业之后在海南当过一段时间的夜场主唱。从时间上算，那段时间冯倩也在海南，该不会是两人之间曾经发生过什么……如果刘斌和冯倩曾经是情侣，自己和冯倩之间的麻烦就更大了。

可是刘斌告诉陈胜的远远超过陈胜自己设想的状况，刘斌和冯倩之间没有过恋爱关系，但他们曾经在同一个夜场里工作过，刘斌是歌手，而冯倩是……小姐。

"不可能，这根本不可能，冯倩是去她亲戚的公司打工，怎么可能去做小姐。"陈胜完全不相信刘斌的话。

"我说的都是事实，那时候她叫贝贝，熟悉了之后我才知道她的真名叫冯倩，她很少提及自己的私事，所以我不知道她曾经是你的同学。"刘斌也不恼，心平气和地解释道。

"那你又怎么知道你认识的冯倩和我认识的冯倩是同一个人？"

"我看过她的照片，初中时的毕业照和最近若谷用手机拍的照片，我确定是同一个人。"

"不可能，我不相信。人有相似，这都多少年前的事情了，你一定是认错了。"

"我和她在同一个夜场待过最少半年，应该不会认错。"

"刘斌，你别再说了，不然别怪我不客气。"

"老大！你别为难刘斌，我们也不逼你立刻相信这是事实，你可以去向她求证，去问问她真相。"陈胜的母亲说道。

陈胜站在冯倩家小区外，不知道自己是否应该进去。如果刘斌说的一切都是事实，那么自己该如何面对冯倩，如何面对父母的反对？

"这么晚了怎么还过来，不早点回去休息。"冯倩是跑着来到陈胜的面前，脸上带着抑制不住的喜悦，用温柔的语气对陈胜说道。

"想你了，想来看看你。"陈胜没办法直接开口询问。

"那要不要上去坐坐？"

"不了，就在旁边小花园坐会儿吧。"

冯倩主动挽起陈胜的手臂，和陈胜依偎着走在小区的景观花园中，找了张长椅坐下。

"公司怎么样？"冯倩一直很关心陈胜在事业上的努力。

"挺困难的，南宫小林最近获得了集团公司一亿的资金，而我手里加上吴广最近新投入的两千万也只有三千多万。"

"你在产品上的优势一直都可以做到让南宫小林花三倍于你的投入，三千万对一个亿，有赢的机会。"

"可是我担心拼到最后，集团公司再次增资，我们就完了。"

"吴广的资产不是有两个多亿吗？"

"他已经投入了六千五百万，我从来没想过让他投入这么多，我害怕这是个无底洞，最后把他所有身家都葬送进去。"

"不会的，我相信你和吴广在一起，可以创造奇迹，因为我没见过两个可以如此信任彼此又互补的人。"冯倩安慰着陈胜，虽然只是一些安慰，但冯倩的话对陈胜总是有一种魔力，可以让陈胜从烦躁中解脱出来，恢复到平静舒适的心情。

"谢谢你。"陈胜说道。

"傻瓜，和我还说什么谢谢。"说着冯倩将头靠在陈胜的肩头。

冯倩的头发散发的香味飘入陈胜的鼻子里，陈胜低头看了一眼冯倩，皎洁的月光照射在冯倩的脸庞上，显得那么纯白无瑕。

此刻的陈胜突然决定，不再追问冯倩的过往。即使冯倩曾经做过某些特殊的职业，他相信冯倩的心是纯净的，对自己的感情是最真的。无论这个女人有过什么样的曾经，现在冯倩是自己心爱的女人，未来生活中唯一的女主人，有冯倩在身边，幸福再也不是遥不可及。

"累不累？"冯倩轻声问道。

"累我也想让你这么靠着我。"

陈若谷的拒绝伤透了韩露露的心，自和陈若谷离婚以来，母亲就不断劝说韩露露和王旭结婚，都被韩露露拒绝了。因为韩露露觉得自己和陈若谷并没有真的走到尽头，可是现在韩露露已经没有了那份信心，嫁给王旭也许真的是正确的选择。

韩露露离开了原本属于两人的新房，想回家宣布这个能令母亲喜出望外的消息。远远地，她看见王旭和母亲站在楼下。

"阿姨，我还是决定放弃了，已经这么长时间了，露露根本就没有回心转意。"王旭对韩露露母亲说道。

"王旭啊，你可不能在这个时候放弃，再努努力。"母亲急切地说道。

"还能怎么努力啊。您叫我去陈若谷他哥的公司闹事，去打他哥，我做了；让我拍一些假的亲密照片发到微博上，去挑拨他们俩的关系，我也做了；您让我耐心等，我也等了这么久了，露露还是不同意嫁给我。阿姨，我觉得露露是真的喜欢陈若谷，要不您就成全他们吧。"

"不行，我那么对待他的父母、对待他哥、对待他就已经断了回头的想法。王旭，你应该能明白阿姨的想法，阿姨是真的希望你做我们家女婿。难道你不喜欢露露了吗？"

"我喜欢，可是就因为喜欢我才不想再继续了。以前我总觉得自己最适合露露，可是我现在才明白露露对陈若谷用情那么深，俩人都离婚了，露露还坚持住在他们的租房里，就是为了等陈若谷回来。我不想再看露露伤心了，我现在真的很后悔为了拆散他们做了那么多坏事。"

"怎么叫坏事呢，你的意思是阿姨叫你去做坏事，我这还不是为了你们俩的幸福吗？"

"可我们俩在一起不幸福。对不起，阿姨，我们还是把所有事情都告诉露露吧，别让她和陈若谷之间再互相误会了。"

"不行，绝对不行，露露要是知道了，我……"母亲的话戛然而止，因为韩露露的身影出现在了她的视野中。

韩露露用难以置信的眼神注视着自己的母亲。

　　韩露露终于知道了所有之前她不知道的事，那些引起她和陈若谷之间误会和矛盾的事。她似乎突然明白了陈若谷所有的心情。她想立刻冲到陈若谷面前，告诉他所有的一切。但她没有。

　　许多事情突然涌入心里，让韩露露的心思发生了微妙的变化。虽然自己和陈若谷是因为误会才走到今天这一步，但是陈若谷对自己真的有王旭对自己那么好吗？王旭是做了很多错事，可做这些事的原因是为了赢得自己。王旭守在自己身边这么多年不离不弃，就算她结婚了也一样，即使现在愿意放手，也是因为他希望自己能够幸福。

　　和王旭相比，自己在陈若谷心中又有多少分量呢？

　　自己的母亲做了很多错事，和陈若谷的父母也有了很深的隔阂，若是自己和陈若谷复婚，两家人还能好好相处吗？

　　算了，也许早该放下这段感情，嫁给王旭才是皆大欢喜的结局。

　　陈若谷呆呆地坐在陈胜和吴广的面前，手里紧紧攥着手机。

　　"说话啊，发生什么事了？"陈胜看着自己的弟弟。

　　"二小子，有什么事你吴广哥顶着，说出来我帮你解决。"吴广说道。

　　"韩露露要结婚了。"陈若谷把手机举起来说道，手机上显示着韩露露发来的信息，只有一句话：我要结婚了。

　　"和谁结婚？"陈胜问道。

　　"还能有谁，王旭呗。"陈若谷答道。

"你说这姑娘也是啊，结婚也不发张请柬，就短信通知啊。"吴广拿过陈若谷的手机一边看一边说道。

"你这人有重点吗？现在是管她用什么方式通知的时候吗？"陈胜一把抢过手机说道。

"当然，如果是请柬，上面有时间地点，说明想要邀请你参加，这是一种羞辱你的方式。可是现在就只有短信通知，说明她只是想告诉你这件事情，并没有打算利用这件事向你报复，这说明她对你依旧不能忘情。"吴广摇头晃脑地说道。

"真的吗？"陈若谷眼中闪过一丝光彩。

"别听他瞎说，整天装得像个大师，自己那点事都想不明白。"陈胜说道。

"我怎么有你这么个朋友，当局者迷懂不懂，看待别人的事，我就是大师。"吴广不服气。

"可是她已经要结婚了，我还能怎么办？"陈若谷的情绪又低落了下去。

"这还不简单，我帮你调查她结婚的具体时间地点，咱抢婚去。"吴广说道。

"你真以为演电影，还抢婚。"陈胜不屑。

"我也没资格去抢，上次她让我回家吃饭，我都拒绝了，我和她已经没法走在一起了。"陈若谷低着头沮丧地说。

"呐，都是你，当初撺掇他们离婚，说什么距离会让他们看清楚自己，要是在乎对方，总会复合。现在呢？"陈胜瞪着吴广。

"激动什么，不分开，他们能弄明白彼此之间的感情有多深吗？"吴广说道。

"还深呢？那边都要结婚了。"陈胜说道。

"那还不是因为你，若谷要不是因为你这个哥被人揍了，能下决心和人离婚吗？"

"我被人揍了，还成了我的错？"

"当然，你要是能狠点，把那个什么王旭揍一顿，若谷还能那么生气吗？"

"你知道他们几个人吗？"

"那还是因为你缺练。"

"我缺练，要不我俩练练。"

"两位哥哥，你们现在在说我的事吗？"陈若谷无奈地看着两个比自己大9岁还那么幼稚的男人。

"若谷，我就问你一个问题，韩露露真再婚了，你后悔不，难过不？"吴广问道。

"嗯。"陈若谷应道。

"你想把她抢回来不？"吴广继续问道。

"这就不是一个问题了。"陈胜插嘴道。

"怎么就不是一个问题？这是一个问题的两种问法，用来验证答案的确定性。"

"那还是两个问题。"

"你有病啊。"

"有，怎么样？"

"两位哥哥，求求你们了，能别总跑题吗？"陈若谷快被两个长不大的老男孩弄崩溃了。

"若谷，韩露露之所以要结婚，一定是因为上次你拒绝回去吃饭真伤着人家了，但是既然她短信通知你，那就表示还有机会。听我的，抢婚！不管你们俩最后怎么样，总之先不能让她再婚，我现在就帮你调查婚礼的具体时间地点。"吴广说道。

"好，吴广哥，我听你的。"陈若谷说道。

"什么听他的，一对脑残。"陈胜不屑地说道。

"怎么，你又有什么意见？"吴广说道。

"当然有。还到婚礼上去抢婚，我们又不是西方人。教堂抢婚那是赶在承认双方是夫妻之前，我们国家一般都是先领证再办婚礼，等到婚礼的时候有的结婚都好几年了，还抢个屁啊！"陈胜说道。

"这……这么说也对哦？"吴广不好意思地说。

"当然对，听我的，二子你要是真放不下韩露露，现在就去找她，立刻马上赶紧。"陈胜说道。

"可是我……我没想出来该怎么办……"陈若谷为难着。

"还想个屁啊，这种事不是用大脑思考能明白的，心里怎么想就怎么做，赶紧滚蛋。"吴广拉起陈若谷把陈若谷的脸转向门口的方向，然后朝陈若谷屁股踹上一脚，"快去。"

陈若谷离开了，吴广发现陈胜正盯着自己。

"干吗，他是你弟弟，也是我弟弟，我不能踹？"吴广说道。

"别人的事你怎么那么明白，你自己为什么还总要用你的猪脑袋去思考，不肯跟着自己的心走？"

"我什么年纪，还能经得起结婚离婚再复婚这种瞎折腾的节奏吗？"

"你折腾不起，你让我弟……你大爷。"

韩露露给陈若谷发了那条消息之后等了一天一夜都没有等到陈若谷的回复，韩露露不知道陈若谷此时在做些什么想些什么，她甚至不明白自己发这条消息到底希望陈若谷有什么样的回应。

韩露露把原本那间作为自己和陈若谷新房的租房收拾得干干

净净，把自己的物品也全部打包。她才发现陈若谷从来没有拿走过这间房里属于他的物品，也许陈若谷从来就没打算离开。

韩露露坐在飘窗前看着窗外，自己这一次离开就再也不会回来了。

陈若谷突然出现在韩露露的视线当中，他奋力向楼下狂奔而来。看见陈若谷，韩露露的心也剧烈地跳动起来。他来做什么？他想干吗？

韩露露看着陈若谷狂奔至楼下，突然又停了下来，转身向外跑去。韩露露不自主地前倾身体想喊陈若谷的名字。陈若谷向外跑了一段距离停了下来，重新回身向楼下跑来，跑到楼下又停了下来，伫立在原地发呆。

韩露露看着陈若谷莫名的行为忍不住心里直嘀咕。

陈若谷终于走进了楼里，韩露露知道再过一会儿陈若谷就会出现在自己面前。她突然紧张起来，不知道该以何种姿态去面对。

"露露。"陈若谷没有敲门，而是直接开门进屋，走到韩露露跟前喊了一声。

"你来干吗？"

"吃饭。"

"吃什么饭？"

"你让我回家吃饭的。"

"可是你拒绝了。"

"我那天加班。"

"你……"韩露露想过很多种场景，想过很多种应对陈若谷的方式，可就是没有现在这一种。

"是不是家里没菜？走，我们买菜去。"

陈若谷说着拉起韩露露的手就往外走。

韩露露不知道该说什么该做什么，就这么任凭陈若谷拉着自己去了菜场超市，买齐了各种菜、调味品和一瓶酒，然后又任凭陈若谷拉着自己回到家和他一起做了一顿丰盛的晚餐再一起吃掉。

　　"你到底想干什么？"韩露露喝了一点酒，脸红扑扑的。

　　"我去洗碗，今晚早点睡？"陈若谷起身准备走向水池。

　　"陈若谷，你别再这样了，事情是糊弄不过去的，必须说清楚。"韩露露终于忍不住说道。

　　"好，什么事情，你说。"陈若谷坐了下来，一脸认真地看着韩露露。

　　"我……怎么又变成我说了，应该是你说的。"

　　"可我不知道什么事情啊？"

　　"就是我发给你的短信。"

　　"什么短信？你好久都没给我发短信了。"

　　韩露露仔细打量着陈若谷的神情，判断陈若谷的话是否是真的，当她看见陈若谷一脸真诚和茫然的时候，只能疑惑地问："你真没收到我发的信息？"

　　"真的没有，会不会漏看了，我再看看。"陈若谷说着准备去外套里拿手机。

　　"等等，不用看了，"韩露露叫住陈若谷，"那我问你，你今天回来做什么？"

　　"这是我家，我回家吃饭。"

　　"哪有你家，我们都离婚了。"

　　"婚离了，可家还在，我们没结婚同居的时候，你不就说过有我们俩的地方就是家。"

　　"你还记得，可这里没有我们俩，你已经半年多没回过这里了。"

　　"我现在回来了。"

"可我要走了。"

"我等你回来。"

"你收到短信了。"

"啊？没有。"

"没有？那你怎么不问我为什么要走？"

"因为你失望了，我做了很多让你伤心难过的事情，一直以来我都以为自己是对的。"

"现在知道错了？"

"不，我依然觉得我是对的。可是对又怎么样，那只会失去你。如果失去了你，对和错没有任何意义。"

"我妈让王旭去打了你哥，你不介意了？"

"反正他现在活蹦乱跳的，没留下什么后遗症。"

"我妈那么对你父母，你不在乎了？"

"我回家给我爹娘磕头认错，好好孝敬他们，谁叫那是你妈呢。"

"我和王旭……你不吃醋？"

"吃，老陈醋，找机会我一定揍他一顿。"

"你……"

"不过看在你的面子上，暂时放过他，不过他要是再对你死缠烂打，我真不客气。"

"说得我好像已经和你和好了一样。"

"我知道还没有，不过必须有，无论怎么样，我都会死缠烂打。你要是不回到我身边，我就把你的生活搅得乱七八糟、鸡犬不宁，直到你同意和我和好，然后我再用一辈子去好好爱你。"

"你就会耍赖。"

"是，对你一个人。"

韩露露看着陈若谷，眼眶湿润了起来，眼泪从眼眶中慢慢滑落，肩膀耸动抽泣起来。陈若谷站起身想要抱住韩露露，却被韩露露用手挡住。她开始大哭，就这么肆意地大声哭泣着，哭得陈若谷一脑袋糨糊。

很久之后，韩露露才逐渐恢复平静。

"你这是怎么了？"陈若谷小心翼翼地问道。

"我难过。都怪你，我心里憋了好多话想要说，想借这次机会好好修理你，可是被你耍赖混过去了，害得我什么话也没说出来，什么气都没发出去，憋得我难过死了。"韩露露一边抽泣着一边说道。

"那你骂我两句。"

"我不知道该骂什么。"

"那捶我两拳。"

"你皮这么厚，打你不疼我手疼。"

"给你根棒子。"

"那我心疼打不下去。"

"傻姑娘，要不你再哭会儿吧。"

韩露露还真的又继续哭了起来。她用一场大哭宣泄着自己心中这么久以来的郁闷和纠结。当韩露露得知自己母亲做的那些事情之后，心里充满了对陈若谷的亏欠，可陈若谷决绝的态度又让韩露露伤透了心。韩露露想要原谅陈若谷又不想放下内心的一点小脾气，不想放下又觉得自己母亲有错在先；自己母亲虽然有错，但是陈若谷也不应该如此对待自己……

总之韩露露将万千理不清的纠结都化解于这场大哭之中。

"傻姑娘，哭好了吗？"陈若谷搂着韩露露，用手轻轻拍着韩露露的背。

"嗯。"韩露露点点头，抬头看了一眼陈若谷。

"嗯。"陈若谷的额头轻轻靠着韩露露的额头，两人就这么相互依偎着。窗外万籁俱寂。

　　陈若谷和韩露露再一次携手出现在陈胜面前，陈胜从心底里有一种欣慰的感觉。也许这两个小家伙都还有些幼稚，但起码决定他们是否在一起的原因是彼此间的感情，而不是各种条件的比较。

　　"和好了？"陈胜问道。

　　"还没有，现在在考察期。"陈若谷说道。

　　"谁考察谁？"

　　"当然是她考察我。"陈若谷说着看了韩露露一眼，韩露露很自然地将身体靠近陈若谷，依偎在他的身旁。

　　"有复婚的打算吗？"

　　"有是有，不过……"陈若谷面露难色，"她妈还是反对我们在一起。"

　　"为什么？"

　　"还是因为我……没钱。"

　　陈胜忍不住长叹一口气，最终事情还是要和钱纠缠在一起。

　　"这半年多时间，我已经很努力地工作，上个月升职做了主管，薪水也加了近一倍，可还是远远达不到她妈的要求。"陈若谷说道。

　　陈胜这才知道这半年很少看见陈若谷的原因，原来他一直都在为自己和韩露露的将来努力。

　　"要不，你来我公司吧，我们兄弟三个一起拼。"陈胜说道。

　　"你真觉得把我们兄弟三个都吊在一根绳上是件好事？先看看这个吧，我们也许自身难保了。"吴广出现在谈话场景。

"什么？"陈胜一愣。

"省里面就关于扶持我们这一行成立了一个调研小组，要我们汇报一下这个行业的现状和前景。说白了，就是要在我们和南宫小林之间选出一个。"

"好事啊，如果我们能够让省里明白我们对这个行业的了解更深刻，对前景更有想法，也许就不用在'烧钱'上继续和南宫小林死扛了。"

"你真觉得你能够用嘴巴让那些政府大爷们了解你比南宫小林更强？想拿下省里的支持，无非两个要素，一关系，二数据。关系这一点我来负责用不着你操心，需要你关心的就是数据。大爷们要的是政绩，要的是漂亮的数据，如果我们不能在市场竞争中占据优势，就算有关系，也说不上话。"

"可我们目前一直处于被动的防御阶段，数据肯定没有南宫小林的漂亮。"

"所以我们要开始反击，就算不能击败对手，也必须让别人看到我们有击败对手的实力。"

"那需要更大的投入。"

"与其长期消耗，不如破釜沉舟。"吴广面色一沉，低声说道。

第七章　我们一无所有

这是陈胜第一次开口问吴广要钱，因为他清楚在这个关头已经没
有退路，不仅要为六千五百万负责，还要为跟随自己打拼的一百
多名员工负责。吴广抬起头看着陈胜，用最低沉的声音说了一句
出乎陈胜意料的话："我没钱了。"

　　当初选择创业的时候，陈胜只想从小公司开始一步步逐渐壮
大，根本没料到事情会发展到目前的局面，自己被卷进数以千万
计的"烧钱大赛"。他肩头的责任越来越重，已经超出了他的负荷，
他这辈子从没有过对这么多钱负责的经历。即便再自信，紧张和
压力也挥之不去。

　　目前唯一能让陈胜神经舒缓的时间就是和冯倩约会的时间。

　　这是陈胜的小房子里第一次开火，冯倩用借来的电磁炉做了
一顿丰盛的晚餐。唯一的瑕疵是厨房没有安装抽油烟机，房间里
弥漫着油烟的味道。

　　"哎呀，我没想到这个问题。"冯倩微微吐了吐舌头，样子可

爱极了。有她陪伴的日子总是让陈胜感到一阵惬意。

"没关系，我们是凡人，总要沾点人间烟火。"陈胜笑道。

陈胜和冯倩面对面在桌前坐下，准备享受这顿油烟中的浪漫晚餐，可是开门声却打断了他们的二人世界。有陈胜房子密码的一共六人，陈胜，吴广，陈若谷，冯倩，林姗姗……以及陈胜的母亲。

冯倩还没想出是谁的时候，陈胜的母亲已经走进屋内。

"阿姨好。"冯倩有些慌张，但依旧很有礼貌地站起身和陈胜母亲打招呼。

"你好。"陈母是个很有修养的人，但可以听出语气中包含的不满。

"怎么这么大油烟味？"陈母皱起眉头。

"我忘了陈胜这里没有抽油烟机，所以……"冯倩向陈母解释着。

"我没问你。老大，你和我出来一下。"母亲显然有话不想在冯倩面前说。

"你们有事的话，还是我出去吧。"冯倩明白她的意思。

"倩倩。"陈胜伸手拉住冯倩，"你不用走。"

冯倩轻轻地用手拍了拍陈胜的手背，用温柔的眼神看着陈胜微微点点头："没事的，你和阿姨好好说话。"

陈胜知道冯倩是体谅自己，不愿意他因为自己和母亲发生矛盾，于是松开手任冯倩离开。

房间里只剩下陈胜母子二人，气氛并没有因为冯倩的离开而缓和。

"老大，你求证过了吗？"母亲问。

"没有。"

"你……为什么？"

"我想清楚了，无论冯倩的过去是什么样的，我都能够接受，我喜欢的、爱的、想娶的是现在的冯倩，我同样相信现在的冯倩是值得我全心全意爱护的。"

　　"你是真想把妈给气死是吗？她是做过……做过……我都说不出口。你知不知道什么样的女人才会去做那种职业，下贱的女人！"陈母虽然是个很开明的人，但老一辈传统的观念是无法改变的。

　　"妈……"

　　"你别说话，我和你爸原来都商量过，她离过婚岁数大，这些我们都能接受，因为你说你爱她，可这件事绝对不能，这是一个人的人品问题。"

　　"她的人品没有问题，也许是有说不出的苦衷，也许是因为某些特殊情况。"陈胜替冯倩辩解着。

　　"那你就去问清楚，到底原因是什么。"

　　"我不想问，也不能问，那一定是她不愿意被提及的回忆，我不想她再为这些事情所困扰。"

　　"如果她自己都不愿提及，那更说明这是一段不堪的回忆，难道你就一点都不想知道，一点都不在乎？"

　　"我不想知道，因为那些事情与我无关，我也不在乎，因为那些事情都已经是过去了，我了解的、喜欢的、爱的是现在的冯倩。"

　　"你……你真要气死我了。"母亲指着陈胜，气得手都有些发抖。

　　"妈……"

　　"别叫我妈，你不放弃，以后都别回家了，我就当没你这个儿子！"母亲说完站起身带着一肚子怒气离开了，陈胜想拦也拦不住。

　　目前是和南宫小林争斗的关键时期，可是自己和冯倩的事情也必须解决。陈胜不忍心让父母为了自己的事情寝食难安，却又不能放下冯倩，他想寻到一个缓解父母情绪的办法。

"在哪呢？"陈胜给那个造成这一切麻烦的表弟刘斌打了个电话。

"外地，接了部戏，刚进组。"刘斌在电话那头说道。

"我有事找你帮忙，快回来。"

"现在回来？"

"对，有重要的事。"

"哥哥，我这已经进组了，明天开始就有我的戏，我这次可是反一号，很难得的机会。"刘斌抱怨着。

"我管你反几号，要不是你我现在怎么会这么头疼，你制造的麻烦你必须负责。我告诉你，你要是不回来，我就把你当成现实中的反一号对待，你自己想清楚。"

刘斌是个很仗义的人，冒着违约被换角的风险第二天请假赶回了南京。

"够意思吧，你知不知道我这付出了多大的代价……"

"这份情我记着，等有事你开口的时候，我绝不说二话。"

"行，说吧。什么事？"

"我想你回家和我爸妈好好说说关于冯倩的事情。"

"上次不是说过了吗？"

"说得太简单，这次你要按照我的剧本说，拿着。"陈胜递给刘斌一叠打印的纸。

"什么东西？"

"我写的剧本，关于冯倩的出生多么悲剧，家庭多么不和，她又是怎么被家里的亲戚骗去了海南，又是怎么因为坏人的威胁被迫做了……那个。然后是冯倩虽然从事那个职业，但依旧洁身自好，从来没有和别人有过……那种关系。"陈胜说道。

"这……这是你写的？"

"对，你好歹也是演员，剧本背熟了，说的时候情真意切一点。"

刘斌翻看着陈胜写的剧本："你这编故事的水平不行啊！还被人绑架，这也太假了。你为什么不问问冯倩真实情况，也许她有更好的理由，比你的剧本写得好呢。"

"我不想去揭冯倩的伤疤，她和我说过从初中毕业到去海南之前的事情，和我说过离开海南后这些年她的经历包括她和顾同书的婚姻，但是她从来没有对我提起过在海南的经历，说明她不愿意提起，那我就不问。"

刘斌仔细打量着陈胜，赞叹地点了点头："行，够爷们，这种事还真不是一般人能忍得住的。就冲这，这个忙我帮了，不过你这个剧本我要帮你改改，前面这段太混乱，不过后面这些和实际情况还挺符合。"

"挺符合？"

"对，冯倩是因为什么原因做了小姐我不太清楚，不过我和她在一个夜场的时候，她确实只陪客人喝酒玩玩骰子什么的，坚决不同意其他要求，为这事还吃了不少苦。"

陈胜虽然不了解这一行，但是知道进入这一行还想要洁身自好，一定会付出不小的代价，陈胜甚至不敢去想冯倩是怎么熬过那个阶段。

"你怎么不早说！"

"你爸妈也不听啊。"刘斌委屈道。

陈胜没有问刘斌去过父母家之后的情况，因为他知道父母不会因为刘斌的解释就立刻改变态度，他只希望父母听了刘斌的解释能够不再那么生气。如今这个阶段，陈胜能做的也只有这么多。眼下他还需要大量的精力和时间去应对另外一件更重要的事情——和南宫小林的决战。

双方的"烧钱"大战进入了白热化阶段，资金的消耗速度让陈胜觉得可怕，眼看着账面上数个零迅速消失了。

"是不是没钱了？"陈胜神色凝重地看着吴广，吴广先后投入的六千五百万全部消耗殆尽。

"你觉得南宫小林那边怎么样？"吴广问道。

"我们一直很努力体现每一分钱的价值，我敢肯定南宫小林那边的消耗比我们更大，他手上的一个亿应该剩下不多了。"陈胜看着吴广，郑重其事地说，"我第一次开口对你说这种话，再给我一千万，再有一千万我一定能赢。"

这是陈胜第一次开口问吴广要钱，因为他清楚在这个关头已经没有退路，不仅要为六千五百万负责，还要为跟随自己打拼的一百多名员工负责。

吴广抬起头看着陈胜，用最低沉的声音说了一句出乎陈胜意料的话："我没钱了。"

"你没……钱了？"

"该卖的都卖了，除了少量实在无法变现也无法抵押的，六千五百万已经是我所有的财产了。"

"所有财产？你不是……"

"是，我曾经最多的时候有过三亿多身家，可现在就只有这六千五百万了。"

"怎么会这样？"

"输掉了。"

"输掉是什么意思？投资失败？你一向很谨慎的。"

"不只是投资失败，还有的是……赌输了。"

"你赌博？"陈胜睁大了眼睛。

"对，曾经有段时间，突然不明白为什么活着，做什么事情都提不起兴趣，被人带着去了趟澳门就一发不可收拾，沉迷其中。如果不是因为你，可能这六千五百万也都输掉了。"

"和我有什么关系？"

"因为我想有朝一日你也许会选择再度创业，那个时候一定很需要资金，所以我就预留了些钱准备投资给你，和你一起拼一场，就像以前一样。无论我有多少次冲动想把这些拿去赌，可最后都忍住了，因为你总在关键时候出现在我脑袋里，不停地唠叨，我创业需要钱，我创业需要钱。"吴广说着笑了起来。

陈胜也被吴广的表情感染，露出一脸苦笑："这时候你还笑得出来，你没钱我们就大难临头了，你怎么不早告诉我，我也能事先想想应对策略。"

"起初我也没想到最终会变成现在的局面，后来竞争到现在这个状况，我希望你能专心应对南宫小林，钱的事情由我负责。我也知道再筹措一两千万我们就能赢得胜利，我想以我这些年积累的人脉，总能凑出一两千万，可事实和我想的差别太大，在钱面前，一切交情都变味了。只有那几个关系最好的愿意出手帮忙，可惜他们和你一样，都不是有钱人。"

"那我们剩下的钱还能支撑多久？"

"一天都支撑不下去了，上个月的薪水下周一就该发了，可是连这笔钱都没有。"

陈胜没料到会突然变成如今的局面，眼看着再坚持一下就能够取得胜利，可在这个紧要关头先坚持不下去的却是自己。

“明天我去把房子卖了。”陈胜想了想说道。

“你那个房子最多也就一百多万，也就刚刚够发薪水，根本起不了作用。”

“就算公司要倒闭，也不能拖欠员工薪水，我们坚持不下去就已经够对不起这些愿意跟着我们的人了，绝不能连该发的薪水也赖了。”

吴广虽然很想替陈胜留住那间他辛苦十几年才购置的小房子，可他了解陈胜，陈胜绝对不愿意亏欠那些信任他的人，也正是因为这一点，吴广才愿意毫无保留地信任支持陈胜。

以低于市场价十多万的价格加急将房子卖掉，陈胜拿着一百多万的房款和吴广走在返回公司的路上。吴广默默地走在陈胜身边，陈胜突然停了脚步，侧身看着吴广。

“你怎么了？”吴广疑惑地问。

“公司要倒了，我也就失去了这一百多万，可你却失去了所有的财产。”

“这一百多万也是你所有的财产。”

“可你那是六千五百万。”

“都一样，反正我知道有你在，我饿不死。”吴广笑道。

吴广的神色依旧轻松，可陈胜却轻松不起来，吴广是因为支持自己创业才将所有财产都交给了自己，可如今自己就这样让一切都化为流水？不，陈胜还想再努力一下，为吴广的财产，也为自己的人生再努力一下。

陈胜将一百多万全部换成现金放在公司的会议室桌上，然后将所有员工召集起来。会议室原本只有二十几张椅子，现在所有的椅子都已经搬了出去，否则根本没有空间可以容纳所有员工，所有人都站立着，包括陈胜和吴广。

"大家都知道我们和对手公司的竞争到了最关键的时候，可是公司没钱了。大家看到的这一百多万是公司最后的资金，仅仅够大家上个月的薪水，发了大家的薪水，公司就会倒闭。可是我想告诉大家，我们虽然已经到了弹尽粮绝的时候，但对手公司也已经是强弩之末。这几个月来大家都很清楚，我们一直处在上升期，只要能够再坚持一下，我们就能获得最后的胜利。省里对这行的考察也基本结束，就等我们两家公司呈交的数据，只要我们能够拿出漂亮的数据，就能获得省里的支持，那么我们就能渡过难关。不仅如此，我们还将拥有无可限量的前景。"

陈胜面对着所有员工情绪激动地演说着，他希望在这最关键的时候能够获得大家的支持，希望在这一刻信念能够战胜金钱，所有人可以选择和自己一起渡过难关，一起迎接美好的未来。但所有人都只是静静听着，没有任何表示。

"我知道我无权强迫大家，我只能在这里把所有的事实告诉大家，如果你对公司没有信心，现在你可以从桌上拿走属于你的那一份，可是如果还愿意和我、和公司一起再努力一次，我恳请大家把桌上的钱留下。这里还有我们准备好的股权转让书，我希望留下的所有人都能成为公司的股东，我们会以最低的价格转让股份，让公司成为大家的公司，我们为自己再拼一次。"

陈胜说完将股权转让书放到那一百万旁边，等待着所有员工最后的决定。员工们很安静，连窃窃私语都没有，可也没有人率先表态。

这种可怕的寂静持续了很长一段时间，终于有一名员工走了出来，走向那一百多万，拿起其中一叠冲陈胜吴广鞠了一躬说道：

"陈总，吴总，对不起，我很想和你们一起坚持，可是我很需要钱，对不起。"

那名员工说完带着属于他的薪水快速离开了会议室，离开了公司。他的行为如一颗小石子丢入平静的湖面，越来越多的员工拿走了属于他们的薪水，也同样冲陈胜吴广鞠了一躬，说了一句"对不起"然后离开。

起初还有不少人坚定地站在原地，可随着越来越多的人选择拿钱离开，能够坚定留在原地的人越来越少，直到百分之九十以上的员工都离开了公司。桌上那一百万剩下的厚度还没有那几十份股权转让书高。

陈胜想到过会有这样的局面发生，也不愿看到这样的局面发生，他总觉得以自己一贯对待员工的态度，会有人愿意留下来和自己一起拼这最后一次。最终，现实的残酷让陈胜又一次体会到了实际利益才是驱使人做出选择的最大动力。

那种振臂一呼、一呼百应的局面只在幻想中、在历史中才存在。没有钱，就没有为你效命的手下。他不是那个陈胜，吴广也不是那个吴广，他们注定只是钱的奴仆，而非命运的掌控者。

"你们也走吧。"陈胜望着最后剩下的七名员工说道。

"陈总，我们……"一名留下的员工想要说话。

陈胜摆了摆手，阻止了他："不用说了，如果桌上的钱不够你们的薪水，你们看看公司有什么东西，直接抱走吧。"

"我是……"员工还想说什么，吴广却冲那名员工摇了摇头，又冲留下的七名员工深深鞠了一躬，"谢谢大家，谢谢。"

只剩下陈胜和吴广对着偌大的办公室，显得格外落寞。曾经上百人一起热火朝天努力的场面变成如今死水般寂静。

"对不起。"陈胜看着吴广说。

吴广清楚陈胜此时心中的煎熬，和自己相识相交近20年，陈胜始终都是那个给予更多的一方，如今变成了亏欠的一方，而且一亏就是六千五百万，亏了自己的全部身家。

"去喝点？"吴广此时的心情也异常复杂，万千头绪理不清。一直以来，吴广都以为自己对钱已经能够看淡，但是当自己真的一无所有时，也不知道该如何面对。

"还有钱喝酒吗？"

吴广摸了摸口袋，掏出点零钱："以你的酒量，够喝醉了。"

陈胜知道吴广想开个玩笑让气氛轻松一些，可自己现在实在无法轻松。

陈胜公司的消息当天就传到南宫小林和林姗姗的耳朵里，南宫小林兴奋地从椅子上跳了起来，在办公室里大叫不止，这段时间的竞争让南宫小林窒息，现在终于解脱了，就像一个人快要溺毙时突然能浮出水面吸一口气。

和南宫小林不同的是，林姗姗似乎并没有那么兴奋。在争斗的日子里，林姗姗才真正了解了陈胜的能力，以三千万博一个亿，却将南宫小林打得节节败退，不仅一亿资金见底，还令得集团公司对南宫小林的表现极为不满。

林姗姗开始后悔自己的决定，如果当初自己选择的是陈胜，能够陪在陈胜身边和南宫小林展开这一役的对战，帮助陈胜击败南宫小林，那会是什么样的局面……

林姗姗来到陈胜公司所在大厦的楼下，抬头看了一眼，公司的灯已经全黑了，但她还是选择走进大厦。

站在陈胜公司的门口，门还是敞开的。林姗姗走进公司内，借着从窗户透进来微弱的亮光，林姗姗看到窗边的位置上坐着一个人。虽然看不清样子，但她可以感觉到那是陈胜。

林姗姗走向陈胜，因为太黑的缘故撞到了桌椅发出碰撞声。

陈胜没有回头说道："一会儿就走。"

陈胜把林姗姗当成了大厦管理员，半小时前大厦巡楼的保安刚来过。林姗姗没有回应，继续摸黑走到陈胜身后才小声说道："是我。"

陈胜回头看见林姗姗，窗外透射进来不太明亮的光打在林姗姗的脸上，她还是那么明艳动人。

"怎么是你？"陈胜问道。

"我来看看你。"

"看我失败的样子？"

"你还恨我？"

陈胜苦笑了一下："其实不恨了，只不过还是不想让你看见我现在的样子。"

"那说明你对我还有感情。"

陈胜没有说话，不知道该如何面对林姗姗。这个曾经因为钱而选择放弃自己的女人，如今作为胜利者出现在自己这个失败者的面前。

"我们还能重新开始吗？"林姗姗问了一个让陈胜惊讶的问题。

"对不起，我有女朋友了，我很爱她。"

"我知道，可我也知道你父母根本不同意你和冯倩交往。"

陈胜很意外林姗姗居然会知道这件事。

"这是我自己的事情，我相信我能解决。"

"你能解决，怎么解决？冯倩做过小姐，你父母不会接受，这种事情也藏不住，总会被人知道，你真想让他们和你走在一起时被人指指点点吗？"林姗姗冷冰冰地问，一字一句都打在陈胜心头。

"林小册，请你不要这么说冯倩。冯倩是我女朋友，是我现在唯一想娶做老婆的人，我不怕任何人指指点点。"

"可是……好，我不和你争论，今天我来也不是和你争论这个问题的，我想告诉你，我想和你重新开始。"

"不可能。"

"先听我说完，我有办法让你击败南宫小林，只要你给我们之间一个机会。"

"不可能，我们之间已经过去了。"

"你真的这么肯定？你应该清楚，现在放弃，输掉的是吴广的全部，你就这么狠心让你最好的朋友、兄弟因为你的决定而倾家荡产、一文不名？"

林姗姗的话击中了陈胜最大的弱点，现在输掉的是吴广的全部财产，是吴广连沉迷赌博时都坚守着给自己创业准备的资金，这是让陈胜最内疚和心痛的事情。可是为了保住这些钱，舍弃自己和冯倩的感情？别开玩笑了。

陈胜没料到自己想尽办法试图接受目前这一切的时候会突然出现这样的选择，一个极度困难的选择。一边是自己最好的兄弟，一边是自己最爱的女人。

"你好好想想，我等你的决定。"林姗姗留下一句话后离开了。

林姗姗的突然出现让陈胜陷入了两难的境地，这个选择只能由陈胜自己来做，他不能够告诉吴广，因为陈胜知道吴广一定不会让自己为了六千五百万而放弃冯倩。那冯倩呢，冯倩又会怎么决定？

陈胜想不明白林姗姗在这个时候出现，是因为对南宫小林的失望，还是对自己的感情，又或者是她一直坚持的信念，选择那个更有钱的人。陈胜清楚自己如果可以击败南宫小林，那他获得的财富将比南宫小林击败自己获得的更多。

陈胜就在那间已经属于别人的小房子里看着天花板。他将房子卖给了别人，又重新租下了这里。

一直以来都是看着别人在钱面前屈服，这一次轮到陈胜自己了。面对吴广交给自己的六千五百万，面对公司重新站起来后获得的更多收益。

和这么多钱进行角力的另外一边，就是自己和冯倩的感情。陈胜相信这段感情，可是这段感情之间还夹杂着自己的父母，他们到目前为止依旧坚决反对；夹杂着冯倩的丈夫顾同书，他们还在为离婚纠缠。

放弃感情，自己的好兄弟依旧是有钱人，用不了几年自己也可以晋入这个行列，甚至可以帮助陈若谷赢得那个爱钱的丈母娘的欢心，自己的父母也不再为自己的事情烦心。

坚持……

"想你了，能见面吗？"陈胜收到冯倩的信息。

"当然可以，在哪见？"陈胜回复。

"在你那吧。"冯倩再度回传消息。

陈胜站起身走向洗手间，打算收拾一下自己，他不想让冯倩看到一脸憔悴的自己。才站起身，冯倩就已经开门进到屋内，笑意让陈胜融化。

"你都在门外了，怎么不直接进来？"陈胜问道。

"可我不知道你想不想见我啊。"

"我有不想见你的时候吗？"

"应该问你，有吗？"

陈胜没有回答，问自己有不想见冯倩的时候吗？也许有吧，如果冯倩知道自己现在面对的问题的话。

"饿了吧，我给你带了点吃的。"冯倩没有继续追问，走到桌边把带来的外卖在桌上放好。

"没什么胃口。"

"你怎么看着那么憔悴，"冯倩的指尖滑过陈胜的脸庞，声音里充满了关切，"是不是公司出了什么事？"

"没事，就是有点累。"

"我知道你现在压力很大，责任也很大，可是作为你的女朋友，我只能自私地把你的身体健康放在第一位，你要答应我好好照顾自己，好吗？"

"嗯。"陈胜点点头。

"不行，你要发个誓。"冯倩说道。

"这也要发誓？"

"当然。"

"可我不知道怎么发。"

"那我说一句你跟着说一句。我，陈胜在此发誓……快一点。"冯倩说道。

"我，陈胜，在此发誓……"陈胜无奈跟着说道。

"无论什么时候，无论什么情况，都要好好照顾自己，保重自己，不让冯倩担心。"冯倩继续说道。

"无论什么时候，无论什么情况，都要好好照顾自己，保重自己，不让冯倩担心。"陈胜继续重复着。

"好了，吃点东西吧。"冯倩说着把食物推到陈胜面前。

"这就完了？没结束呢，应该还有个什么，如违此誓，天打五雷轰之类的东西。"

"不用了，我相信你，你一定会为我做到的，因为你不舍得我为你担心，对不对？"冯倩静静地看着陈胜。

"嗯，一定。"陈胜用力点点头，轻轻笑了。

"对不起。"陈胜再度说出这句话，对象依旧是吴广。

"真的不用，你做任何决定，我都支持你。"吴广说，说得那么坚定。

"这辈子我欠你的。"

"准备下辈子还？听着怎么像我们俩是一对。"吴广笑道。

"那我就下辈子变个女的嫁给你。"

"我可不要，长成你那样还不够寒碜我的。"

"你怎么知道我就不能投胎做个美女。"

"你快拉倒吧，别恶心我了。"

"谢谢你，兄弟。"

"行了，肉麻的话留着和冯倩说吧。你说你啊，事业失利可是情场得意，可我呢，双失意。"

"那还不是你自……很难说啊。"

"什么很难说？"

"好像有人找你。"

"谁？"吴广回头看见艾琳站在办公室门口。

吴广的身体仿佛电击一般，瞬间整个人的毛孔都张开有酸麻的感觉。艾琳站在门口，安静地注视着吴广，一句话也不说。陈胜识趣地悄悄溜走，留下两个有很多话却不知道如何开口的冤家。

"你怎么来了？"吴广怯怯地问道。

"我来找你。"

"有什么事吗？"

"让你娶我。"

"啊？！"

"怎么，还想赖账，你可是求了婚的。之前你担心我是看上了你的钱，现在你没钱了，该娶我了。"

"我……"吴广低头看着艾琳的脚踝，"我太惭愧、内疚、无地自容了。"

"我就要你这样，所以你要娶了我，用你的一辈子来补偿我。"

"我……"

"吴广，你别再折磨我了，这几个月我等你已经等得筋疲力尽了。虽然没等到你的答复，但好不容易等到你没钱了，你就不能抱着我，对我说你会好好爱我吗？你还要折磨我到什么时候？"

吴广不知道自己还能够说些什么，他想好好向艾琳道歉，可是却不知从何说起，只能如艾琳所说紧紧将她搂入怀中。

终于做出了选择，陈胜的第二次创业眼看就要这么结束了。幸运的是，如吴广所说，失去了事业，但起码还有冯倩陪在自己身边。

陈胜等不及和冯倩约定的时间到来，就赶往冯倩的住处，此刻他只想看见冯倩。走到冯倩家的楼下，却撞见冯倩正拖着行李走出来。

"你怎么来了？"冯倩对陈胜的出现有些意外，因为陈胜比约好的时间提前了两个小时。

"你，去哪？"陈胜疑惑地看着冯倩手中的行李问道，从行李的数量来看，绝不是短途旅行。

"澳洲。"冯倩看向陈胜的眼神有些慌乱，回答也有些闪烁。

“是不是有事要处理，你怎么没告诉我？”

“我……”

“你要去多久，什么时候回来？”陈胜等待着冯倩的答案，心中泛起一丝不祥的预感。

“陈胜，我不打算回来了。”冯倩迟疑片刻终于下决心说道。

“不回来了？什么意思？”

“我决定不和他离婚，一起移民去澳洲生活。”冯倩的话如一记闷雷在陈胜脑中炸响。

“我不明白，到底出了什么事情，你告诉我，我们可以一起解决。”陈胜不相信冯倩没有任何理由就这么离开。

“他不肯妥协，我也拿不到他转移财产的证据，如果离婚，我除了一套房子，什么也得不到。”

“还是因为钱吗？钱真的那么重要吗？”

“是，我已经习惯了看到喜欢的东西就买而不需要顾虑价格，习惯了不需要为生计犯愁，生活自由自在不受拘束，习惯了接受别人羡慕的眼神满足自己的虚荣……这一切都需要钱。”

“我可以努力，尽我最大的能力给你想要的生活。”

“可我等不起，我已经 35 岁了，我没有勇气再过贫穷的日子，也不想继续在这个国家生活下去，呼吸着糟糕的空气，吃着各种可能危及生命的食物，忍受着拥挤的交通和人群……原本你的公司如果赢了南宫小林或许还有些希望，可现在你败了，你已经一无所有，必须从头再来。我没有信心去等待，我不知道需要等多久，多久你才能重新站起来，多久我们才能有资格办理移民。陈胜，我不想等，也不能等。”

“不，不，不，我不相信，一定是有什么其他原因，是不是他威胁你了，又或者……你告诉我，告诉我真相。”

"我说的就是真相，没有任何人威胁我，都是我自己的选择。"

"你不是这样的人，我了解的。"

"你不了解，你了解的是 20 年前的我，你心中 20 年前的我。你总觉得我还是那个十三四岁的小姑娘，可我早就不是了。遇见你，让我又重新感受到往日那种单纯，我也很努力想维持这份珍贵的感觉，可我发现我已经回不去了。"

"不要这样，冯倩，你告诉我，我怎么做才能留住你，只要你说，我都愿意去做。"陈胜近乎卑微地乞求着。

"对不起，"冯倩看着陈胜说道，"你记得你答应过我，好好照顾自己，好好保重自己。"

冯倩的话让陈胜呆立原地，那晚冯倩让自己发誓的时候就已经做好了离开的准备，那是她留给自己的最后一丝关心。

第八章　这些都是我给你的爱

吴广摇摇头，出神地望着窗外。良久，才轻轻说道："生在这样
一个时代，一份纯真的爱情值得你守望一生。"

　　林姗姗的变心给了陈胜第一次打击，而冯倩的出现迅速将他
从低潮中拉了出来。正因为如此，陈胜才毫无保留地投入到这份
感情中，投入得更深更彻底。

　　吴广看着陈胜，心里明白，这一次冯倩的离开给陈胜带来的
创伤将是永久性的，他也不知道陈胜应该如何面对。

　　陈胜无法理清楚自己心头的乱麻，林姗姗的出轨尚有迹可
循，冯倩的离去则完全出乎他的意料，陈胜不明白自己到底做
错了什么。

　　本来，他在事业上拼搏着，身边有一个自己心爱的女人陪伴、
支持着自己，一切都是那么完美。可随着事业的崩塌，一切都改

变了，难道真的是因为钱吗？自己拒绝了林姗姗的条件，选择坚守自己的爱情，矛盾的是，拒绝林姗姗的同时却也失去了这份感情。

"钱真的就那么重要吗？"陈胜语调平直，听不出任何波澜。

吴广长叹了口气："这个问题无数人问过，无数人答过。我这么和你说吧，钱是货币衡量单位，它当初出现就是为了改变以物易物的交易方式。钱这种东西是个媒介，自它出现就是为了用来衡量一切物品的价值，并且用于交换，所以钱可以买来一切有价值的物品。这本就是它存在的意义。"

"什么都可以用钱买到吗？"

"还有什么买不到呢？羞耻心？只要你有钱，姑娘们会自己脱裤子。尊严？只要你有钱，很多人愿意像狗一样跟在你身边。良心？为了钱，还有多少人记得这是个什么玩意儿？"

"感情，感情也能买吗？"

"这个问题我和你没法讨论，我们还是说点别的吧。"

"我累了，想睡会儿。"

吴广看着背向着自己的陈胜，欲言又止。

陈胜选择了睡觉，只有睡着了才不用去想这一切令自己崩溃的事情。连续多日，除了补充一些维持生命的食物和水，剩下的时间就是睡觉。

睡眠达到了饱和，陈胜只能借助安眠药，用药物让睡不着的自己可以进入和死亡相近的状态，他甚至一度开始明白为什么会有人选择结束自己的生命。

当药物也失灵的时候，陈胜依旧闭着眼睛。他从心底里恐惧睁开眼睛，因为睁开眼睛就会看到这个世界，一个让陈胜厌恶，想要逃避的世界。

"起床。"吴广将被子掀开。

陈胜又把被子重新拉回自己身上，连眼睛都没睁开。

"看看你现在是什么样子，快点起来。"吴广再度不客气地将被子掀开，丢到地上。

陈胜没有说话，只是将身体蜷缩起来以获得一些暖意，像一只被煮熟的虾米。

吴广顿了顿，终于缓缓说："你听我说，我们又有钱了，我从朋友那里借到一千万，我已经把员工都找了回来，我们还有击败对手的希望，现在就等你了。"

陈胜依旧不说话，因为冷，他只是将身体蜷缩得更紧。

"你他妈的能像个男人吗，多大点屁事能让你变成这样？"吴广说着，压抑不住心中的怒火，将床上的枕头，甚至陈胜身下的床垫都扯了出来丢在地上，就留陈胜躺在空无一物的床板上。

"你到底起不起来？"吴广从水池接了一盆冷水站在陈胜身边怒视着他，纠结了半晌是否要将这一满盆冷水都浇在陈胜身上，最终他还是选择了嘴遁术。

"陈胜，我知道你现在很难受。我告诉你，林姗姗因为钱选择了南宫小林，冯倩也因为钱放弃了你们之间的感情，既然一切都是因为钱，想解决这些问题就很简单了，就是要有钱！所以你给我站起来，赚钱去！让那些当初因为钱而放弃你的人都后悔！"吴广说道。

"有钱了……就可以把她抢回来吗？"陈胜终于开口说了第一句话。

吴广一愣，随后低声说："没错，她因为你没钱而离开，就会因为你有钱而回到你身边。"

"对，我要去赚钱。"陈胜挣扎着想从床上爬起来，但身体却很虚弱，晃了晃又跌坐下来。

"你怎么了？"

"刚吃了安眠药，药劲上来了。"

吴广看了看手中那盆冷水，然后面无表情地将它们全淋向了陈胜的头顶。

陈胜现在就如僵尸一般，有生命却没有灵魂，挥舞着吴广筹措的一千万疯狂打压着南宫小林，不惜一切代价，不惜使用一切手段。

面对陈胜的疯狂攻击，南宫小林被逼至绝境，手中的资金所剩无几，公司内部谣言四起。集团公司对南宫小林的表现越来越不满意，连一向支持他的吴胖子都对他闭门不见。

一千万就是天平上放下的最后一块砝码，没有它就是陈胜的失败，而有了它……

南宫小林败了，集团公司撤换了他总经理的职务，暂时将他调至一个挂起来的闲职。陈胜在竞争中取得了优势，可南宫小林身后庞大的集团公司并没有失败，在确定了省里将有政策扶持的消息后，他们决定不放弃，准备再注入一笔资金用于击垮陈胜。

两个多月的疯狂就这么戛然而止，陈胜从吴广口中听到这个消息时，如痴呆一般怔怔地看着吴广。能支持陈胜如僵尸般活着的就是变成有钱人的信念，这一刻如果这个信念崩塌，他将会变成什么样？吴广不敢想。

老天爷不断地和陈胜开玩笑，让陈胜筋疲力尽，但这一次老天爷终于决定收手了。就在陈胜选择崩溃的姿势时，省里相关部门决定出面调停两家公司的恶斗。在相关部门的撮合下，两家公司最终合并为一家全新的公司，双方各占一定比例的股份，陈胜出任公司总经理，全权负责公司的运营。

这场恶斗终于以陈胜吴广的胜利告终，集团公司也不是输家，失败的只是南宫小林，还有林姗姗。

当陈胜再一次面对南宫小林时，还是在那个当初自己被扫地出门的公司，在那个被南宫小林重新装修过的豪华办公室中，陈胜坐在原本就应该属于他的座位上。

"陈总。"南宫小林站在陈胜面前。

"哎呀，是南总，真不好意思，我坐了你的位置，我这就给你让位，"陈胜起身说道，"等等，这里好像已经不是你的位子了。"

"我姓南宫……"

"我不关心你姓什么，因为从今天起，你不再是这个公司的总经理，也不再是这个公司的员工，立刻收拾自己的东西，滚吧。"陈胜毫不客气地说。

"你赢了，我会走，你不需要用这种方式。"

"呀，这不是你说的吗，赢的人就应该羞辱失败的对手，就像餐后甜点，不可或缺。对了，你不是还有林姗姗吗？"

林姗姗还会继续跟着南宫小林吗？当然不，不仅仅是因为南宫小林失败了，更重要的是在这一系列竞争中，林姗姗对南宫小林彻底失望了。

陈胜当面羞辱了南宫小林，可连林姗姗的面都没有见。他依旧让林姗姗保留着总经理特别助理的职位，将她挂了起来。陈胜要她看着自己是怎样功成名就，让她对当初放弃自己、背叛自己的决定而后悔。这是另一种报复方式，更委婉也更残忍。

陈胜的报复远没有就此停止，他将当初那些自己想要挖角，却没有选择自己，而留在了原公司的员工全部扫地出门，理由是他不想看到这些唯利是图的小人。

陈胜给予了危难之际选择留守公司的七名员工巨大的奖励，为的是让那些当初拿了钱离开的员工后悔嫉妒，依旧是报复。

吴广清楚，他用"成为有钱人"这个梦想将陈胜从极度沮丧中激活，现在是后遗症爆发的时刻。

陈胜将陈若谷叫到跟前，将一百万本票拍在桌上说道："拿这一百万去找你那个爱钱的丈母娘，把钱拍在她脸上，告诉她这是买她女儿的定金，想要多少尽管出声，你哥我帮你给。"

陈若谷看着桌上那张一百万的本票，又看了看陈胜身边的吴广，不知如何是好。

吴广冲陈若谷点了点头："你哥给的，你就拿着吧。"

陈若谷依言将本票收了起来，陈胜继续说道："等到年底，公司赚钱了，哥再给你买个大房子，让你把一直没办成的婚礼办了，要最盛大最奢华的，让你那个爱钱的丈母娘好好看看。"

陈胜将公司经营得很好，再加上省里政策上的扶持，公司不断壮大，很快就成为了一家拥有五百多名员工、具备相当规模的公司。

陈胜也成了有钱人。

陈胜为陈若谷和韩露露办了一场盛大的婚礼，极尽奢华。他聘请了全南京最贵的婚庆公司，交涉过程中，他也只说了一句话："我要最贵的。"

陈若谷的婚礼上，陈胜用最冷漠的态度面对韩露露的母亲，甚至连招呼都懒得打，就像双方根本不认识一样。

陈胜带着仇恨把自己赚到的每一分钱都花了出去，买一切可以用钱买到的，可以带给自己物欲享受的东西，不仅是实物，还包括人的羞耻心、尊严、良心……

陈胜不再是以往的陈胜。

吴广牵着艾琳的手并肩看着在办公室里对员工咆哮的陈胜，吴广深深叹了口气。

"我们该怎么办？怎么把他给变回来？"吴广问道。

"这是你需要面对的事情，和我无关。"艾琳淡淡地说道。

"你说什么？"吴广诧异地看着艾琳，感觉到艾琳的语气中带着不寻常的意味。

"他是你最好的朋友，不是我的。"

"可你是我……"

"我们分手吧。"艾琳抽出自己的手，平静地说出这句让吴广无法平静的话。

"为什么？"

"很简单，你现在又有钱了，我不知道什么时候你那个怕别人爱你钱的毛病又发作，与其等着被你伤害，不如尽早自己离开。"

"可是我已经确定你不是那样的人，我相信你。"

"可我不相信你，我没办法接受你莫名地跑开，把我晾在一边。所以我很正式地通知你，我们分手吧。"艾琳说完就离开了，留下不知所措的吴广。

"你怎么了？"陈胜看着表情呆滞的吴广问道。

"艾琳走了。"

"去哪了？"

"没去哪，她和我分手了。"

"为什么？"

"因为我又变成有钱人了。"

"狗屁，没有女人会因为你有钱而离开。你去给她买她喜欢的东西，钻石首饰、名牌包、跑车、别墅，喜欢什么就买什么，她马上会重投你的怀抱，女人都这样。"

"艾琳不是这种女人。"

"什么不是，她还不是在知道你有钱之后才喜欢你，才愿意嫁给你的。装，都是装的，不过是手段高明一些，吊高了卖而已。"

"你说什么呢，这段时间你有病我都忍着，你敢说艾琳，我抽你。"

"我说的都是实话，这就是现在这个世界，你必须接受和面对，不能逃避。"

"你……你看看自己现在的样子，我连抽你的兴趣都没有了。"

吴广绝不会再让艾琳离开自己，于是想尽一切办法挽回艾琳。他给艾琳手写了一封十七页长、充满歉意和爱意的情书；让艾琳对面楼的住户配合，将夜晚大楼亮起的窗户排成心形；站在艾琳楼下一动不动等到快要晕倒……

但这些既浪漫又无聊幼稚的行为并没有让艾琳回心转意。又一次，吴广在艾琳楼下坚持了两天一夜，整个人都快虚脱了，视线也开始模糊，终于看到那个熟悉的身影向自己走来——不是从楼上，而是从小区外。

"你怎么在这？"艾琳皱着眉头问道。

"等你啊，你这些天都不在家？"

"对啊，我出去旅游散心了，刚回来。"艾琳说道。

啪！吴广倒了下去，不是因为虚脱，而是因为抑郁。

等吴广醒来，发现自己正躺在艾琳的床上，紫色的床单散发着艾琳特有的香味。吴广听见艾琳的脚步声从屋内传来，连忙闭眼假寐。

"我知道你醒了，别装了。"艾琳毫不客气地揭穿吴广。

"我是醒了，但没力气起来，我都一天没吃东西了，又在你楼下站了两天一夜。"吴广尴尬地笑道。

"我给你熬了点粥，趁热喝吧。"

艾琳静静地坐在吴广身旁，看着他把一整锅粥全部喝完。

"饱了吗？"

"差不多了。"

"体力恢复了吗？"

"还行。"

"那你走吧。"

"我想和你谈谈。"

"我们没什么好谈的，你快点走吧，邻居看见了说闲话。"

"什么闲话，这个社会，邻居是谁你都不认识，谁还有那闲心说闲话。再说你是我老婆，有什么闲话说。"

"我们没有结婚，你别以为要赖有用，幼稚。"

"我……你给我个机会和你谈谈，成人的方式，不是成人影片那种成人，是成熟的成年人那种成人。"

"快点走，别烦我。"艾琳还是不给吴广机会，连推带搡将吴广驱离自己的住所。

艾琳坐在沙发上，手里拿着已经寄到很多天的吴广手写的那封十七页长信。这时，窗外传来扩音喇叭的声音："艾琳，你这个骗子，快点给我出来，你别以为躲就能躲过去，你骗了我，我一定要讨回公道。"

艾琳从窗户往下看去，发现吴广举着扩音喇叭正对着她家窗口大喊着。

艾琳把窗户关上，把窗帘也拉上，可就是无法阻挡吴广的声音传进来，吴广就这么一遍一遍地喊着，一直持续着。

艾琳透过窗帘的缝隙看见吴广身边已经聚集了越来越多看热闹的人，他们对楼上指指点点在说着些什么。

艾琳无奈拿出手机给吴广发了条短信：给我滚上来。

艾琳打开门看见一脸坏笑的吴广说道："你神经病啊。"

"一直都是，一开始就告诉你了。"

"你……你到底想干什么？"

"显而易见，你骗了我，我要讨回公道。"

"我骗你什么了？"

"骗了我的感情，我的心啊。"

"你这人……"艾琳无奈地看着吴广。

吴广也不说话，继续傻站着看着艾琳，艾琳突然问："你一遍一遍重复喊，不累啊？"

"可以录下来的，不用自己一直喊。"吴广指了指扩音喇叭。

艾琳心底里突然又好气又好笑。眼前的吴广实在可恨，她终于忍不住用力给了吴广一拳。

"你别以为发神经就有用，我们之间不可能了。"艾琳恢复了平静。

"我知道我那个怀疑别人爱钱的病一时治不好，但是我找到了解决我们之间问题的办法，绝对有效。"

"什么办法？"

吴广从怀里掏出一叠文件和银行卡："我把我所有的财产都转到你名下，现金部分已经打到了你账上，这些是公司的股份和固定资产转让，你签个字就行。这样一来，我就没钱了，不会犯病了。"

"你把所有财产都给我？"

"对。"

"那我不客气。"艾琳麻溜地在文件上签字。

"这下我不会再犯病了，我们能和好了吧？"

"当然不，现在我是一个既有钱又年轻漂亮的单身女人，为什么要选择一个既不帅又没钱还神经幼稚的中年男人？给我个理由。"

"因为你爱我。"

现在这个时代，没有人敢把自己的全部身家托付给另外一个人，尤其是如吴广这般厚重的身家，即使夫妻之间也很难做到。但吴广做了两次，第一次对陈胜，第二次对艾琳。正如吴广对幸福人生的定义，三五个好友，一个过命的兄弟，一个荣辱与共的爱人，和他们一起向高峰攀爬。不论期间有多辛苦，有多困难，也不管最后能否登顶，要的只是在有空的时候能坐在一起回头看看，那些曾经的经历都是最美好的回忆。

又是一个早晨，陈胜一身名牌、高昂着头走进公司，正瞧见两名女员工在聊天。

"我是喜欢赵华，可他连房子都没有，陈江对我确实很好，经济条件也比赵华好很多，我真不知道该怎么选了。"

"当然钱最重要，选那个有钱的，不过你要祈祷那个没钱的以后千万别有钱，不然悔死你！"陈胜在一旁插话道。

两名女员工都被陈胜吓了一跳，惊慌地看了陈胜一眼，说了句"陈总早"便逃命般跑走了。

"记得选那个有钱的！"陈胜还在两名女员工身后喊道。

此时吴广就站在陈胜身后，他拍了拍陈胜的肩膀："你跟我来。"

陈胜将办公室和隔壁房间打通形成了一个更大的空间，也重新进行过装修，比南宫小林原来那间总经理室更大、更奢华。

"什么事？"陈胜看着吴广问道。

"你现在有钱了，该羞辱的人羞辱了，该报复的人你也报复了，享受了大把大把花钱的滋味，你还打算做什么？"

"继续赚钱。我喜欢有钱的感觉，可以把一切没你有钱的人踩在脚下，可以用钱让他们去做任何你想让他们做的事。"

"你够了，该醒醒了。"

"我不用你管，你凭什么管我。"

"我是你兄弟。"

"可我是总经理。"

"你就是个屁。"

"你敢这么和我说话。"

"怎么了，我比你有钱，别忘了我的股份比你多。"

"那好吧，你比我有钱，我不敢得罪你。这更说明有钱的重要性，对一切没你有钱的人来说，你就是爷，可对比你有钱的人，你就是孙子。所以我想让孙子越来越多，爷越来越少，我就必须赚更多的钱，对吧，爷。"

"你知不知道你现在就是一副欠揍的样子。"

"你虽然比我钱多，可还没多到可以让我不还手的地步。"

"去你大爷，还手又怎么样。"吴广说着就给了陈胜一拳，他不再顾忌自己的全胜纪录，向陈胜大打出手，拳拳快狠准。

"你还真打？"

"废话！"吴广又给了陈胜一拳。

"你等会儿，我把门关上。"陈胜说着想去把办公室门关上。

"关什么门，你还知道丢脸啊。"吴广根本不给陈胜机会，和陈胜扭打在一起。

外面的员工听见了动静，也从门口看见了里面的情况，开始向门口慢慢聚集。不多时，门口就聚集了不少人。所有人都知道陈胜和吴广是最好的兄弟，一个是公司的总经理，一个是公司的大股东，两个人现在就这样旁若无人地扭打在一起。这种阵势没有前科，大家都不知道该怎么办，也不敢上前拉架。

"你是不是男人，咬人？"

"你才是女人呢，谁叫你掐我的。"

"我什么时候掐你了？"

"那我腰上怎么刺刺的痛。"

"你等会儿，那是我口袋里的钥匙。"

"那我不管。"

两人又继续扭打在一起，聚在门口的员工面面相觑，不明白为什么两个已经 36 岁又都是公司高管的人可以这么市侩，即使被围观也不停手。

众人就这么盯着两人，直到他们打累了分开，各自靠在沙发边和桌子边。

"陈总，吴总，你们没事吧？"陈胜秘书终于第一个开口问道。

"没事，就是渴了，给我们倒点水。"陈胜说道。

"其他人没事都散了，表演结束了。"吴广说。

众员工带着一脑子糨糊散去，陈胜的秘书倒了两杯水给两人后也离开了，办公室里又只剩下陈胜和吴广。

两个人面面相觑，又突然一起笑了起来，笑得外面的员工都能听见，他们更加莫名其妙了。

"接下来一段时间，你负责一下公司。"陈胜认真地说。

"想休息一下？"

"不是，我想去趟澳洲。"

"去找冯倩？"

"对。"

"你……"

"你放心，我不是去报复，我只想……再看看她。"

"即使她那么对你，你对她还不死心？"

陈胜没有回答。

"你知道澳洲有多大吗，怎么找？"

"碰碰运气吧。"

"就算你找到她，你想做什么，你能做什么？"

"我也不知道。"

"别去了，你找不到的。"

"现在科技这么发达，有很多手段的。"

"我的意思是……也许她不想你找到她。"

一年多前。

陈胜和冯倩在那间属于陈胜的小房间里，打算度过一个浪漫之夜却被陈胜母亲打断的时候。

为了让陈胜可以和母亲更好地沟通，冯倩选择了回避。可是她并没有离开，她只想等在门外，这样可以在陈母离开后给予陈胜一些支持和安慰。

　　冯倩听见了他们母子二人的对话，知道陈胜已经了解了自己那段不堪回首的往事。正如陈胜所想，冯倩并不愿提及。冯倩向陈胜隐瞒了那段往事，只有这样冯倩才有信心面对陈胜。她很清楚，自己在陈胜心目中就是 20 年前那个纯洁的小姑娘，她希望自己可以在陈胜心目中保留这样的形象。陈胜选择了不问自己，正是不想自己再被这段往事纠缠，如此的信任和体谅令她感动又愧疚。

　　冯倩还来不及想清楚该怎样面对陈胜，陈胜的公司就遭遇了巨大的危机，濒临倒闭。

　　"公司怎么样了？"冯倩找到吴广。

　　"可能支持不下去了，就差最后一步，之前所有努力可能都白费了。都怪我，我要是……还有一些钱就好了。"

　　"还需要多少钱？我可以把房子卖了。"

　　"不够，最少还需要一千万。"

　　"一千万。"冯倩的心动了一下，她知道从哪里可以获得一千万来支持陈胜。

　　冯倩选择了和丈夫一起前往澳洲生活，条件是顾同书拿出一千万资金支持陈胜。在离开前夜，冯倩去见了陈胜，让陈胜发誓好好照顾自己。

　　"你决定了？"吴广看着冯倩。

　　"只有这样做，才能让你们的公司生存下去。"

　　"可是你知道的，在陈胜心里，你比公司更重要。"

　　"我知道，正因为这样，我才选择了放弃。在陈胜心里，我一直是 20 年前的冯倩，我也一度以为是这样。当我面对陈胜的时候，我觉得自己又变回了 20 年前的我,我找回了那份纯真无瑕的感情。可那只是一个童话,我的过去不会因此而消失,我原本想隐瞒,永远隐瞒下去,可最终还是没能逃过。"

"不管是什么样的过去,我相信陈胜都不在乎,他会接受你的一切,他相信你就是你。"

"可他越是这样,我就越难过,我多想真的能把我的过去全部抹去,能让那个 20 年前的我回到他身边。但我不能让他继续承受那么大的压力,来自父母亲戚朋友甚至陌生人的压力,我不忍心那么做,他值得更好的姑娘。"

这么一个世俗的社会,冯倩曾经堕落风尘的经历会给未来的陈胜和冯倩带来巨大的阻力,单单是陈胜父母这一关就无法闯过。就算陈胜坚持娶了冯倩,陈胜的父母可能在很多年内都不会原谅陈胜,对于那个孝顺父母的陈胜,将会是巨大的煎熬。

"你打算怎么和他说?他不会轻易放弃的。"吴广说道。

"我知道,所以我已经订好了机票,明天就走。"

"不辞而别?那他会变成什么样,我都无法保证。"

"你说过,他的抗打击能力很强,他还很幸运,有你这么个兄弟守护着他。我离开以后,帮我好好照顾他,让他……忘了我。"

吴广不知道该说些什么,一个 36 岁的汉子,此时很想像小姑娘一样痛哭一场。陈胜因为爱而坚持,冯倩因为爱而放弃。其实何必在乎谁对谁错,只要他们深爱彼此就足够了。

"我会守着他的。"这是吴广对冯倩说的最后一句话。

吴广将所有的故事和盘托出,陈胜静静地听着,脸上没有一丝表情,看不出他的情绪。

"她清楚你对她的爱，而她选择离开，如果你不去找她，你们的爱将是一段永远珍藏在你心底的童话。"

"可我就这么放弃？

"这是她的选择，正因为她爱你，才想给你最完美的自己，可当她无法做到的时候，在一起也许只是对她的折磨。"

生活在亚热带地区，四季分明会让人清楚地感到时间在飞逝，又是一个春天过去，迎来了盛夏。

吴广结婚了，娶了那个把他从有钱人变成一无所有的艾琳。婚礼很简单，只有最亲的家人和朋友参加，吴广不想艾琳因为操办婚礼而太劳累，已经怀孕的艾琳不适合操劳。

陈胜放弃了寻找冯倩的澳洲之行，就如往常一般在自己的事业上努力着，把自己变成更有钱的人。陈胜心中到底是怎么想的，没人知道。

看着陈胜每天机械式的生活，陈若谷问吴广："我哥这算是好了吗？"

"算是吧。"吴广的回答。

"他还会谈恋爱吗？"

"不知道，他在守孝。"

"呸！你说什么，我父母健在，守哪门子孝。"

"用词不当，准确地说，他在为他的爱情守……就是那个意思。"

"什么意思？"

"就是他很长一段时间内不会接受新的感情。"

"多长？"

"你怎么那么多问题，我哪知道，一年，十年又或者一辈子。"

"一辈子？就没有什么办法？"

吴广摇摇头，出神地望着窗外。良久，才轻轻说道：

"生在这样一个时代，一份纯真的爱情值得你守望一生。"

尾 声 物欲横流

眼前的城市车水马龙，衣着光鲜的男男女女穿行其中。他们匆匆忙忙，如同巨大的舞台上不知名的配角，梦想着有一天能成为站在聚光灯下的主角。那灯光璀璨夺目，映照出一个五彩斑斓、物欲横流的世界。

　　陈胜和吴广伫立在公司大厦的楼顶，并肩望着灰蒙蒙的天空。他们买下了这栋大厦最高的三层作为公司的新址所在。

　　"你终于也成了有钱人。"吴广说道。

　　"你说要治爱钱症，首先要成为有钱人，现在可以告诉我怎么治了吧？"

　　"那时我这么说，只是为了激发你想成为有钱人的欲望。我知道一个人愿意拼命赚钱的时候，他就已经成功了一半。"

　　"你玩我啊？"

　　"那倒不全是，是为了给你个交代。这些年我也考虑过这个问题，就像我说的，人一辈子要有三五个好友，一个过命的兄弟，一个荣辱与共的爱人，和他们一起向高峰攀爬。不论期间有多辛苦，有多困难，也不管最后能否登顶，要的只是在有空的时候能坐在一起回头看看，那些曾经的经历都是最美好的回忆。"

"这和治疗'爱钱症'有什么关系？"

"当然有。我问你，我们工作后，一个月可以赚超过两千块时，回头看在大学每个月只有四五百块生活费的生活，你记得的是什么？"

"穷。我们在球场上冒着老大的太阳踢一下午球，只能三个人凑钱才买得起一瓶冰镇大可乐。我们大冬天饿得半死，老洪从外面买回来六块带糖粒的饼干，四个人每人只能分一块半，还要为那半块谁的更大一点吵个不停。我们偶尔才能去学校外的小餐馆一次，点上一盘螺丝、一瓶啤酒……"

"对，那我再问你，那一瓶冰镇大可乐、一块半糖饼干、一盘炒螺丝和一瓶啤酒的滋味是什么？"

"痛快。"

"当我们每个月赚超过两千块，随时都能喝可乐、吃饼干、吃炒螺丝、喝啤酒的时候，你还能吃出那种滋味吗？"

"不能。"

"我再问你，你年入百万，身为公司副总，回头看每个月只赚两千块的时候，你记得的是什么？"

"傻。一门心思想做出点成绩，工作积极性空前绝后，无论是大夏天四十多度还是大冬天漫天飞雪不辞辛苦到处奔波。我曾经在三天的时间里，转战苏北九个县市，为的仅仅是帮公司统一修改老客户的服务合同。往乡下去的时候，车里到处是鸡鸭，老破车颠簸在土路上，车底有个洞，正好就在我的座位前，土被车轮卷起来，像个喷泉，等下车的时候才知道什么叫真正的'土人'。"

"对，可现在说起这些往事的时候，回想当时的情况，什么心情？"

　　"得意。"

　　"现在还能找到那种得意的感觉吗？"

　　"有点难。"

　　"你已经是有钱人了，对当初创立公司和南宫小林血战的日子，记得的是什么？"

　　"很多很多。"

　　"现在回想起来，用什么词形容？"

　　"值得。"

　　"痛快、得意、值得，就是当初那些让我们辛苦不已的事，就是那些在我们没钱的日子里发生的事。这么看起来，钱又有多重要呢？"

　　"是啊，但这些必须要在你爬上一个更高的台阶回头看时才能体会到。"

　　"所以美好的回忆从不来自于钱，而是来自于不断向上攀爬的过程。"

　　眼前的城市车水马龙，衣着光鲜的男男女女穿行其中。他们匆匆忙忙，如同巨大的舞台上不知名的配角，梦想着有一天能成为站在聚光灯下的主角。那灯光璀璨夺目，映照出一个五彩斑斓、物欲横流的世界。

**让我们以奔跑的姿势面对自己，
以公主的姿态面对他人和环境！**

当你跟随自己的激情行走时，

你会在早晨一睁开眼睛，

就为你要实现的目标而感到振奋，

生活正沿着适合你的轨道运转。

本书中，你会看到许多与你相仿的女子，她们就像你的闺密，和你聊着一些私密话，以及在她们身上所发生的故事。

成长中的蜕变是最美妙的体验，你一步步地经验生活，"从认识你自己"开始，发掘自身的吸引力，逐渐地形成自己的风格。

作者朱莉娅致力于帮助女孩成长和成熟，通过女孩实际生活中的各种话题：时尚、健康、职场、社交、艺术体验和自我心灵成长等教会你成为时尚、出众、得体又令人倾慕的完美女孩。

〔美〕朱莉娅·黛维拉丝 著

刘 丹 译

矮 纸 绘

中资海派策划
定 价：25.00元

你随时都可以走进别人的故事里。在这个谁都可以遇见谁的时代，嘿，说不定在街角，我们就会相遇。祝愿你和朱莉娅的相遇，也会很愉快。

——专栏作家 沈奇岚

**成为轻熟女的必读"手袋书"
"From girl to lady"之华丽转身**

让孩子茁壮成长的力量=
孩子应具备的9种基本能力+
父母们的7种智慧+30个教养处方

★ 让孩子参与日常家庭开销
★ 将读书与他的兴趣结合起来
★ 改变缺点，从他喜欢的事情做起
★ 犯错误时提醒他，但别让他感到羞愧
★ 看名次前，先问孩子有没有尽力
★ 做完不喜欢的事后，让他知道有更棒的事情等着他
★ 为孩子的英语学习做减法，以他喜欢的东西作为学习的教材

〔韩〕张炳惠　著
李世鹏　译

中资海派策划
定　价：29.80元

　　身为前总理的女儿，她只身闯美，成为学贯东西的教育名家；身为母亲，她将3个孩子先后送进哈佛、耶鲁；身为祖母，在她的辅助下，3个孙子也考上耶鲁。名校世家的荣耀背后，是世代传承的朴实教养智慧：

★ 9大基本能力决定孩子一生的竞争力。这样的孩子学业成绩没问题，人际关系没问题，情绪管理没问题……
★ 7种智慧成就决定、从容、不摇摆的父母。这样的父母面对孩子的暂时落后知道如何泰然处之，面对家长们趋之若鹜的补习班也懂得如何明智抉择。
★ 30个处方解决最让妈妈困惑的棘手问题。专用书桌让孩子集中注意力；在规定的时间内与他一起欣赏固定的节目；带他到人流密集的地方寻找"梦想"。

学校教给孩子知识，妈妈更能教给他成功的方法

"iHappy 书友会" 会员申请表

姓　名（以身份证为准）：＿＿＿＿＿＿＿；　性　别：＿＿＿＿＿＿＿＿＿＿＿；

年　龄：＿＿＿＿＿＿＿＿＿＿＿；　职　业：＿＿＿＿＿＿＿＿＿＿＿；

手机号码：＿＿＿＿＿＿＿＿＿＿；　E-mail：＿＿＿＿＿＿＿＿＿＿；

邮寄地址：＿＿＿＿＿＿＿＿＿＿；　邮政编码：＿＿＿＿＿＿＿＿＿＿；

微信账号：＿＿＿＿＿＿＿＿＿＿＿　（选填）

请严格按上述格式将相关信息发邮件至中资海派"iHappy 书友会"会员服务部。

　邮　箱：zzhpHYFW@126.com

微信联系方式：请扫描二维码或查找 zzhpszpublishing 关注"中资海派图书"

优惠订购	订阅人		部　门		单位名称		
	地　　址						
	电　　话				传　真		
	电子邮箱		公司网址			邮　编	
	订购书目						
	付款方式	邮局汇款	中资海派商务管理（深圳）有限公司 中国深圳银湖路中国脑库 A 栋四楼　　　　　邮编：518029				
		银行电汇或转账	户　名：中资海派商务管理(深圳)有限公司 开户行：招行深圳科苑支行 账　号：81 5781 4257 1000 1 交行太平洋卡户名：桂林　　卡号：6014 2836 3110 4770 8				
	附注	1. 请将订阅单连同汇款单影印件传真或邮寄，以凭办理。 2. 订阅单请用正楷填写清楚，以便以最快方式送达。 3. 咨询热线：0755-25970306转158、168　　传　真：0755-25970309 E-mail: szmiss@126.com					

→利用本订购单订购一律享受九折特价优惠。

→团购 30 本以上八五折优惠。